I0632175

17218
H

MEMOIRES

POUR SERVIR

A L'HISTOIRE

DES

HOMMES

ILLUSTRES.

TOME XXII.

MEMOIRES
POUR SERVIR
A L'HISTOIRE
DES
HOMMES
ILLUSTRES
DANS LA REPUBLIQUE DES LETTRES.
AVEC
UN CATALOGUE RAISONNÉ
de leurs Ouvrages.
TOME XXII.

BIBLIOTHÈQUE DE L'ARSENAL

A PARIS,
Chez BRIASSON, Libraire, ruë S. Jacques,
à la Science.

M. DCC. XXXIII.
Avec Approbation & Privilege du Roy.

8° H 29697

TABLE ALPHABETIQUE

des Auteurs.

Fin de la Table alphabetique.

MEMOIRES

MEMOIRES

POUR SERVIR

A L'HISTOIRE

DES

HOMMES

ILLUSTRES

DANS LA REPUBLIQUE
des Lettres ;

Avec un Catalogue raifonné
de leurs Ouvrages.

GILBERT GENEBRARD.

 *ILBERT Genebrard* G. GENE-
naquit vers l'an 1537. BRARD.
à *Riom* en Auvergne.
Il entra de bonne
heure dans l'ordre
de *S. Benoiſt*, & y
fit profeſſion dans l'Abbaye de *Mau-*
ſac près de ſa ville natale.

Tome XXII. A

G. GENE-
BRARD.

Le peu de secours qu'il trouvoit dans ce pays pour se pousser dans les sciences, l'engagea à venir à *Paris*, aidé en cela par les liberalités de *Guillaume du Prat*, Evêque de *Clermont*, qui étoit son Patron & son bienfaiteur.

Il y eut pour Maîtres, *Adrien Turnebe* dans la langue Gréque, *Jâques Carpentier* dans la Philosophie, & *Claude de Sainctes* dans la Theologie. Il y apprit aussi l'Hebreu.

Après avoir reçu le bonnet de Docteur en Theologie le 10 Juin 1563. il fut nommé Professeur Royal en langue Hebraïque; poste qu'il remplit pendant plusieurs années avec beaucoup d'applaudissement.

Il fut aussi pourvu du Prieuré de *Saint-Denis de la Chartre* à *Paris*, qu'il a aussi conservé long-temps.

Etant allé à *Rome* sous le Pontificat de *Sixte V*, ce Pontife & les Cardinaux, à qui il étoit connu par ses ouvrages, lui firent beaucoup de caresses.

De retour à *Paris*, il se laissa entraîner par la faction de Ligueurs, & devint un des soutiens les plus

violens & les plus emportés de la G. GENE-
Ligue. Prêchant ſans ceſſe contre le BRARD.
Roy *Henri IV.* avec la derniere fu-
reur, *il vomiſſoit*, dit le Journal de
L'Eſtoile, autant d'injures contre lui,
qu'une harengere en colere.

Son attachement à la Ligue lui
procura l'Archevêché d'*Aix* en Provence, que le Pape *Gregoire XIV.*
lui donna à la requeſte des Princes
& des Seigneurs Ligueurs l'an 1592.
& il en prit poſſeſſion le 9 Septembre de l'année ſuivante 1593.

Il le gouverna pendant cinq ans,
toujours plein de ſon entêtement
pour la Ligue, & de ſon averſion
pour le Roi, contre lequel il ne
ceſſoit dé declamer. Mais voyant
enfin que les affaires de ce parti alloient toujours de pis en pis, & que
toutes les Provinces rentroient dans
leur devoir, il ſe retira à *Avignon*,
où il compoſa ſon livre *de Sacrarum
Electionum Jure.* Le Parlement de
Provence condamna auſſitôt par ordre du Roy ce livre a être brulé, &
bannit *Genebrard* hors du Royaume, avec défenſe d'y mettre le pied
ſoûs peine de la vie. L'Arrêt en fut

A ij

G. GENE-
BRARD.

donné le 26 Janvier 1596.

On lui permit cependant ensuite de se retirer à *Semur* en Bourgogne dans un Prieuré qu'il y possédoit.

Il mourut en ce lieu le 16 Fevrier 1597. & non pas le 14 Mars, comme quelques Auteurs le marquent, âgé de 60 ans.

Le Roi, qui ne le reconnoissoit pas pour Archevêque d'*Aix*, parce qu'il l'avoit été fait sans sa participation, avoit nommé à cette dignité en 1595. lorsqu'il fut maître de la ville, *Paul Hurault de l'Hôpital*, Seigneur de *Vallegrand*, mais ce nouvel Archevêque n'en prit possession qu'après la mort de *Genebrard*, c'est-à-dire le 23 Decembre 1597.

Genebrard a été certainement un des plus savans hommes de son temps; mais il n'a pas été des plus judicieux dans le choix de ses opinions, non plus que dans celui du parti qu'il avoit embrassé. Il a été plus reglé dans sa vie particuliere, que dans sa conduite à l'egard de son Souverain, & dans ses Ecrits, où il a fait paroître beaucoup d'aigreur & d'emportement, non seu-

lement contre les Prétendus Refor- G. GENE-
més, mais encore contre tous ceux BRARD.
qui étoient oppofés à la Ligue.

Au refte le grand nombre d'Ouvrages qu'il a compofés montre combien il étoit laborieux. On y voit
qu'il écrivoit facilement, & paffa-
blement en Latin, quoique d'un
ftile un peu dur, & trop enflé de
Synonymes & d'Epithétes.

On dit que pendant treize ans
il ne manqua pas d'étudier quatorze
heures par jour, & qu'il avoit accoutumé un petit chien qu'il avoit, à
le reveiller, lorfquil lui arrivoit de
s'endormir fur le travail.

Catalogue de fes Ouvrages.

1. *Ifagoge Rabbinica ad legenda &*
intelligenda Hebræorum & Orientalium
fine punctis fcripta, cum Tabulis Ar-
tium & Scientiarum vocabula exhiben-
tibus. Parif. 1563. *&* 1587. *in-4°.*
It. dans un Recueil d'*Adrien Reland,*
intitulé: *Analecta Rabbinica. Ultra-*
jecti 1702. *in-8°. Genebrard* fit une
étude fi particuliere de la langue
Hebraïque, qu'il fe trouva en état
de l'enfeigner aux autres. *Du Verdier*
nous apprend dans fa *Profopographie*

G. GENE-
BRARD.

tom. 3. *p.* 2596. » qu'il prononçoit
» si bien & si naïvement l'Hebreu,
» principalement les Lettres Guttu-
» rales, que pour s'être étudié à cela,
» il en prononçoit plus mal le La-
» tin, proferant quelques Syllabes
» entierement du gofier. On peut
voir dans la *Gallia Orientalis* de *Colomiés* un Recueil des témoignages
avantageux que plufieurs favans ont
rendu à fon habileté dans la connoiffance de la langue Hebraïque.
Cependant *Joseph Scaliger* dans une
lettre à *Buxtorf* de l'an 1606. lui marquoit que ce qu'il avoit entrepris
fur les Rabbins marquoit plus de
bonne volonté que de favoir. Auffi
M. *Simon* prétend-t-il dans fon *Hiftoire Critique du Vieux Teftament* p. 425.
que » les fautes qui fe trouvent dans
» la plûpart de fes Ouvrages, mon-
» trent évidemment qu'il n'étoit
» pas fi favant dans la langue He-
» braïque, qu'on le croit commu-
» nement.

2. *De Metris Hebræorum ex libro
R. David Jechia, cui titulus: Leshon
Lemudim.* A la fuite de l'Ouvrage
précedent.

3. *Eldad Danius Hebræus Hiftori-* G. GENE-
cus de Judæis claufis, eorumque in Æ- BRARD.
thiopiá beatiffimo imperio. G. Gene-
brardo Interprete. Parif. Fred. Mo-
rellus 1563. *in-8°.* It. A la fuite de
fa Chronographie.

4. *Joel Propheta cum Chaldæa Pa-*
raphrafi, & Commentariis Salomonis
Jarhii, Abrahami Aben-Ezræ & Da-
vidis Kimhi, Latine; Interprete G.
Genebrardo, cum ejus enarratione. Pa-
rif. 1563. *in-4°.*

5. *Alphabetum Hebraicum, & in-*
dicata Pfalmorum primi & fecundi
Lyrica, ad formam Pindari, Strophe,
Antiftrophe, & Epodo. Parif. 1564.
in-4°. Réimprimé plufieurs fois depuis.

6. *Tabella & Summaria defcriptio*
temporum. Parif. 1564.

7. *Scholia & Tractatus IV. ad Gram-*
maticam Hebræam Clenardi. Parif.
1564. *in-4°.*

8. *Rabbi Jofephi Albonis, Davidis*
Kimhi, & Anonymi Judæi argumenta
contra Chriftianos, ex Hebræo Latine,
Interprete G. Gcnebrardo; cum ipfius
refutatione eorumdem argumentorum ad-
verfus recens Trinitariorum Dogma.

G. GENE-
BRARD.
Paris. 1566. *in-8°.* M. *Huet* dans
son livre *de Claris Interpretibus* té-
moigne que *Genebrard* a traduit les
Rabbins assez heureusement; il ajoute
qu'il y a apporté de la fidelité, mais
qu'il ne devoit pas négliger les di-
stinctions de la phrase Hebraïque,
ni se mêler d'étendre & d'amplifier
une langue, qui est concise de sa
nature.

9. *De S. Trinitate libri tres contra
hujus ævi Trinitarios, Antitrinitarios,
& Antitheanos. Paris.* 1569. *&* 1585.
in-8°. On voit à la tête de ce livre
*summa sessionum Synodi, quam Mini-
stri Poloni cum Trinitariis Petricoviæ
habuerunt anno* 1565. & dans le 3e livre *Symbolum S. Athanasii exposi-
tum, & à contumeliis Valentini Gentilis vindicatum.*

10. *Symbolum fidei Judæorum è Rabi
Mose Ægyptio. Precationes eorumdem
pro defunctis, Commemoratio Divorum,
& ritus Nuptiarum, è libro Mahzor.
Interprete G. Genebrardo. Paris.* 1569.
in-8°.

11. *Chronologiæ sacræ liber.* Lovanii 1570. *in-12.* It. *Coloniæ* 1571.
in-8°.

12. *Trium Rabbinorum, Salomonis G. Gene-*
Jarkii, Abrahami Ben-Esræ, & Ano- BRARD.
nymi Commentaria in Canticum Can-
ticorum in Latinam linguam converfa
à G. Genebrardo, cum ejus Commen-
tariis. Parif. 1570. *in-*4°.

13. *Seder Olam Zuta, five He-*
bræorum breve Chronicon de Mundi
ordine & temporibus ab Orbe condito,
ufque ad annum Domini 1112. *Capita*
R. Mofe Ben-Maiemon de rebus Chrifti
Regis. Collectanea Eliæ Levitæ, & R.
Jacob Salomonis filii de eodem, quibus
fummatim explicatur, quidquid Judæi
de Chrifto fapiunt. Interprete G. Ge-
nebrardo. Parif. 1573. *in-*8°.

14. *Claudii Efpencæi de Euchariftia*
ejufque adoratione libri v. *nec non*
Tractatus de utraque Miffa publica &
privata. Edente G. Genebrardo. Parif.
1573. *in-*8°. *Genebrard* publia cet
Ouvrage après la mort de *Claude*
d'Efpence, qui l'en avoit prié.

15. *Origenis Adamantii Opera,*
quæ quidem proferri potuerunt omnia;
doctiffimorum virorum ftudio jam olim
tranflata, & recognita; nunc poftremo
à Gilberto Genebrardo partim cum
Græca veritate collata, partim libris

G. GENE- *recens verfis , & è Regia Bibliothecâ*
BRARD.   *depromptis auƌa. Paris.* 1574. *in-fol.*
C'eſt la premiere édition de *Gene-*
brard , qui a été ſuivie de deux
autres faites à *Paris* en 1604. &
en 1619. & d'une quatriéme faite
à *Baſle* en 1620. M. *Simon* parle ainſi
dans ſa 12ᵉ lettre de l'édition d'*Ori-*
gene donnée par *Genebrard.* » Elle
» eſt , dit-il , plus ample & plus
» exaƈte que celle d'*Eraſme. Gene-*
» *brard* n'a auſſi rien oublié pour
» juſtifier *Origene* , & le mettre à
» couvert des reproches qu'on lui
» faiſoit; mais il s'en eſt acquité d'une
» maniere plus judicieuſe que *Mer-*
» *lin.* Il tâche d'excuſer ſes allego-
» ries trop fréquentes , reconnoiſ-
» ſant neanmoins qu'il les a quelque-
» fois pouſſées trop loin. Il défend
» même cette grande abondance de
» paroles , qui ſont repandues dans
» les Ecrits d'*Origene* , par l'exemple
» de *S. Auguſtin* , qui n'a pas été
» exempt de ces défauts , & dont
» les Livres ont été cependant tou-
» jours eſtimés. Si le même *Origene*
» ſe jette quelquefois dans de gran-
» des extrémités , *Genebrard* aſſure

» que cela lui eſt commun avec les
» anciens Docteurs de l'Egliſe, qui
» ont été portés à ces extrémités par
» l'ardeur de leur zele dans les diſ-
» putes qu'ils ont eues contre les
» Herétiques. Enfin *Genebrard*, qui
» vouloit éloigner d'*Origene* ce grand
» nombre d'erreurs, qu'on lui attri-
» bue, en rejette une bonne partie
» ſur ceux qui avoient falſifié ſes
» livres. Au reſte ce Recueil de *Ge-*
» *nebrard* doit être preferé à celui
» d'*Eraſme*, non ſeulement parce
» qu'il eſt plus ample, mais auſſi à
» cauſe d'un diſcours, qui eſt au
» commencement, où il a fait la
» vie d'*Origene* & la critique de ſes
» Livres, diſtinguant les veritables
» de ceux qui ont été ſuppoſés. Il
» eſt vrai qu'*Eraſme* avoit déja fait
» quelque choſe de ſemblable à l'en-
» trée de ſon Edition, mais il s'en eſt
» acquité d'une maniere pitoyable.
J'ajoute que *Genebrard* n'a traduit
en Latin que l'Ouvrage appellé *Phi-*
localia; la traduction des autres eſt
de differens Auteurs.

16. *Opuſcula è Græcis converſa,*
nempe Liturgia Myſteriorum ante Con-

G. GENE-
BRARD.

G. GENE-
BRARD.
secratorum, è Codice Cretensi; Litur-
gia pro Dormientibus, sive Defunctis;
Officium de Angelis & Sanctis; Canon
sive Bulla contra hæreses præcipuas;
Menologium sive Calendarium totius
anni; Tituli capitum 122 Euchologii;
Zacharias Episcopus Mytilenensis con-
tra æternitatem Mundi à Philosophis
constitutam, è Bibliotheca Regia. Ba-
silii & Gregorii Nazianzeni brevissi-
mus Dialogus de invisibili Dei essentia.
Paris. 1575. in-fol.

17. *Varia Opuscula è Rabbinis tran-*
slata. Paris. 1575. & 1584. in-fol.
Dans cette derniere édition, ces
Opuscules sont intitulés. *Chronolo-*
gia Hebræorum Major, qua Seder O-
lam Rabba inscribitur, & Minor, qua
Seder Olam Zuta, de Mundi ordine
& temporibus ab Orbe condito usque
ad annum Domini 1112. cum aliis
opusculis ad res Synagogæ pertinentibus.
Ces derniers sont ceux qui sont marqués aux *N. 3. 10. & 13.*

18. *Ad Jacobum Schegkium, Schorn-*
dorffensem, Philosophum & Medicum,
assertionibus sacris de Deo sese temere
immiscentem, ac tribus ipsius de S. Tri-
nitate libris, modo pro Sabellianis,

modo pro Trinitariis, *inconftantiffime* G. GENE-
obtrectantem Refponfio. Parif. 1576. BRA RD
in-8°.

19. *Oraifon funebre fur le trepas de
Meffire Pierre Danes, Evêque de La-
vaur*, *prononcée à S. Germain des Prés
le Samedi* 27 *jour d'Avril* 1577. *Parif.* 1577. *in-*4°. Avec quelques Poe-
fies Hebraïques, Gréques, Latines,
& Françoifes. On lit à la pag. 38.
ces paroles, qui font voir que ce
n'étoit pas le talent de *Genebrard*
que de raifonner jufte. » J'ai difcou-
» ru, dit-il, en public contre ceux
» qui fe plaifent d'être enterrés de
» nuit ou à la chandelle, parce que
» c'eft chofe trop, plus que deteftable
» & pleine d'infidelité. Semble que
» c'eft un jugement de Dieu, pour
» montrer qu'on a merité en fon vi-
» vant la corde. Car cela propre-
» ment appartient à un pendart,
» pendu, infame, criminel, jufti-
» cié ou jufticiable, & coupable de
» mort publique d'être ainfi inhu-
» mé.

20. *Pfalmi Davidis vulgata editione, Calendario Hebræo, Syro, Græco,
Latino, Argumentis & Commentariis*

G. GENE-
BRARD.

genuinum sensum Hebraïsmosque ape-
rientibus à G. Genebrardo instructi. Pa-
ris. 1577. & 1582. in-8°. It. 3ᵃ Editio
auctior. Paris. 1587. in-8°. Réimpri-
més plusieurs fois depuis. M. *Simon*
parle ainsi de cet Ouvrage dans son
Histoire Critique du Vieux Testament
p. 425. » *Genebrard* étoit sans doute
» plus savant dans la langue He-
» braïque & dans la Critique de l'E-
» criture que *Bellarmin*; il n'a pour-
» tant pas dans ses Commentaires
» sur les Pseaumes toute l'exactitude
» qui seroit à desirer. Sa Méthode,
» qui est la même que celle de *Bel-*
» *larmin*, est louable, parce qu'il
» justifie en beaucoup d'endroits la
» Version des Septante, & la Vul-
» gate contre les nouveaux Hebraï-
» sans, qui deferent trop à l'autorité
» des Rabbins; mais il ne garde pas
» toujours la moderation necessaire
» à un Interpréte, qui ne doit pas
» prendre parti.

21. *Histoire de Flave Joseph, Sa-*
crificateur Hebrieu, mise en François
revue sur le Grec, & illustrée de Chro-
nologie, figures, annotations & tables.
Paris. 1578. & 1609. in-fol. M. *Huet*

aſſure que *Genebrard* eſt encore moins G. GENE-
châtié & moins pur dans ſes traduc- BRARD.
tions Françoiſes que dans ſes Latines, & qu'il ne ſe ſoucie pas fort
d'exprimer les termes de l'Auteur
qu'il traduit, pourvû qu'il en pren-
ne à peu près le ſens.

22. *Orationes tres è Lerinenſi Bi-*
bliotheca in publicum producta, videli-
cet una funebris D. Hilarii Arelatenſis
de S. Honorato ; altera D. Eucherii
Lugdunenſis de laudibus Eremi ; tertia
Fauſti Regienſis de inſtructione Mona-
chorum. Pariſ. 1578. *in-8°.*

23. *Chronographiæ libri* IV. *Prio-*
res duo ſunt de rebus veteris populi, &
præcipuis quatuor millium annorum ge-
ſtis. Poſteriores, è D. Arnaldi Pontaci
Vaſatenſis Epiſcopi Chronographia au-
cti, recentes hiſtorias reliquorum anno-
rum complectuntur. Univerſæ hiſtoriæ
ſpeculum, in Eccleſiæ præſertim ſæcu-
lo, à mendaciis, maculis, impoſturis
Centuriatorum, aliorumque Hæretico-
rum deterſum. In reliquis contra Ju-
dæos, Paganos, Saracenos, Chriſtia-
næ Religionis antiquam veritatem peren-
nitatemque repræſentans. Subjuncti ſunt
libri Hebræorum Chronologici, eodem

G. GENE- Interprete. *Parif.* 1580. *in-fol.* It. *Ibid.*
BRARD. 1585. *in-fol.* It. Avec un Appendix
de *Pierre Victor Palma Cayet*, qui va
jufqu'à l'an 1600. *Paris* 1600. *in-fol.*
It. *Lugduni* 1609. *in-fol.* Cette Chronique eft affés eftimée furtout pour
les derniers temps. (*L'Abbé Lenglet.*)

24. *Ad Lambertum Danæum, Sa-
bellianifmo doctrinam de S. Trinitate
inficientem Refponfio. Parif.* 1581. *in-
8°.* Avec celle de *François Jordan* au
même Auteur fur le même fujet.

25. *Notæ Chronicæ, five ad Chro-
nologiam & Hiftoriam univerfam Methodus. Parif.* 1584. *in-8°.*

26. *Canticum Canticorum verfibus
iambicis & Commentariis explicatum
adverfus trochaïcam Theodori Bezæ
Paraphrafim. Parif.* 1585. *in-8°.*

27. *De Clericis, præfertim Epifco-
pis, qui participarunt in divinis fcien-
ter & fponte cum Henrico Valefio, poft
Cardinalicium T. P. (Theologi Pari-
fienfis) Affertio, ejufque illuftratio. Parif.* 1589. *in-8°.* Ce Theologien n'eft
autre que *Genebrard.* It. 2ª *Editio.
Parif.* 1589. *in-8°.* Sous le nom general de Theologien de *Paris.* It.
traduit en François fous ce titre : *Ex-
                                    com-*

communication des Ecclesiastiques, qui G. GENE-
ont assisté au service divin avec Henri BRARD.
de Valois, après le Massacre du Cardinal de Guise. 1589. in-8°. C'est
l'ouvrage, dont *Possevin* a voulu
parler sous le titre d'*Opuscula aliquot, præsertim contra nostræ tempesta-
tis Politicos.*

28. *De Sacrarum Electionum jure
& necessitate ad Ecclesiæ Gallicanæ re-
dintegrationem. Parif.* 1593. *in-*12. It.
Leodii 1601. *in-*8°. C'est le meilleur
Ouvrage, qui ait été fait contre le
Concordat. Il fut une des causes de
l'Arrêt prononcé contre l'Auteur par
le Parlement de Provence.

29. *Traité de la Liturgie ou Sainte
Messe selon l'usage & forme des Apô-
tres & de S. Denys. Lyon* 1597. &
Paris 1602. *in-*8°. 2 tom.

30. *De Sibyllis.* Inseré dans le livre de *Joachim Perionius, De vita
Sanctarum Mulierum veteris Testamenti. Parif.* 1565. *in-*8°.

31. *Epistola ad Benedictum Ariam
Montanum de puritate fontis Hebræi.*
Cettre Lettre qui est datée de *Paris*
le 25 Novembre 1574. se trouve à
la suite des Notes d'*Antoine Hulsius*

Tome XXII.   B

G. GENE-
BRARD.

sur les Pseaumes, imprimées à *Leyde* en 165®. *in*-12.

V. *Les Bibliotheques Françoises de la Croix du Maine & de Du Verdier. La Prosopographie de Du Verdier tom. 3. p. 2596. Les Eloges de Sainte-Marthe liv. 4. Les Eloges de M. de Thou, & les additions de Teissier. Antonii Possevini Apparatus Sacer. tom. 1. p. 547. L'Histoire Catholique du P. Hilarion de Coste p. 618.* L'article, que ce Pere donne de *Genebrard*, sembleroit devoir être mieux travaillé que ce qu'on avoit vû jusques-là sur cet Auteur; cependant il n'est que croqué, comme tous les autres, qui sont renfermés dans le même livre. *Essais de Litterature du Mois d'Aoust 1702. p. 122. Les Epitomes de Gesner.* Il y faut chercher *Genebrard* sous le nom de *George*, qu'on lui a donné mal à propos au lieu de celui de *Gilbert. Colomesii Gallia Orientalis. Du Pin, Bibliotheque des Auteurs Ecclesiastiques.*

FRANÇOIS PINSSON.

FRANÇOIS *Pinffon* naquit à *Bourges* le 5 Août 1612. de *Fran-* çois *Pinffon*, Docteur & Profeffeur en Droit dans l'Univerfité de cette ville, & de *Marie Bengy*, fille d'*An-* *toine Bengy*, auffi Docteur en Droit dans la même Univerfité, & fuc-ceffeur de *Cujas*.

F. PINS-SON.

Après avoir fait toutes fes études, & pris même fes Licences, il vint à *Paris*, où il fe fit recevoir Avocat le 5 Decembre 1633.

Il fuivit d'abord le Châtelet; en-fuite il s'attacha au Palais, & y fut fort employé, furtout fur les Ma-tieres Beneficiales. Il compofa même plufieurs Ouvrages, qui font con-noître fa capacité.

Il fut élu Bâtonnier de la Com-munauté des Avocats en 1682. & fut reçu l'un des vingt-quatre Doc-teurs honoraires de la Faculté des Droits de *Paris*, à la place de M. *Bofcager*, le 25 Fevrier 1688.

Il mourut Sous-Doyen de la Com-

B ij

F. Pins-
son.

pagnie des Avocats le 10 Octobre
1691. âgé de 79 ans, laissant plusieurs enfans, & fut enterré à *Saint*
Etienne du Mont.

Catalogue de ses Ouvrages.

1. *Antonii Bengei in Alma Bituri-*
gum Academiæ Antecessoris primice-
rii, & Francisci Pinssonii Parisiensis
Advocati, ejusdem ex filia Nepotis
Tractatus de Beneficiis Ecclesiasticis ex
definitione desumptus ad usum fori Gal-
lici, & libertatum Ecclesiæ Gallicanæ
accommodatus. Paris. 1654. *in-fol.*
Bengy avoit enseigné & dicté dans
les Ecoles de *Bourges* ce traité des
Benefices, mais sa mort l'ayant empêché de le finir entierement, son
petit-fils le continua depuis le chapitre *de Oneribus & Immunitatibus*
Ecclesiarum, jusqu'à la fin.

2. *S. Ludovici, Franciæ Regis,*
Pragmatica Sanctio, & in eam Histo-
rica Præfatio & Commentarius. Paris.
1663. *in-4°.*

3. *Caroli Septimi, Francorum Re-*
gis, Pragmatica Sanctio, cum Glossis
Domini Cosmæ Guymier, Parisini, Su-
premæ Galliarum Curiæ Senatoris, &
Inquisitionum Præsidis, & additioni-

bus Philippi Probi Biturici ad Prag- F. PINS-
matica Sanctionis & Concordatorum SON.
diffidia componenda : accedunt Historia
Pragmaticæ Sanctionis & Concordato-
rum, annotationes marginales, & ve-
terum instrumentorum supplementa. Pa-
rif. 1666. *in-fol.* Les Gloses de *Guy-*
mier avoient paru pour la premiere
fois à *Paris* en 1514. & les Additions
de *Probus* en 1540. L'Edition de
Pinsson est la plus ample & plus estimée, surtout à cause des pieces
qu'elle contient.

4. *Consultation, où l'on montre que*
le Roy en vertu du Traité de Paix
d'Aix-la-Chapelle, contenant le dé-
laissement de la ville d'Ath, est fondé
d'avoir la place forte de Condé, com-
me étant des dependances de la Cha-
stellenie d'Ath. Cette Consultation,
qui est du 18 Decembre 1668. se
trouve dans le second volume de
son traité *des Regales.*

5. *Consultation, où l'on montre que*
l'accroissement de la ville de Condé doit
appartenir au Roy comme le corps de
la place. Elle est du 17 Juin 1669.
& se trouve avec la précedente, dont
elle est une suite, dans le 2ᵉ tome
du Traité *des Regales.*

F. PINS-
SON.

6. *Notes Sommaires sur les Indults accordés au Roy & à d'autres par Alexandre VII. & Clement IX. avec une Préface Historique, & des Notes, Observations, & Preuves. Paris.* 1673. *in-*12. *deux vol.* Cette collection est utile, à cause des Actes dont elle est composée.

7. *Dissertation Historique de la Regale, pour savoir si elle peut & doit être étendue sur les Abbayes. Paris* 1676. *in-fol.*

8. *Francisci Pinssonii Manuale Juris Pontificii Cæsarei & Gallici, compactum ex Annotationibus Caroli Molinæi ad jus Pontificium, sive Canonicum ; adversariis Gabrielis du Pineau, Senatoris Andegavensis ad Molinæanas Annotationes; animadversionibusque ejusdem Pinssonii ad utrumque, in quibus jus quotidianum & forense exhibetur ex libertatum Ecclesiæ Gallicanæ uberiori penu ; Constitutionum Regiarum tum antiquiorum, tum recentiorum inexhausto fonte, & superiorum Galliæ Tribunalium decretorio stylo.* Cet Ouvrage se trouve dans le 4e Volume des Oeuvres de *Charles du Moulin* de l'édition de 1681. *in-fol.*

9. *Traité singulier des Regales, ou* F. Pins-
des Droits du Roi sur les Benefices Ec- son.
clesiastiques. Ensemble la Conference
de l'Edit du Contrôle, & la declaration
des Insinuations Ecclesiastiques; avec
plusieurs autres instructions sur les *Ma-*
tieres Beneficiales. Paris 1688. *in*-4°.
2 *tomes.* Ce traité est plein de belles
recherches sur les matieres Ecclesiastiques, & contient plusieurs Actes Originaux fort utiles pour l'étude du Droit. M. *de Bauval* en ayant
fait l'extrait dans l'*Histoire des Ou-*
vrages des Savans du mois de Janvier 1689. art. I. en critiqua plusieurs endroits; ce qui donna lieu à
un Ouvrage publié sous ce titre:
Eclaircissement touchant la Regale,
pour répondre à ce qui en est dit dans
l'*Histoire des Ouvrages des Savans du*
mois de Janvier 1689. *Art.* I. *à l'Oc-*
casion du Traité singulier des Regales de
M. *Pinsson*, avec la Refutation de ce
même Traité. Liege 1689. *in*-12. pp.
45. On peut voir ce que M. *de Bau-*
val repliqua pour sa défense dans
la même *Histoire des Ouvrages des*
Savans du mois de May 1689. p.
278.

F. PINS-
SON.

10. Il a eu part à l'édition des Oeuvres d'*Antoine Mornac*, faite à *Paris* en 1654. en 4 volumes *in-fol.* & aux deux dernieres de celles de *Charles du Moulin.*

11. Il a fait aussi quelques Remarques sur le livre de M. *du Bois*, Avocat au Parlement, intitulé : *Maximes du Droit Canonique*; qui ont été imprimées plusieurs fois avec ce livre à *Paris* en 1678. 1684. &c. *in-12.* 2 *vol.* par les soins de *Denys Simon.*

V. *Les Dictionnaires de Bayle & de Morery. Les Vies des Jurisconsultes de Taisand.* p. 437.

ANTOINE DEUSINGIUS.

A. DEU-
SINGIUS.

ANTOINE *Deusingius* naquit le 15 Octobre 1612. à *Meurs*, ville du Diocèse de *Cologne*, de Jean *Othon Deusingius*, natif de *Saint Goar* sur le Rhin, qui servoit en qualité d'Enseigne dans les troupes des Provinces Unies, & d'*Agnés Vermeren*, de *Delft.*

Le peu de secours qu'il eut dans sa patrie pour faire ses études, fut
cause

caufe qu'il n'y fit que peu de pro- A. DEU-
grès, jufqu'à ce que fon pere l'en-SINGIUS.
voya en 1628. à *Harderwick.*

Il commença dans cette ville à
s'appliquer aux Belles-Lettres avec
plus de fruit, qu'il n'avoit fait jufques-là ; mais la guerre l'en chaffa
l'année fuivante, & l'obligea de fe
retirer à *Wefel*, où il étudia encore
quelque temps. Après quoi il fe rendit à *Leyde*, & y fit fa Philofophie
fous *Francon Burgerfdicius. Jacques
Golius*, qui profeffoit les Mathematiques, & la langue Arabe dans cette
Univerfité, ayant conçu de l'eftime
& de l'amitié pour lui, l'engagea à
joindre l'étude des Mathematiques
à celle de la Philofophie ; & lorfqu'il y fut affez avancé, il fe donna
aux langues Orientales qu'il apprit
non feulement de *Golius*, mais encore de *Conftantin l'Empereur* & de
Louis de Dieu.

Il paffa enfuite à la Medecine, par
le Confeil de *Golius*, quoique fon
pere le deftinât à la Jurifprudence ;
& il le fit dans la penfée que la langue Arabe, qu'il avoit étudiée fous
Golius, lui feroit d'un grand ufage

Tome XXII. C

pour s'avancer dans cette science. L'application qu'il y donna ne l'empêcha pas de profiter de l'occafion qu'il eut alors de s'inftruire dans les langues Perfane & Turque, qu'il apprit à fes heures de loifir.

Après fept années de fejour à *Leyde*, il s'y fit recevoir Docteur en Medecine le 25 Septembre 1637. & ayant enfuite vifité quelques autres Academies des Pays-bas, il retourna dans fa patrie, & s'y donna à la pratique de la Medecine, à laquelle il s'étoit preparé à *Leyde* fous les yeux de *Schrevelius*, & d'*Heurnius*, qu'il fuivoit affiduement dans la vifite des malades & des Hôpitaux.

A peine fut-il de retour à *Meurs*, que le Prince d'*Orange*, qui eft Seigneur de cette ville, & les Magiftrats, voulant donner quelque luftre au College qui y eft établi, l'engagerent à y profeffer les Mathematiques, & il prit poffeffion de cet emploi le 9 Juillet 1638. par un difcours *De Felicitate Patriæ ex Gymnafio acquifita.*

Mais il ne le conferva pas long-temps ; car l'année fuivante il fut

appellé à *Harderwick* pour y être A. Deu-
Profeſſeur ordinaire de Phyſique & singius.
de Mathematique à la place d'*Iſaac*
Pontanus. Il fut inſtallé dans ce poſte
le 5 Decembre 1639. & fit à cette
occaſion un diſcours *de recta Philoſo-*
phiæ Naturalis conquirendæ Methodo.
Quelques mois après il ſucceda à
Bachovius, dans l'emploi de Medecin ordinaire de la ville, auquel on
attacha de bons appointemens.

En 1642. on ajouta aux Chaires
qu'il avoit deja, celle de Medecine
dont il prit poſſeſſion le 12 Août
de cette année; & au commencement de l'année ſuivante il fut êlû
Ancien de l'Egliſe d'*Harderwick.*

Tous ces honneurs ne l'empêcherent pas d'accepter ſur la fin de l'année 1646. une Chaire de premier
Profeſſeur en Medecine à *Groningue*,
qu'on lui offrit alors; & il y fut inſtallé le 12 Janvier 1647. après avoir
prononcé un diſcours ſur l'idée du
Medecin parfait; *Quod optimus Me-*
dicus ſit idem Philoſophus.

Il ne ſe determina à ce changement, que pour donner le démenti
à quelques-uns de ſes envieux, qui

A. DEU-
SINGIUS.

avoient declaré hautement qu'ils empêcheroient qu'il ne fût dans la suite elevé à aucun poste plus considerable que ceux qu'il avoit. Les Magistrats & les Principaux d'*Harderwick* ne le virent partir qu'avec peine, & firent dans la suite des efforts pour le ravoir, en lui offrant une Chaire de premier Professeur en Medecine. *Deusingius* se rendit à leurs instances, mais l'Academie de *Groningue* n'ayant pas voulu lui accorder son congé, il se détermina à demeurer dans cette ville, où pour le dedommager de ce refus, & lui en rendre le sejour plus agreable, on augmenta ses appointemens de Professeur, & on lui donna le titre de Medecin de la Province, avec de nouveaux gages.

Pendant le temps qu'il étoit incertain s'il demeureroit à *Groningue*, ou s'il retourneroit à *Harderwick*, il se fit recevoir Docteur en Philosophie dans cette premiere ville, & cette Ceremonie se fit le 19 Octobre 1647.

Le 16 Août 1648. il fut élû Recteur de l'Université de *Groningue*,

& il prit poffeffion de cette dignité A. Deu-le 23 du même mois par un difcours singius. *de officio boni Medici.* L'année fui-vante on le nomma Ancien de l'E-glife de *Groningue.*

L'an 1652. *Guillaume Fréderic* Comte de *Naffau*, Gouverneur de la Frife, le choifit pour fon premier Medecin.

Il fut de nouveau élû Recteur en 1653. & il prononça en cette oc-cafion un difcours *de Judicii diffi-cultate.*

Il mourut à *Groningue* le 29 Jan-vier 1666. âgé de 54 ans.

Il a été marié deux fois. Il époufa d'abord le 5 Août 1640. *Sophie d'Oo-fterwiick*, d'une famille du Duché de *Cleves.* Cette femme étant mor-te, il fe remaria le 6 Janvier 1650. à *Madeleine-Modefte Scheidmans* fille d'un Affeffeur de la Chambre Impe-riale de *Spire.* Il n'a pas eu d'enfant, qui ait figuré dans la République des Lettres.

Catalogue de fes Ouvrages.

1. *Oratio de recta Philofophiæ Na-turalis conquirendæ Methodo. Harder-vici* 1640. *in-*4°. C'eft le difcours

A. Deu- qu'il prononça à son installation
singius. dans le poste de Professeur à *Har-*
derwick.

2. *Cosmographia Catholica & A-*
stronomia secundum Hypotheses Ptole-
mæi in concinnum, brevem, & perspi-
cuum ordinem digesta. Amstelod. 1642.
in-8º.

3. *Oratio qua Medicinæ dignitates*
perstringuntur. Hardervici 1642. *in-*4°.
Il prononça ce discours le 12 Août
1642. lorsqu'il prit possession de la
Chaire de Professeur en Medecine à
Harderwick.

4. *De vero Systemate Mundi Dis-*
sertatio Mathematica: quâ Copernici
Systema Mundi reformatur; sublatis
interim infinitis pene orbibus, quibus in
Systemate Ptolemaico Mens humana
distrahebatur, in partes quatuor divisa.
Amstelodami. Elzevir. 1643. *in-*4°.

5. *De Mundi opificio discursus*
Physicus, duodecim Dissertationibus
propositus. Amstelodami 1644. *in-*4°.

6. *De Ente in genere ejusque Prin-*
cipiis. Hardervici 1644. *in-*8°.

7. *Synopsis Philosophiæ Moralis.*
Ibid. 1644. *in-*8°.

8. *De Anima humana Dissertatio-*

ties Philoſophicæ ſeptem. *Hardervici*
1644. *in-4°.*

9. *De Origine Formarum natura-*
lium, & *Animæ humanæ ſubſtantia*
diſquiſitiones, *habitæ cum D. Joanne*
Santeno. Ibid. 1644. *in-4°.*

10. *Naturæ Theatrum Univerſale*
ex Monumentis veterum, *ad S. Scrip-*
turæ normam, ac rationis & *experien-*
tiæ libellam exſtructum. *Hardervici*
1645. *in-4°.*

11. *Spongia adverſus Cavillationes*
quaſdam, ſelecta diſputatione Philo-
ſophico-Theologica in Animæ humanæ
ſubſtantiam ejeſtas. Je ne ſai de quelle
année eſt cet Ouvrage.

12. *Hexaemeron recognitum, ſive de*
Creatione Meditationes, explicationi-
bus Chriſtiano-Philoſophicis, & *Ani-*
madverſionibus neceſſariis illuſtratæ,
adverſus D. J. C. S. Th. D. (Dn. Jo-
hannem Cloppenburgium Sacræ Theo-
logiæ Doctorem.) *Hardervici* 1645.
in-4°.

13. *Oratio qua Idea Medici abſoluti*
adumbratur, ſeu quod Optimus Medi-
cus ſit idem Philoſophus. *Groningæ*
1647. *in-4°.* C'eſt le diſcours de ſon
inſtallation à *Groningue.*

C iiij

'A. DEU-
SINGIUS,

14. *Synopsis Philosophiæ Universalis. Groningæ* 1648. *in-*12.

15. *Synopsis Philosophiæ prima, seu Compendium Metaphysicæ.* Je ne sçai quand cet ouvrage a paru, non plus que le suivant.

16. *Synopsis Philosophiæ Naturalis, sive Compendium Physicæ.*

17. *Oratio de boni Medici officio. Groningæ* 1648. *in-*4°. Il prononça ce discours en entrant dans la Charge de Recteur de l'Université de *Groningue.*

18. *Canticum Principis Abi-Alis, Ibn Sinæ, vulgo dicti Avicennæ, de Medecina, seu breve, perspicuum, & concinne digestum Institutionum Medicarum Compendium. Cui adjecti Aphorismi Medici Johannis Mesvæi, Damasceni. Ex Arabico Latine reddita. Accessit ejusdem Authoris (Deusingii) Oratio de felicitate sapientum. Groningæ* 1649. *in-*12.

19. *Synopsis Medicinæ universalis, seu compendium Institutionum Medicarum, publicis Disputationibus exhibitum & ventilatum. Groningæ* 1649. *in-*12.

20. *Exegesis Apologetica, seu loco-*

rum quorumdam, quæ in fcriptis ipfius,   A. DEU-
per mutila quædam excerpta, obfcu- SINGIUS.
ritatem habere vifa funt, collatione
faƈta præcedentium & confequentium,
exaƈta declaratio. Je ne fçai point la
date, ni la forme de cèt Ouvrage,
non plus que du fuivant.

21. *Joannes Cloppenburgius Heau-*
tontimorumenos, feu retorfio injuriarum
in libello falfidico, cui titulus, Res
Judicata *, cumulatarum.*

22. *Anatome parvorum naturalium;*
feu Exercitationes Anatomicæ ac Phy-
fiologicæ de partibus humani corporis,
confervationi fpecierum infervientibus.
Groningæ 1651. *in-4°.*

23. *Differtationes duæ. Prior de mo-*
tu cordis & fanguinis; altera de Laƈte
& nutrimento fœtus in utero, Groningæ
1651. *in-4°. It. Ibid.* 1655. *in-12.*
Cette feconde édition a de plus que
la premiere les pieces fuivantes.

1°. *Notæ viri alicujus Clariffimi ad*
Differtationem de motu cordis & fan-
guinis. 2°. *Commentarius Autoris in*
Differtationem eandem adverfus notas
prædiƈtas. 3°. *Objeƈtiones Andreæ*
Schmitzii adverfus Differtationem de
Laƈte, atque refponfiones Autoris.

A. DEU-SINGIUS.

aliaque huc spectantia. 4°. *Dissertatio de Lacte Joh. Ant. van der Linden.* 5°. *Exercitatio Physiologica de Lacte Hermanni Conringii.* 6°. *Dissertatio Deusingii de Vena sectione in Pleuritide.* 7°. *Ejusdem Oratio Panegyrica de Judicii difficultate.* Il prononça ce discours, quand il fut fait Recteur pour la seconde fois.

24. *Genesis Microcosmi, seu de Generatione fœtus in utero dissertatio. Groningæ* 1653. *in*-12. It. *Accesserunt Deusingii Curæ secundæ de Generatione & Nutritione. Amstelodami* 1665. *in*-12.

25. *Idea Doctrinæ de Febribus, breviter, perspicue, ac Methodice proposita, publicæque ventilationi submissa. Groningæ* 1655. *in*-12.

26. *Disquisitio gemina de Peste: Prior, an contagiosa Pestis sit? Altera, an vitanda? & quomodo illæsa conscientia? Groningæ* 1656. *in*-12.

27. *Dissertatio de Morbo Manschlagt, ejusque curatione. Groningæ* 1656. *in*-12. It. Dans le livre suivant.

28. *Disquisitio Medica de Morborum quorumdam superstitiosa origine & curatione, speciatim de Morbo vulgo*

dicto Manfchlacht, ejufque curatione, A. Deu-
de Lycanthropia, nec non de furdis ab singius.
ortu, mutifque, ac illorum cognitione.
Ubi & de ratione & loquela Brutorum
animantium. Groningæ 1656. *in-*4°.
Toutes ces pieces fe trouvent dans
le *Fafciculus Differtationum,* dont je
parlerai plus bas.

29. *Tractatus de Pefte; in quo de*
Peftis natura, caufis, fignis, præfer-
vatione, ac curatione agitur. Gronin-
gæ 1658. *in-*12.

30. *Differtationes de Unicornu; La-*
pide Bezoar, Pomis Mandragoræ, il-
liufque Magoniis, vulgo dictis Piffe-
Dieffes: Agno vegetabili: Anferibus
Scoticis. Groningæ 1659. *in-*12. It.
Dans le *Fafciculus Differtationum Se-*
lectarum.

31. *Differtationes de Manna, Sac-*
charo & Monocerote. Groningæ 1659.
*in-*12. It. dans le *Fafciculus Differta-*
tionum.

32. *Idea Fabricæ corporis humani;*
feu Inftitutiones Anatomicæ, ad circu-
lationem fanguinis, aliaque Recentio-
rum inventa, accommodatæ. Groningæ
1659. *in-*12.

33. *Fafciculus Differtationum Se-*

A. DEU-   *lectarum , primum per partes editarum,*
SINGIUS.   *nunc vero ab ipso Autore collectarum*
ac recognitarum ; eum Auctario. Gro-
ningæ 1660. *in*-4°. Les differtations
contenues dans ce Recueil font celles dont j'ai parlé au *N°.* 28. 30. &
31. & de plus d'autres *de Pelicano ,*
Phœnice , & Unicornu Africano.

34. *Oeconomia Corporis Animalis ,*
in quinque partes diftributa.

Pars 1ª. *quâ continetur de Nutritio-*
ne Animalium Exercitatio Phyfiologico-
Medica. Groningæ 1660. *in*-12.

Pars 2ª. *five , de Nutrimenti in cor-*
pore elaboratione , Exercitationes Phy-
fico-Anatomicæ. Ibid. 1660. *in*-12.

Pars 3ª. *five de Nutrimento Ani-*
malium ultimo Exercitationes Phyfico-
Anatomicæ. Accedit Differtatio Epifto-
lica de Hepatis officio , & Appendix ,
feu Vindiciæ Hepatis redivivi. Ibid.
1660. *in*-12.

Pars 4ª. *five de Motu Animalium.*
Ibid. 1661. *in*-12.

Pars 5ª. *five de fenfuum functioni-*
bus Exercitationes tres. Ibid. 1661.
in-12.

35. *Exercitationes de Motu Anima-*
lium , ubi de motu Mufculorum & re-

fpiratione. Itemque de fenfuum functio- A. DEU-
nibus, ubi & de Appetitu fenfitivo, & SINGIUS.
Affectibus. Groningæ 1661. *in-*12.

36. *Difquifitio Phyfico-Mathematica
gemina de Vacuo, itemque de Attrac-
tione; quibus probatur nullum in rerum
natura dari, vel poffe dari Vacuum;
ipfaque experimenta variorum pro Vacuo probando hactenus afferri folita expenduntur ac refelluntur; Oftenditur-
que (contra J. Pecquetum imprimis)
non pulfione duntaxat, fed & tractione
in rerum natura fieri motum. Amftelo-
dami* 1661. *in-*12.

37. *Oeconomus Corporis animalis,
ac fpeciatim de ortu Animæ humanæ
differtatio. In qua demonftratur non effe
homini fimpliciter impoffibile, per na-
turale Intellectus lumen feipfum noffe;
Oppofita conceptibus Gualteri Charle-
tonis. Groningæ* 1661. *in-*12.

38. *Exercitatio de Admiranda Anatome Ludovici de Bils.* Dans le livre
intitulé : *Ludovici Bilfii Refponfio ad
Admonitiones Joannis ab Horne ut &
ad Animadverfiones Pauli Barbette in
Anatomia Bilfiana. Roterodami* 1661.
*in-*4°.

39. *Hiftoria Fœtus extra Uterum in*

A. Deu-
singius.

Abdomine geniti, ibidemque per sex fere luftra detenti, ac tandem lapidefcentis, confideratione Phyfico-Anatomica illustrata. Groningæ 1661. *in-*12.
It. Avec *Laur. Strauffii Refolutio Obfervationis fingularis Muffipontanæ Fœtus extra uterum in abdomine retenti, tandemque lapidefcentis.* Darmftadii 1661. & 1663. *in-*4°. It. Avec *Johannis Benedicti Sinibaldi Geneanthropia.* Francofurti 1669. *in-*4°.

40. *Fœtus Muffipontani extra uterum in Abdomine geniti Secundinæ detectæ.* Groningæ 1662. *in-*12.

41. *Fœtus hiftoria partus infœlicis; Quo Gemellorum ex utero in Abdominis cavum elapforum offa fenfim, multis poft annis, per Abdomen ipfum in lucem prodierunt. Una cum Refolutione.* Groningæ 1662. *in-*12.

42. *Oeconomus Corporis Animalis reftitutus; in quo genuinus Animæ humanæ ortus, itemque poffibilis cognitio fui ipfius, afferuntur & muniuntur.* Groningæ 1662. *in-*12.

43. *Apologeticæ Defenfionis pro Oeconomia corporis Animalis, Prodromus; quo perfonato cuidam Benedicto Blottefandeo larva detrahitur. Cui ad-*

ditum ſpecimen Ingenii , Indolis , ac A. Deu-
Religionis , quibus claret Blotteſandeus; singius.
nec non Vindiciarum Hepatis redivivi
ſupplementum. Groningæ 1662. *in-*12.
Cet Ouvrage eſt contre *Olaus Bor-*
richius , qui avoit publié une Critique aſſez vive ſous le titre de *Deu-*
ſingius Heautontimorumenos , comme
on peut voir dans ſon Article, *Tome*
XIX. *de ces Memoires. p.* 51.

44. *Reſurrectio Hepatis aſſerta, con-*
tra Socium Larvatum , Vincentium
Schlegelium , ſub perſonati Blotteſandei
Cohorte furioſa ſigniferum. Acceſſit
Diſquiſitio ulterior de Chyli motu , &
officio Hepatis. Groningæ 1662. *in-*12.

45. *Sympathetici Pulveris Examen :*
Quo ſuperſtitioſa ac fraudibus Cacodæ-
monis implicita Vulnerum & Ulcerum
curatio in diſtans , per rationis truti-
nam, ad ipſas naturæ leges, expendi-
tur ; ſubverſis curæ Sympatheticæ fun-
damentis ab Ill. Comite Digbæo , nec
non DD. Papinio & Mohio poſitis,
Groningæ 1662. *in-*12.

46. *Conſiderationes* ***circa*** *experi-*
menta Phyſico-Mechanica Roberti Boy-
lei , de vi Aeris elaſtico , & ejuſdem
effectibus ; quibus obſervata illius ra-

tionibus Philosophicis, omne Vacuum,
ipsumque elaterem Aeris Pecquetianum
arcentibus, illustrantur. Groningæ 1662.
in-8°.

47. *In Sylvam Echo: seu Sylvius*
Heautontimorumenos. Cum Appendice
de Bilis & Hepatis usu; itemque Exer-
citatione: Utrum Medicina sit scientia
an Ars? Sylvianæ vitiligationi oppositæ,
Groningæ 1663. in-12. Cet Ouvrage
est une espece d'Avant-Coureur de
ceux qu'il a publiés depuis contre *Syl-*
vius, lesquels ne sont pas moins des
Monumens de son caractere Satyri-
que & bilieux, que de sa science.

48. *Disquisitio Anti-Sylviana de*
Calido innato, & aucto in Corde san-
guinis calore; qua celeberrimi viri Fran-
cisci Sylvii suspiciones ac conjecturæ,
ut ab ipso dicuntur; quin imo vere inep-
tiæ ejus, & nugæ ad libellam veritatis
expenduntur, excutiuntur ac refutan-
tur. Groningæ 1663. in-12.

49. *Disquisitio Anti-Sylviana de*
motu Cordis & Arteriarum; qua cele-
berrimi viri Francisci Sylvii ineptiæ
& nugæ ad libellam veritatis expen-
duntur, excutiuntur, refutantur. Gro-
ningæ 1663. in-12.

50.

50. *Disquisitio Anti-Sylviana de* A. Deu-
signo Febrium Pathognomonico, quod singius.
fundamenti loco habendum sit pro Fe-
brium essentia investiganda. Cum Præ-
fatione Epistolam Cacologeticam Sylvii
concernente, & Additamento ad erro-
neam Sylvii experientiam spectante,
quâ is Febres frigidas cum Helmon-
tio comminiscitur. Groningæ 1664. *in-*
12.

51. *Sylva cædua cadens; seu disqui-*
sitiones Anti-Sylvianæ de Alimenti as-
sumpti elaboratione & distributione,
quarum I. *de Alimentorum Fermenta-*
tione in Ventriculo. II. *De Chyli à*
fæcibus alvinis Secretione, & in vasa
Mesaraica propulsione. III. *De Chyli*
mutatione in sanguinem, ac circulari
sanguinis motu. Præmissa est Præfatio
causas Sylviani in Deusingium furoris
nude repræsentans, simulque Sylvium
injuriosum Aggressorem evidenter de-
monstrans. Groningæ 1664. *in-*12.

52. *Sylva cædua jacens : seu Disqui-*
sitiones Anti-Sylvianæ ulteriores ; qua-
rum I. *De Spirituum Animalium in*
Cerebro Cerebelloque confectione, per
Nervos distributione ac vario usu. II.
De Lienis & Glandularum usu. Ad-
Tome XXII. D

A. DEU- dita eſt *Diſſertatio de Natura.* Gronin-
SINGIUS. gæ 1665. *in*-12.

53. *Vindiciæ fœtus extra uterum ge-*
niti : nec non quorumdam ſcriptorum
ſuorum Faſciculo Diſſertationum Sele-
ctarum comprehenſorum de Unicornu ,
Lapide Bezoar , Manna , Saccharo ,
Agno vegetabili , Anſeribus Scoticis ,
Pellicano , Phœnice , contra Bernardi
à Doma furioſos Inſultus : Ut & ali-
quarum Elegantiarum Philologicarum
Examen , ſeu Calonum caterva dis-
jecta , cujus Anteſignanus Antonius Ro-
ſinus perſonatus. Groningæ 1664. *in*-12.
On voit par ce titre , & par les autres que j'ai rapportés ci deſſus , avec
quel mepris il traitoit ceux qui l'attaquoient; mepris , qui n'eſt pas toujours une preuve qu'on ait la verité
de ſon côté.

54. *Diſputatio Anatomico - Medicæ*
de Chyli a fæcibus alvinis ſecretione ,
ac ſucci Pancreatici natura & uſu.
Groningæ 1665. *in*-4°.

55. *Examen Anatomes Anatomiæ*
Bilſianæ , ſeu Epiſtola de Chyli motu.
Groningæ 1665. *in*-12.

56. *Apologia contra D. Joannis Clop-*
penburgii Caſuum Poſitiones. Harder-

*vici in-*4°. fans date. *Deufingius* fe défend ici contre *Cloppenbourg*, qui lui avoit attribué, à ce qu'il pretend, des fentimens qu'il n'avoit pas, fur l'ame de l'homme, fur la Providence, fur les Intelligences des Aftres, & autres chofes femblables.

57. *Oratio de Aftronomiæ Origine, ejufdemque ad noftram ufque ætatem progreffu.* Je ne fçai point la date de ce difcours, non plus que du fuivant, qu'il doit fuivant les apparences avoir publiés, lorfqu'il commençoit à profeffer à *Harderwick.*

58. *Oratio in Cofmographiæ Commendationem.*

V. *Vitæ Profefforum Academiæ Groningæ. p.* 213. *Freheri Theatrum Virorum Doctorum. p.* 1403. C'eft un abregé du livre precedent, auquel *Freher* a ajouté la date de la mort de *Deufingius. Mercklini Lindenius Renovatus.*

ADAM BLACVOD.

ADAM *Blacvod* naquit vers l'an 1539. à *Dumfermling* ville d'Ecoffe, dans la Province de *Fiffe*, de *Guillaume Blacvod*, Gentilhomme du Pays, qui fut tué en combattant pour fa patrie contre les Anglois, & d'*Helene Reid*, niece de *Robert Reid*, Evêque des Ifles Orcades.

Il n'avoit pas encore dix ans, lorfqu'il perdit fon pere & fa mere, & il fe vit par là fous la tutelle de *Robert Reid* fon grand Oncle. Ce Prelat l'envoya de bonne heure à *Paris*, où il eut pour Maîtres *Adrien Turnebe*, & *Jean Daurat*, fous lefquels il apprit à écrire également bien en profe & en vers.

Il n'etoit occupé que de fes études, lorfqu'il apprit la mort de fon Oncle, qui avoit été attaqué de la pefte à *Dieppe*, en retournant en Ecoffe, après avoir negocié en France le Mariage de la Reine *Marie* avec le Prince *François*, alors Dauphin.

Cette nouvelle l'obligea à faire un
voyage en Ecoſſe ; mais il y trouva
toutes choſes dans une telle confu-
ſion, qu'il ſe hâta de regagner *Paris*,
où aidé des liberalités de la Reine
d'Ecoſſe, il s'appliqua à l'étude de
la Philoſophie, des Mathematiques,
& des langues Orientales.

Il alla enſuite étudier en Droit à
Touloufe, & après deux années de
ſejour dans cette ville, il revint à
Paris, où il enſeigna quelque temps
la Philoſophie.

Ayant eu occaſion de voir *Jacques*
Beton Archevêque de *Glaſcou*, qui
étoit alors en France en qualité
d'Ambaſſadeur d'Ecoſſe, ce Prélat conçut tant d'eſtime & d'affection pour lui, qu'il engagea la Reine
d'Ecoſſe, à lui donner une Charge
de Conſeiller au Preſidial de *Poitiers.*
Cette Princeſſe, à qui cette ville
avoit été engagée pour ſon Douaire,
accorda pour cela liberalement à
Blacvod des Lettres Patentes, qui
furent confirmées par *Henri III.* non-
obſtant ſa qualité d'Etranger. Cette
Princeſſe l'honora auſſi du titre de
ſon Conſeiller.

A. BLAC-
VOD.

Blacvod s'étant alors établi à *Poitiers*, s'y maria, & époufa *Catherine
Courtinier*, fille du Procureur du Roi
de cette ville, dont il eut onze enfans, quatre garcons, & fept filles.

Les occupations de fa Charge ne
l'empêcherent pas de continuer à
cultiver les Lettres, pour lefquelles
il avoit beaucoup d'inclination; ce
fut même alors qu'il commença à
publier quelques Ouvrages.

Il fit quelques voyages en Angleterre pendant la prifon de la Reine
Marie, & lorfque le Roi *Jacques I.*
fut monté fur le throne; & ce Prince lui donna en cette occafion des
marques de fon eftime & de fa bien-
veillance.

Il mourut l'an **1613.** âgé de 74
ans.

Une de fes filles époufa en premieres Nôces *Jacques Criton*, Profeffeur des Belles-Lettres à *Paris*,
& en fecondes *François de la Mo-
the le Vayer*. (*Sorberiana* p. 259.)

Catalogue de fes Ouvrages.

1. *Caroli IX. Pompa funebris verfibus expreffa.* Per *A. B. J. C.* (*Adamum
Blacvodæum Juris-Confultum*) *Parif.*
1574. in-8°.

2. *De Vinculo Religionis & Impe-* A. BLAC-
rii, & de conjunctionum infidiis, Reli- VOD.
gionis fuco adumbratis, libri duo. Pa-
rif. 1575. *in-*8°. fans nom d'Auteur.
It. *Accedit liber tertius. Auguftoriti*
*Pictonum. in-*8°. fans date, mais vers
l'an 1615.

3. *Adverfus Georgii Buchanani Dia-*
logum, de Jure Regni apud Scotos, pro
Regibus Apologia, quâ Regii nominis
amplitudo, & Imperii Majeftas ab
Hæreticorum famofis libellis, & per-
duellium injuria vindicatur. Pictavii.
1581. *in-*4°. It. *Parif.* 1588. *in-*8°.

4. *Martyre de Marie Stuart Reine*
d'Ecoffe, & Douairiere de France.
Cette hiftoire a été imprimée plufieurs fois, on la trouve revuë &
corrigée dans le Recueil des Oeuvres de *Blacvod.*

5. *Sanctarum Præcationum procemia,*
feu mavis, Ejaculationes Animæ ad
orandum fe præparantis. Auguftoriti
Pictonum 1598. *in-*12.

6. *Inauguratio Jacobi Magnæ Bri-*
tanniæ Regis. Parif. 1606. *in-*8°.
C'eft une piece de vers.

7. *In Pfalmum David quinquagefi-*
mum, cujus initium eft, Miferere mei

Deus, *Meditatio. Pictavii* 1608. *in-*
12.

8. *Varii generis Poematia. Pictavii*
1609. *in-*12.

9. *Adami Blacvodæi, in Curia Præ-*
sidiali Pictonum', & Urbis in Decu-
rionum Collegio Regis Consiliarii Opera
omnia. Parif. 1644. *in-*4°. *Gabriel Nau-*
dé, qui a fait imprimer ce Recueil,
a mis à la tête un Eloge affez étendu de *Blacvod.*

V. *Son Eloge par Naudé.*

BURCHER DE VOLDER.

BURCHER *de Volder* naquit à
Amsterdam le 26 Juillet 1643,
de *Juste de Volder* & de *Marie de*
Liefveld, qui faifoient profeffion de
la Religion Mennonite.

Il fut fort foible & fort delicat
dans fon enfance ; cependant la grande inclination qu'il témoigna pour
l'étude engagea fon pere à l'y appliquer, & à lui fournir tous les fecours neceffaires pour cela.

Il fit fes études d'Humanités avec
beaucoup de fuccés, & acquit une
con-

connoiffance parfaite des langues B. DE
Latine & Gréque. Après quoi il VOLDER.
s'appliqua en 1657. à la Philofophie
& aux Mathematiques. Toutes ces
études fe firent dans fa ville Natale,
& lorfqu'elles furent finies, il alla
à *Utrecht*, où il fe fit recevoir Docteur en Philofophie le 18 Octobre
1660.

Il s'attacha enfuite avec foin à la
lecture des Ouvrages de *Defcartes*,
& reconnut fans peine la difference
qu'il y a entre les écrits de ce Philofophe & ceux des Scholaftiques. Il
abandonna donc entierement toutes
les queftions inutiles de l'Ecole, pour
chercher la verité fuivant la Methode de *Defcartes*.

Quelque amour qu'il eût pour la
Philofophie, il crut cependant qu'il
ne devoit pas s'y borner. Il alla étudier en Medecine à *Leyde* fous *François Sylvius*, qui y profeffoit avec
beaucoup d'applaudiffement. Il y
fut reçu Docteur en cette Faculté le
3 Juillet 1664. Après quoi il alla
exercer fa profeffion à *Amfterdam*,
fans negliger l'étude de la Philofophie, qui étoit proprement fa fa-

Tome XXII. E

B. DE vorite. Il y difputa affez fouvent en
VOLDER. public, & embaraffa plus d'une fois
celui qui prefidoit à la Difpute.

Il s'aquit par-là de la reputation;
ainfi une chaire de Philofophie étant
venue à vacquer dans l'Univerfité
de *Leyde*, on jugea qu'on ne pouvoit la mieux remplir qu'en la lui
donnant. Il fut appellé à ce pofte,
& il fit fa Harangue inaugurale le
18 Octobre 1670. Mais avant qu'il
eût reçu fon Acte de reception,
quelques perfonnes avertirent ceux
qui l'avoient appellé, qu'il étoit de
la Communion des Mennonites; ce
qui fit quelque difficulté. Elle fut
levée par *de Volder*, qui dit qu'il y
avoit déja longtemps qu'il étoit refo-
lu de fe ranger à la Communion de
l'Eglife Wallonne. Cet obftacle étant
oté, rien n'empêcha plus qu'il ne
fût reçu dans les fonctions de fa charge. Il étoit alors dans fa 28e année.

Dès lors il abandonna entierement la pratique de la Medecine, &
fe renferma uniquement dans les
fonctions de fon emploi, où il
acquit une reputation, qui lui gagna
l'eftime de tout le monde.

Il étoit d'ailleurs extrêmement

regulier dans ſa conduite , doux ,   B. DE
affable, modeſte, n'ayant jamais VOLDER.
deſſein de choquer perſonne , cir-
conſpect dans toutes ſes manieres ,
ſuivant toujours le parti de la juſtice & de la verité, autant qu'il
lui étoit connu , mais ſans emportement contre ceux qui étoient d'une
autre opinion ou dans d'autres principes que lui. Il avoit en particulier beaucoup de douceur & d'affa-
bilité pour ſes diſciples , & il les
inſtruiſoit d'une maniere ſi claire &
avec tant d'ordre , qu'il ne faut pas
être ſurpris s'il eſt ſorti tant d'habiles gens de ſon Ecole, & s'il étoit
cheri & honoré de tous ceux qui
l'avoient eu pour Maître. Il étoit
ſouvent conſulté ſur des queſtions
importantes ; & ſes réponſes paſ-
ſoient toujours pour des Oracles ,
parce qu'elles étoient toujours fon-
dées ſur la certitude & l'evidence.

Ce fut lui qui conſeilla de fonder dans l'Academie de *Leyde* une
eſpece de Theatre , où l'on fît toutes les experiences de Phyſique neceſſaires ; & afin qu'il n'y manquât
rien , il eut ordre d'aller en France

B. DE
Volder.

pour y acheter tous les instrumens, qu'il jugeroit neceffaires. Il y vint pour ce fujet en 1681. comme il avoit été en Angleterre en 1674.

En 1682. on joignit à la Charge de Profeffeur en Philofophie celle de Profeffeur en Mathematiques dans lefquelles il excelloit. Son habileté en ce genre fut caufe que M. *Huygens* lui confia fes Manufcrits par fon Teftament, en lui permettant de faire imprimer ceux qu'il en jugeroit dignes; & que l'Univerfité de *Padoue* voulut l'attirer chez elle, en lui promettant un libre exercice de fa Religion.

L'application qu'il donnoit à la Philofophie & aux Mathematiques ne l'empechoit pas de fe divertir dans la lecture des Auteurs Grecs & Latins. Il lifoit auffi l'Ecriture Sainte, avec beaucoup d'application, non feulement dans les heures deftinées à cette lecture, mais encore toutes les fois que fes occupations le lui permettoient.

Il étoit fujet à la jauniffe & à jetter du fang par les urines, fur tout lorfqu'il prenoit un exercice un peu vio-

B. DE VOLDER.

fent. Cependant fa temperance lui a confervé la vie pendant plufieurs années avec cette incommodité. Mais fentant fes forces diminuer, & voyant qu'il avoit befoin de repos, il demanda en 1705. d'être déchargé de fes fonctions; ce que les Curateurs de l'Univerfité & le Magiftrat lui accorderent, en lui confervant une penfion de mille Florins, & tous les honneurs Académiques.

Quelques mois avant que de mourir, il fut attaqué d'un dégoût general pour toutes fortes d'alimens, & fe vit reduit à ne vivre que de lait. Il vêcut de cette maniere jufqu'au 28 Mars 1709. qu'il mourut dans le moment qu'il demandoit qu'on le tranfportât d'un lit à un autre. Il étoit alors dans fa 66ᵉ année. Il n'a jamais été marié.

Catalogue de fes Ouvrages.

1. *Difputationes Philofophicæ de rerum Naturalium Principiis, ut & de Aeris Gravitate. Lugd. Bat.* 1681. *in-*8°. *De Volder* n'a jamais voulu publier fes Ouvrages, qu'il compofoit feulement pour l'ufage de fes Ecoliers; mais fa reputation, qui

B. DE faisoit rechercher tout ce qui venoit
VOLDER. de lui, a été cause qu'on en a imprimé quelques-uns à son insçu.

2. *Disputationes Philosophicæ omnes
contra Atheos. Medioburgi* 1685. *in-8°.*
» Il y a une fausseté dans le titre de
» ce livre, car on y assure que ce
» sont toutes les Theses que M. *de*
» *Volder* a faites contre les Athées;
» & il n'est pas vrai qu'elles soient
» toutes ici. Il avoit expressément
» marqué dans celles qu'il a fait sou-
» tenir à ses disciples sur cette im-
» portante question de l'existence de
» Dieu, qu'il lui en restoit d'autres
» à faire, & cela paroît assez. Comme
» il n'avoit pas dessein qu'elles ser-
» vissent à d'autres usages qu'à une
» dispute Academique, il n'a point
» voulu les achever, croyant par-là
» faire ensorte qu'aucun Libraire
» n'en entreprît l'édition. Mais ses
» soins ont été inutiles. Comme l'é-
» dition a été faite à son insçû, &
» qu'elle est pleine de fautes d'im-
» pression, il l'a desavouée. L'Ouvra-
» ge contient cependant de tres bon-
» nes choses, qui peuvent servir d'un
» bon Commentaire à quelques en-

» droits difficiles des Meditations   B. DE
» de *Descartes.* (*Rep. des Lettr. Fe-* VOLDER,
vrier 1685.)

3. *Exercitationes Academicæ, qui-*
bus Renati Cartesii Philosophia defen-
ditur adversus P. D. Huetii Censuram
Philosophiæ Cartesianæ. Amstelodami
1695. *in-*8°. *De Volder* nous apprend
lui-même dans une Lettre à M. *de*
Bauval, inserée dans *l'Histoire des*
Ouv. des Savans, May 1695. ce qu'on
doit penser de l'édition de cet Ouvrage, qui a son merite. » Je ne
» puis, dit-il, m'empêcher de me
» plaindre au public de l'avidité des
» Libraires, qui entreprennent sans
» aucuns égards d'imprimer tout ce
» qu'ils jugent propre à leur appor-
» ter quelque profit. Dans les fon-
» ctions de ma Profession, j'avois
» composé quelques Exercitations
» Academiques, où j'examinois la
» *Censura Philosophiæ Cartesianæ* de
» M. *Huet*; & cela uniquement pour
» l'usage de mes Auditeurs. Or com-
» me je ne les destinois pas à l'im-
» pression, je ne les ai pas travail-
» lées avec la même application,
» ni la même exactitude, que si

B. DE
VOLDER.

» j'avois eu d'autres vues. D'ailleurs
» n'ayant d'autre dessein que l'in-
» struction de mes disciples, vous
» savez qu'il faut expliquer plus am-
» plement, & avec plus d'étendue
» certains principes que l'on pose
» dans un écrit public, sans s'arrêter
» à les prouver, parce que l'on sup-
» pose qu'ils sont déja connus du
» Lecteur. De plus je n'ai point pre-
» tendu expliquer mes propres sen-
» timens ; je me suis uniquement
» proposé de rapporter les Opinions
» de *Descartes*, & de les defendre
» contre les objections de M. l'Evê-
» que d'*Avranches*. Mais je ne prends
» point de parti, & je n'allegue point
» mon jugement particulier. Au reste
» cette édition, qui s'est faite sans
» ma participation, est si pleine de
» fautes, qu'il y a beaucoup de cho-
» ses qui peuvent être mal enten-
» dues, & dont le sens est fort dou-
» teux, & fort ambigu. Ainsi afin
» que l'on ne m'impute ni les fautes
» ni les sentimens d'autruy, je vous
» prie de desavouer pour moi ces
» Exercitations.

4. *Oratio de Rationis viribus & usu*

in Scientiis. Lugd. Bat. 1698. *in-*8°.   B. DE

V. *Burcheri de Volder Laudatio ab* VOLDER.
Jacobo Gronovio peracta, ad diem
XVII. *Cal. Maias. Lugd. Bat.* 1709.
*in-*4°. *Repub. des Lettres. May* 1709.
p. 558.

JEAN DRUSIUS.

JEAN *Drufius* naquit à *Oudenarde* J. DRU-
en Flandres le 28 Juin 1550. de SIUS.
Clement Drufius, vulgairement appellé *Van der Driefche*, & d'*Elizabeth Decker.*

Lorfqu'il eut dix ans, fon pere,
qui le deftinoit aux études de Theologie, l'envoya à *Gand*, où il apprit
les langues Gréque & Latine fous
Pierre Dickel. Après trois années de
féjour en cette ville, il paffa à *Louvain* & y fit fa Philofophie.

Dans ces entrefaites, fon pere,
qui profeffoit la Religion Proteftante, ayant été dépouillé de fes biens
& profcrit pour ce fujet en 1567. fe
retira en Angleterre. Il auroit fouhaitté l'emmener avec lui ; mais fa
mere, qui étoit bonne Catholique,

J. DRU-
SIUS.

n'oublia rien pour l'en empêcher;
elle le rappella pour cela à *Oude-*
narde, & l'envoya à *Tournay*. Mais
comme le chagrin de se voir privée
tout à la fois de son mari & de ses
biens lui avoit causé une maladie
considerable, elle ne put avoir si
bien l'œil sur son fils, qu'il ne trou-
vât le moyen de se dérober pour aller
joindre son pere à *Londres*. Il y arriva sur la fin de l'an 1567.

On lui donna alors des Maîtres
pour lui faire continuer ses études,
& il eut bientôt une occasion favorable pour apprendre l'Hebreu; Car
Antoine Rodolphe le Chevalier (a)
natif de la paroisse de *Montchamps*
près de *Vire* en Normandie, homme très-habile dans cette langue,
étant passé alors à *Londres*, où il en
fit quelque temps des Leçons tant
en public qu'en particulier, *Dru-*
sius le suivit avec exactitude, pour
profiter de ses instructions; & lorsque ce savant homme eut été nommé par le Roy Professeur en Hebreu
dans l'Université de *Cambrige*, il

(a) *Bayle* l'appelle mal *Antoine Ce-*
vallier.

alla avec lui dans cette ville, où *le J. Dru-Chevalier*, qui le prit en affection, SIUS. le logea chez lui, & l'y retint, jusqu'a ce qu'il lui eût apprit parfaitement la langue Françoife.

Ce Profeffeur ayant au bout d'un an quitté *Cambrige* pour retourner en France, *Drufius* obtint de fon pere la permiffion de refter encore une année dans cette ville; & il l'employa non feulement à l'étude de la Philofophie, mais encore à celle de la Langue Gréque. On peut juger combien il étoit laborieux par ce que dit *Abel Curiander* fon gendre, qu'il lut pendant ce temps là *Homere* jufqu'à cinq fois, *Hefiode*, *Phocylide*, *Herodote*, *Demofthene*, *Ifocrate*, *Thucydide* & plufieurs autres Auteurs, & que tout cela ne l'empêcha pas de faire des leçons de Rabbinifme à deux jeunes Anglois.

Drufius de retour à *Londres* en 1571. avoit deffein de paffer en France, pour y continuer fes études Philofophiques, & il étoit prêt à l'executer, lorfqu'il apprit le Maffacre de la *Saint-Barthelemi*. Cette nouvelle l'obligea à changer de refolution, & à renoncer à ce voyage.

Peu de temps après il se vit appellé en même temps à *Cambrige* par
Thomas Carthwright, qui y professoit la Theologie, & à *Oxford* par
Laurent Humfred, Vicechancelier de
cette Université; mais il prefera la
derniere Vocation, & se vit par-là
Professeur des Langues Orientales
dès l'âge de 22 ans; & il les enseigna
pendant quatre ans avec beaucoup
de reputation & de succés.

Au bout de ce temps il voulut
revoir sa patrie, & y étant arrivé il
alla à *Louvain*, où il étudia la Jurisprudence, dans le dessein de se rendre utile à ses parens & à ses amis.

Les troubles de Religion, qui
agitoient alors les Pays bas, ne lui
permirent pas d'y faire un long sejour; il se hâta de retourner à *Londres* auprés de son pere. Mais la Pa-
cification de *Gand* faite en 1576.
l'y ramenerent, de même que son
pere, qui quitta la ville de *Londres*,
après plus de huit années de séjour.

Drusius songea alors à tenter la
fortune du coté de la Hollande, &
y trouva bientôt une place, ayant
été choisi le 20 Juin 1577. pour Pro-

feſſer les Langues Orientales à *Ley-* J. DRU-
de. Pendant ſon ſéjour en cette ville SIUS.
il ſongea à ſe marier, & épouſa
le 18 Octobre 1580. *Marie van der
Varent,* native de *Gand,* qui avoit
commencé à prendre du goût pour
les nouvelles Opinions, & qui les
embraſſa entierement après ſon Mariage.

Vers ce temps il alla à *Oudenarde*
pour quelques affaires; & ce voyage
penſa lui être funeſte, car pendant qu'il y étoit, le Duc de *Parme*
y vint mettre le Siege, & la prit par
Capitulation au bout de trois mois.
Druſius eut le bonheur de n'être pas
reconnu, & d'en ſortir avec la gar-
niſon.

La modicité de ſes gages & les
pertes qu'il avoit ſouffertes dans ſa
patrie, engagerent à ſon retour les
Curateurs de l'Univerſité de *Leyde*
à lui faire une gratification de cent
Florins, & à augmenter ſes gages
d'une pareille ſomme.

Malgré cette augmentation, ils
n'étoient pas encore ſuffiſans pour
l'entretien de ſa famille; ainſi il fit
entendre à ſes amis, que ſi on lui

J. DRU-
SIUS.

offroit ailleurs une meilleure condition, il l'accepteroit. Le Prince d'Orange l'ayant appris, écrivit aux Magiftrats de *Leyde* de faire enforte qu'un homme de ce merite ne leur échappât point.

Ils ne laifferent pas cependant de le laiffer échapper ; *Drufius* les ayant quitté peu de temps après pour aller remplir à *Franequer* en Frife, une Chaire de Profeffeur en Hebreu. Il en fut mis en poffeffion le 10 Juin 1585. & il en remplit glorieufement les fonctions pendant tout le refte de fa vie. Ses gages étoient d'abord de cinq cens Florins, mais on les augmenta en 1587. de cent Florins & d'une autre pareille fomme en 1595.

L'année fuivante 1596. les deputez des Etats de Frife lui expedierent la Commiffion de travailler avec *Philippe de Marnix de Sainte Aldegonde*, & quelques autres, à une nouvelle Verfion Flamande de la Bible; mais cette commiffion n'eut point de lieu à fon égard, apparemment parce qu'il avoit été recommandé par *Arminius* & *Uytenbogard*, dont le parti n'étoit pas alors le plus fort.

Les Etats Generaux le chargerent aussi en 1600. par la même recommandation de faire des notes sur les endroits les plus difficiles du Vieux Testament, & lui assignerent pour cela une pension de 400 Florins. Pour le mettre plus en état de travailler à cet Ouvrage, ils écrivirent le 18 May 1601. une Lettre aux Etats de la Province de Frise, pour les prier de dispenser *Drusius* de tous les travaux qui seroient capables de retarder celui-ci. Cette Lettre ayant été lue, les Deputés de ces Etats dechargerent *Drusius* de toutes fonctions Academiques, lui permirent de mettre un autre à sa place pour les Leçons ordinaires, & lui payerent un Copiste. Quoiqu'ils le reduisissent par-là au simple titre de Professeur, ils se firent une gloire de le retenir dans leur Université, & lui refuserent même son congé qu'il demanda en 1603. parce que sa reputation attiroit à *Franequer* un grand nombre d'Etrangers.

Drusius, conformement aux Or-

J. DRU-
SIUS.

dres des Etats Generaux, travaille
sur la Genese, sur l'Exode, sur le
Levitique, sur les 18 premiers chapitres des Nombres, & en particulier sur les endroits les plus difficiles
du Pentateuque, du livre de Josué,
du livre des Juges, & des deux premiers livres des Rois; mais il ne put
jamais rien faire imprimer de tout
cela de son vivant. On ne vit paroître ces Ouvrages qu'après sa mort.

Il mourut le 12 Fevrier 1616. âgé
de 65 ans. Sa femme étoit morte dès
l'année 1599. puisque l'on a une Lettre d'*Arminius* du mois de May de
cette année, où il lui fait un com-
pliment de condoleance sur sa mort.

Il eut trois enfans de son Mariage, deux filles & un garçon.

La premiere fille, nommée *Agnès*
naquit le 22 Mars 1582. à *Leyde*, &
fut mariée en 1604. avec *Abel Curiander*, qui a publié la vie de son
beau-pere.

La seconde, appellée *Jeanne*, naquit à *Franequer* le 1 Avril 1587.
épousa le 29 May 1608. *Abraham
Walkius*, & mourut à *Gand* le 12
Novembre 1612.

Le

Le fils, nommé *Jean*, comme J. Dru-
fon pere, naquit le 26 Juin 1588. sius.
& mourut de la pierre à l'âge de 21
ans en Angleterre, chez *Guillaume*
Thorne (a) Doyen de *Chichefter*, qui
lui donnoit une groffe penfion. A
en juger par ce que fon pere dit de
lui dans la Preface d'un de fes Ouvrages (b) il feroit devenu un pro-
dige d'erudition, s'il eût vecû plus
longtemps. Il commenca dès l'âge
de cinq ans à apprendre la langue
Latine & l'Hebreu; à fept ans il ex-
pliquoit le Pfeautier Hebreu d'une
maniere fi exacte, qu'un Juif qui
enfeignoit l'Arabe à *Leyde* ne pût
l'entendre fans en témoigner beaucoup d'étonnement. A neuf ans il
favoit lire l'Hebreu fans points, &
ajouter les points où il falloit felon
les regles de la Grammaire. Il parloit
alors auffi aifément en Latin qu'en
fa langue maternelle; il favoit même
affez d'Anglois, pour fe faire entendre en cette langue. Il a laiffé plu-

(a) Ce Doyen eft mal appellé *Guillau-*
me Thomas dans le Dictionnaire de *Bayle;*
c'eft apparemment une faute d'Impreffion.
(b) *Lib.* 10. *Præteritorum.*

J. DRU-
SIUS.

ſieurs Ouvrages, qui n'ont pas vû le
jour ; excepté cependant ce qu'il a
fait ſur le *Nomenclator* d'*Elias Levi-
ta* , dont je parlerai à la fin des Ouvrages de ſon pere. Si *Baillet* l'avoit
connu , il n'auroit pas manqué de
lui donner place parmi ſes *Enfans
celebres.*

Druſius eſt un des plus ſavans dans
la langue Hebraïque & des plus habiles Critiques qu'il y ait eu parmi
les Proteſtans. Il doit même , ſelon
M. *Simon* , être preferé à tous ceux
dont les Ouvrages ſe trouvent dans
les *Critiques Sacrées* d'Angleterre.
» Car, dit-il, outre qu'il étoit ſavant
» dans la langue Hebraïque, & qu'il
» pouvoit conſulter lui même les
» livres des Juifs, il avoit lû exa-
» ctement les anciens Traducteurs
» Grecs ; deſorte qu'il s'étoit formé
» une meilleure idée de la langue
» Sainte , que les autres Critiques
» qui ne ſe ſont appliqués qu'à la
» lecture des Rabbins. A quoi l'on
» peut ajouter qu'il avoit auſſi lu les
» Ouvrages de S. Jerôme, & de quel-
» ques autres Peres.

J'ajoute qu'il ne ſe piquoit pas

d'être Theologien, & qu'il ne s'eft J. Dru-
point jetté dans les queftions de Con- sius.
troverfe, comme ont fait plufieurs
Proteftans dans les Ouvrages qu'ils
ont donné fur l'Ecriture Sainte. Il
fe contentoit de la qualité de Gram-
maitien, & ne vouloit point s'engager dans des difputes de Religion.
Cette referve, fes liaifons avec les
Arminiens, & le refus qu'il fit de
foufcrire à la Confeffion de Foy des
Eglifes Belgiques, déplurent fort aux
Proteftans rigides & zelés, & lui
procurerent plufieurs traverfes de
leur part.

Catalogue de fes Ouvrages.

1. *In Pfalmos Davidis veterum In-*
terpretum quæ extant Fragmenta. J.
Drufius collegit. Antuerpiæ 1581. *in-*
4°.

2. *Ad Voces Ebraicas Novi Tefta-*
menti Commentarius, in quo præter ex-
plicationem vocum variæ nec leves cen-
furæ. Antuerpiæ 1582. *in-*4°.

3. *Quæftionum Ebraicarum liber in*
quo varia Scriptura loca explicantur
aut emendantur. Leidæ 1583. *in-*8°.

4. *Ebraicarum Quæftionum libri duo,*
videlicet fecundus & tertius. Leidæ

F ij

J. DRU- 1583. *in*-8°. Il s'est fait une nouvelle
SIUS.   édition augmentée de ces trois livres
à *Franequer* en 1599. *in*-8°.

5. *Animadversionum libri duo; in
quibus præter dictionem Ebraicam plurima loca Scripturæ, Interpretumque
veterum explicantur, emendantur. Leydæ* 1585. *in*-8°.

6. *Esthera ex Interpretatione Santis
Pagnini. Joh. Drusii in eam annotationes. Additiones apocryphæ ab eodem
in Latinum sermonem conversæ & scholiis illustratæ. Leidæ* 1586. *in*-8°.

7. *Historia Ruth ex Ebræo Latine
conversa & commentario explicata.
Ejusdem Historiæ tralatio Græca ad
exemplar Complutense & Notæ in eandem. Additus est Tractatus an Ruben
Mandragoras invenerit. Opera ac studio Joh. Drusii. Franekeræ* 1586. *in*-
8°.

8. *Miscellanea locutionum sacrarum, distributa in Centurias duas, in
quibus præter scripturas, varia Theologorum loca, Augustini præsertim, illustrantur aut emendantur. Franekeræ*
1586. *in*-8°.

9. *Alphabetum Ebraicum Vetus.
Centum Sententiæ veterum sapientum*

triplici Charactere, Ebraico, Latino, J. DRU-
& Græco, secundum antiquam scri- SIUS.
bendi consuetudinem. Omnia edita &
notis illustrata per Joh. Drusium. Fra-
nekeræ 1587. *in-*4°.

10. *Parallela sacra, hoc est, loco-*
rum Veteris Testamenti cum iis quæ in
Novo citantur conjuncta Commemora-
tio, Ebraice & Græce. Joh. Drusius
transcripsit, convertit in Latinum &
notas adjecit. Franekeræ 1588. *in-*4°.

11. *Proverbiorum Classes duæ, in*
quibus explicantur Proverbia Sacra,
& ex sacris orta; Item sententiæ Salo-
monis, & allegoriæ &c. Franekeræ
1590. *in-*4°. It. après l'*Apparatus Bi-*
blicus Briani Waltoni. Tiguri. 1673.
in-fol.

12. *Observationum Sacrarum libri*
12. *in quibus varia variorum Auto-*
rum loca partim corriguntur, partim
explicantur. Antuerpiæ 1584. *in-*8°.
It. *Secunda cura meliores. Franekeræ*
1594. *in-*8°.

13. *De Quæsitis per Epistolam, seu*
Epistolæ variæ. Franekeræ 1595. *in-*8°.

14. *Lectiones in Prophetas Nahum,*
Habacuc, Sophoniam, Joelem, Jo-
nam, Abdiam. In Græcam edutionem

J. DRU-
SIUS.

conjectanea , & Interpretum veterum: quæ extant fragmenta. Leidæ 1595.
in-8°.

15. *Sapientia Syracidæ sive Ecclefiasticus. Græce ad exemplar Romanum, & Latine ex Interpretatione Joh. Drusii. Cum Castigationibus, sive notis ejusdem. Franekeræ* 1596. *in-4°.*

16. *Proverbia Ben-Siræ , Autoris antiquissimi , Opera Joh. Drusii in Latinam linguam conversa , scholiisque aut potius Commentario illustrata. Accesserunt Adagiorum Ebraicorum decuriæ aliquot numquam antehac editæ. Franekeræ* 1597. *in-4°.*

17. *In Prophetam Hoseam lectiones. In Græcam editionem Septuaginta Interpretum conjectanea , & veterum Interpretum quæ extant fragmenta: Leydæ* 1599. *in-8°.*

18. *In Prophetam Amos lectiones. In Græcam editionem conjectanea , & veterum Interpretum quæ extant fragmenta. Leydæ* 1600. *in-8°.*

19. *Liber Hasmoneorum , qui vulgo prior Machabæorum , Græce ex editione Romana , & Latine ex Interpretatione Joh. Drusii ; cum notis sive Commentario ejusdem. Accessit disputatio*

Alberici Gentilis. Franekeræ 1600.
in-4°.

 20. *Tabulæ in Grammaticam Chal-daicam ad usum Juventutis. Franekeræ* 1602. *in-8°.*

 21. *Elohim, sive de nomine Dei E-lohim. Franekeræ* 1603. *in-8°.*

 22. *De Hasidæis, quorum mentio in libris Machabæorum libellus. Frane-keræ* 1603. *in-8°. Drusius* y prétend que les Hasidéens ne sont autres que les Pharisiens.

 23. *Tetragrammaton, sive de No-mine Dei proprio quod Tetragramma-ton vocant. Franekeræ* 1604. *in-8°.* It. dans un Recueil de pieces sembla-bles imprimées par les soins d'*A-drien Reland à Utrecht* 1707. *in-8°. Drusius* soutient qu'on ne peut savoir la veritable prononciation de ce mot.

 24. *Responsio ad Serarium Jesui-tam de tribus Sectis Judæorum. Accessit Josephi Scaligeri Elenchus Trihæresii Nicolai Serarii. Franekeræ* 1605. *in-8°.* L'Ouvrage de *Serarius,* que *Dru-sius* se propose de refuter ici, est in-titulé: *Trihæresium, seu de tribus ce-leberrimis apud Judæos Sectis. Mogun-*

J. DRU-
SIUS.
tia 1604. *in-*8°. & roule sur les trois
Sectes des Pharisiens, des Saducéens
& des Esséniens. Ce savant Jesuite
s'y étoit declaré, comme il avoit
déja fait dans un autre livre, contre
le sentiment de *Drusius* touchant les
Hasidéens, & soutenoit contre lui
que ce nom ne convenoit qu'aux
Esséniens. Comme il avoit défendu
avec chaleur son opinion, *Drusius*
en lui repondant en usa de même
& fut secondé par *Scaliger*, qui
entra dans cette querelle, plutôt
pour lui faire plaisir, que pour aucun interest particulier. Les choses
n'en demeurerent pas là. *Serarius*
crut devoir repliquer par son *Mi-*
nerval Josepho Scaligero & Joanni
Drusio repensum pro Trihæresio. Mo-
guntiæ 1605. *in-*8°.

25. *Ad Minerval Serarii Respon-*
sio. Franekeræ 1605. *in-*8°. C'est par
cette nouvelle replique que *Drusius*
sortit de cette dispute. Il étoit temps
qu'elle finît; les choses s'aigrissoient
trop, & les injures devenoient plus
frequentes que les raisons; comme
il arrive toujours en ces sortes d'occasions.

26.

26. *Sulpicii Severi Aquitani Hifto-* J. Dru-
ria Sacra. Edente & emendante Joh. sius,
*Drufio. Cum Commentario libro, five
notis ejufdem. Franekeræ* 1607. *in-*8°.

27. *Opufcula quæ ad Grammaticam
fpectant in unum volumen compacta.*
I. *De Recta lectione linguæ Sanctæ, ubi
de Accentibus Hebraicis.* II. *De Par-
ticulis Hebraicis, Chaldaicis, Syria-
cis, Talmudicis, & Rabbinicis.* III.
De Litteris Mofche Vechaleb libri duo.
IV. *Alphabethum Hebraicum. Franekeræ* 1609, *in-*4°.

28. *Grammatica Linguæ Sanctæ nova in ufum Academiæ, quæ eft apud
Frifios Occidentales. Franekeræ* 1612.
*in-*12.

29. *Apophtegmata Hebræorum &
Arabum ex Avoth. R. Nathan, Ari-
ftea, libro Selectarum Margaritarum,
& aliis Auctoribus collecta, Latine-
que reddita cum brevibus Scholiis.
Franekeræ* 1612. *in-*4°.

30. *Annotationum in totum Jefu-
Chrifti Teftamentum, five Præteritorum
libri decem. In quibus præter alia in-
numera confenfus oftenditur Synagogæ
Ifraeliticæ cum Ecclefia Chriftiana.
Franekeræ* 1612. *in-*4°. *Drufius te-*

Tome XXII.   G

J. Dru- moigne dans sa Préface avoir don-
sius.   né à ses Remarques le nom de *Præ-
terita*, parce qu'il n'y a fait entrer
que les choses, qui ont été omises
par *Erasme*, *Theodore de Beze* & d'autres.

31. *Henoch*, *sive de Patriarcha
Henoch*, *ejusque raptu & libro è quo
Judas Apostolus testimonium profert*;
*ubi & de libris in S. Scriptura me-
moratis*, *qui nunc interciderunt. Franekeræ* 1615. *in*-4°.

32. *Ad Voces Ebraicas Novi Testamenti Commentarius duplex. Prior
ordine Alphabetico conscriptus est,
alter antehac editus fuit Antuerpiæ.
Franekeræ* 1616. *in*-4°.

33. *Annotationum in Novum Testa-
mentum pars altera. Franekeræ* 1616.
in-4°.

34. *Annotationes in loca difficiliora
Pentateuchi. Franekeræ* 1617. *in*-4°.
Ces Remarques & les suivantes
avoient été faites par ordre des Etats
Generaux, mais l'Auteur n'avoit pu
les faire imprimer, & elles ne l'ont
été qu'après sa mort, par les soins
de *Sixtinus Amama*, son disciple.

35. *Annotationes in loca difficiliora*

librorum Joſuæ, Judicum & Samuelis. J. DRU-
Acceſſit Sixtini Amamæ Commentarius SIUS.
de Decimis Moſaicis. Franekeræ 1618.
*in-*4°.

36. *Veterum Interpretum Græcorum
in vetus Teſtamentum Fragmenta Col-
leɛta, verſa & Notis illuſtrata. Ar-
nhemiæ* 1622. *in-*4°. *3 vol.*

37. *Lectiones in Prophetas Michæam,
Aggæum, Zachariam & Malachiam.
Amſtelod.* 1627. *in-*4°.

38. *In Coheleth, ſive in Eccleſiaſten
Annotationes. Amſtelodami* 1635. *in-*
4°.

39. *Scholia in librum Job. Amſtelodami* 1636. *in-*4°.

40. *Nomenclator Eliæ Levitæ juxta
ordinem Alphabeticum vocum Latina-
rum digeſtus, & Græcis dictionibus
auctus à Joh. Druſio Juniore. Acceſſit
Cenſura Johannis Druſii Senioris in
eundem. Franekeræ* 1652. *in - 8°.*

La pluſpart de ces Ouvrages ont
été inſerés parmi les *Critiques Sacrées.*

·V. L'Ouvrage intitulé : *Vita Ope-
rumque Joh. Druſii editorum & nondum editorum delineatio & tituli per
Abelum Curiandrum. Franekeræ* 1616.
*in-*4°. *Meurſii Athenæ Batavæ.* Cet Au-

J. Dru-
sius.
teur qui y a copié la vie précedente
ne l'a pas entendue en quelques endroits , & est tombé par-là en quelques meprises. *Freheri Theatrum Vi-*
rorum Doct. Valerii Andreæ Bibliothe-
ca Belgica.

***

FRANÇOIS SANSOVINO.

F. San-
sovino.
FRANÇOIS *Sansovino* naquit à
Rome l'an 1521. comme il nous
l'apprend lui-même dans une de ses
Lettres à *Jean Philippe Magnanini*
Secretaire de *Corneille Bentivoglio*,
datée de *Venise* le 15 Decembre 1579.
qui se trouve à la fin de son *Secre-*
tario, & qui renferme plusieurs particularités de sa vie, qu'on cherche-
roit inutilement ailleurs. Ainsi ceux
qui l'ont fait Florentin, comme
Poccianti, *Negri* & d'autres, & ceux
qui l'ont traité de Venitien, se sont
trompés.

Il est vrai que sa famille étoit
originaire de l'Etat de *Florence*, &
que son Pere *Jacques Sansovino* fameux Sculpteur & celebre Architecte, dont *George Vasari* nous a

donné l'Eloge dans le fecond volu- F. SAN-
me de la 3ᵉ partie de fes vies des SOVINO.
Peintres, Sculpteurs, & Architectes,
étoit né à *Monte-Sanfovino*, Bourg
de la Tofcane près d'*Arezzo*, d'où
il a pris fon nom, en quittant celui
de *Tatti*, qui étoit celui de fa famille, fuivant l'ufage affez ordinaire
de fon temps. Mais s'étant tranfporté à *Rome* avec fa femme dans le
deffein d'y travailler pour le Pape,
comme le dit *Vafari*, ou plutôt par
quelque raifon particuliere, qui l'obligea à fortir de *Florence* où il avoit
demeuré jufques-là, *per accidente di
Fortuna*, comme l'affure fon fils ; ce
fut dans cette ville que *François Sanfovino* prit naiffance. Il y fut tenu
fur les fonds de Batême par *Jean
Marie de Monti*, natif, comme fon
pere, de *Monte-Sanfovino*, qui n'é-
toit alors que particulier, & qui depuis fut elevé au Pontificat fous le
nom de *Jules III.*

Lorfque cette ville fut prife au
mois de May 1527. par l'Armée de
l'Empereur *Charles-Quint*, *Jacques
Sanfovino* fe fauva avec fon fils, &
fe retira à *Venife*, dans le deffein de

F. SAN- passer en France, où le Roi *François*
SOVINO. *I.* l'invitoit de se rendre. Mais le
Doge *André Griti*, qui aimoit les
beaux Arts, agit si efficacement auprès de lui, qu'il l'engagea à rester
à *Venise*, où il fut employé à plusieurs Ouvrages, tant par la Republique qui le fit son Ingenieur, que
par differens particuliers.

François Sansovino commença alors
à apprendre les Belles-Lettres sous
Etienne Plazone & *Jovite Rapicio*,
qui étoient celebres dans leur profession, & la langue Gréque sous
Antoine Francino de *Monte-Varchi*.
Cette étude lui plaisoit beaucoup,
comme étant conforme à son goût
particulier, mais son pere ne lui permit point d'y donner tout le temps
qu'il auroit souhaité. Il vouloit le
pousser à la Cour de Rome, & se
hâta pour cela de le faire étudier en
Droit.

Il l'envoya dans ce dessein d'abord
à *Padoue* & ensuite à *Boulogne*. Mais
les études forcées ne se font jamais
avec succès. *Sansovino* avoüe lui-même que tout le temps qu'il donna à
la Jurisprudence fut un temps perdu

pour lui, & qu'il acquit les titres de Jurifconfulte, de Docteur, & d'Avocat, fans en être plus habile. F. SAN-SOVINO.

Le Cardinal *Jean Marie de Mon-ti*, fon parrain, ayant été élû Pape le 8 Fevrier 1550. il crut que les honneurs alloient tomber fur lui en abondance, & fit un voyage à *Rome*, pour lui baifer les pieds & le complimenter fur fon exaltation. Il en fut fort bien reçu; ce qui augmenta fes efperances; mais voyant que tout cela n'aboutiffoit à rien, & d'ailleurs rappellé par des Lettres preffantes de fon pere & de plufieurs de fes amis, il retourna à *Venife*; où renonçant pour toûjours à l'ambition, il embraffa une vie tranquille, & fe maria.

L'étude des Belles-Lettres & la compofition d'un grand nombre d'Ouvrages, firent depuis ce temps toute fon occupation. Attaché au fejour de *Venife* tant par goût, que par amour pour la liberté, il ne voulut plus en fortir.

Il y mourut l'an 1586. âgé de 65. ans.

F. SAN-   Catalogue de ses Ouvrages.
SOVINO.   1. *Capitoli di Pietro Aretino, Lodovico Dolce, Francisco Sansovino è d'altri acutissimi ingegni; diretti à gran signori sopra diverse Materie dilettevole* 1541. *in-*8°.

2. *Lettere di Franc. Sansovino sopra l'Decamerone di Boccacio.* 1542. *in-*8°.

3. *Dichiarazione supra l'Ameto, Comedia delle Nimfe Fiorentine. In Venezia* 1545. *in-*8°. Cette piece est de *Bocace.*

4. *Satire di Lodovico Ariosto, con le Rime, ed Annotazioni di Francesco Sansovino. In Venetia* 1546. *in-*12.

5. *Il Decamerone di Gio. Boccaccio, di nuovo emendato secondo gli antichi esemplari, per giudicio, è diligenza di piu Autori, con la diversità di molti Testi posta per ordine. In Venezia* 1546. & 1548. *in-*4°. Editions peu recherchées.

6. *Dichiaratione di tutti i Vocaboli, detti, è Proverbi, è luoghi difficili, che si trovano in Gio. Boccaccio, con l'autorita di Dante, del Villani. &c. In Venezia* 1546. *in-*4°.

7. *Del Governo de' Regni è delle Republiche Antiche è Moderne libri* 21.

ne' quali ſi contengono diverſi ordini, F. SAN-
Magiſtrati, Leggi, Coſtumi, Iſtorie SOVINO.
è Coſe Notabili. In Venezia 1546.
1561. 1567. 1578. 1583. *in*-4°.
» *Sanſovino* examine dans cet Ou-
» vrage, qui eſt éſtimé, ſuivant
» l'Abbé *Lenglet,* la force, l'état
» & le gouvernement de chaque
» Royaume ou Republique en par-
» ticulier. Mais tout eſt bien changé depuis ſon temps.

8. *L'Ediſicio del corpo humano. In*
Venezia 1550. *in*-8°.

9. *Il Filocopo di Gio. Boccacio ri-*
veduto, corretto, & alla ſua vera Le-
zione ridotto. In Venezia 1551. *in*-8°.

10. Dans un Recueil de Lettres
intitulé: *Lettere ſcritte à Pietro Are-*
tino da molti Signori, Donne, Poeti,
& altri excellenti ſpiriti. In Venezia
1552. *in*-8°. 2 *vol.* on en trouve
ſept de *Sanſovino* à *Pierre Aretin* écrites en differens temps. Il y en a une
entre autres datée de Rome le 27
Juin 1550. où il prend la qualité de
Camerier du Pape: c'étoit apparemment un titre purement honoraire à
ſon égard, puiſqu'il nous apprend
lui-même, comme je l'ai dit ci-
deſſus, que toutes les eſperances

qu'il avoit conçues fur l'exaltation du Pape *Jules III.* ne le conduifirent à rien.

11. *Le Iftituzioni Imperiali del Sacrat. Principe Giuftiniano Cefare Augufto, tradotte in lingua volgare da M. Franc. Sanfovino, con l'efpofizione fedelmente cavata da gli Scrittori di quefta Materia, è con fommari pofti à ciafcun Titolo, i quali contengono la Materia del Tefto. In Venetia* 1552. *in*-4°. It. *In Napoli* 1719. *in*-4°.

12. *Ordine de' Cavalieri del Tofone, o vero la Inftituzione dell' Ordine di Cavalleria del Tofone. In Venetia* 1558. *in*-4°.

13. *Della Selva di varia Lettione di Pietro Meffia Parti* v. *tradotte dal Spagnuolo & amplificate. In Venetia* 1560. *in*-8°.

14. *Sette libri di Satyre di Lodovico Ariofto, Hercole Bentivogli, Luigi Alamanni, Pietro Nelli, Antonino Vinciguerra, Francefco Sanfovino, è d'altri; raccolti da Fr. Sanfovino. In Venetia* 1560. 1563. 1583. *in*-8°.

15. *Palladio dell' Agricoltura, tradotto da Fr. Sanfovino. In Venetia* 1560. *in*-4°.

16. *Delle Lettere da diverfi Re, e* F. SAN-
Principi, e Cardinali & altri huomini SOVINO.
dotti a M. Pietro Bembo fcritte 1°.
Volume di nuovo Stampato, riveduto
è corretto per Francefco Sanfovino. In
Venetia 1560. *in-*8°. *Sanfovino* en
promettoit d'autres volumes, mais
il n'a pas tenu parole.

17. *Delle Cofe notabili che fono in*
Venetia. In Venetia 1561. *in-*8°. *San-*
fovino eft le premier Auteur de cet
Ouvrage, qui a été augmenté depuis
par *Nicolas Doglioni*, lequel le publia avec fes augmentations fous le
nom de *Leonico Goldioni*, & fous ce
titre : *Le cofe maravigliofe della Cit-*
ta di Venezia. In Venetia 1603. *in-*4°.
Après lui *Jean Zittio*, ou plutôt *Jean*
Zietti, Chanoine de *S. Marc*, qui
fe cacha fous ce nom, le publia avec
de nouvelles augmentations à *Venife*
en 1655. *in-*12.

18. *Hiftoria Fiorentina di Lionardo*
Aretino, tradotta da Donato Acciai-
voli, con una aggiunta fino all' anno
1560. *& con annotationi di Franc.*
Sanfovino. In Venetia 1561. *in-*4°.

19. *Rime di M. Pietro Bembo, ri-*
vedute da M. Franc. Sanfovino, e di

F. SAN-
SOVINO.

Annotazioni illustrate. In Venetia 1561.
*in-*12.

20. *Della Materia Medicinale libri*
IV. *Nel primo e secondo de' quali si
contengono i simplici Medicamenti, con
le figure dell' Erbe ritratte al Natu-
rale, e la Maniera di conoscerle è
conservarle; Nel terzo il modo di pre-
parare e comporre i Medicamenti, secondo l'uso de' Medici approvati, così
antichi, come moderni; Nel quarto
sono poste le Malattie che vengono al
Corpo Umano, con i loro rimedi. In
Venetia* 1561. *in-*4°. C'est la traduction d'un Ouvrage Latin de *Pierre
de Bayro*, Medecin de *Turin*, mort
en 1558.

21. *Annotationi sopra l'Orlando
Furioso di Lod. Ariosto. In Venetia*
1561. *in-*4°.

22. *Le Prose di M. Pietro Bembo,
nelle quali si ragiona della volgar lingua divise in tre libri. In Venetia* 1562.
*in-*8°. Cette édition s'est faite par les
soins de *Sansovino* qui a revû l'Ouvrage, selon sa coutume.

23. *Osservazioni della lingua volgare di diversi uomini illustri, cioe del
Bembo, del Gabriello, del Fortunio,*

dell' Accarifio ed altri fcrittori. In Ve- F. SAN-
netia 1562. *in-8°.* SOVINO.

24. *Orazioni volgarmente fcritte da molti huomini illuftri de' tempi noftri, raccolte, rivedute, ampliate, e corrette per M. Franc. Sanfovino. In Venetia* 1562. & 1575. *in-4°.* 2 *tom.* It. *Edizione arrichita di molte altre. In Venetia* 1584. *in-4°.* 2 *tom.*

25. *Orazioni recitate a Principi d'Italia nella loro creazione dagli Ambafciadori di diverfe citta. In Venezia* 1562. *in-4°.*

26. *Lettere Amorofe, raccolte da Fr. Sanfovino. In Venetia* 1563. & 1574. *in-8°.* 2 *vol.*

27. *Trattato dell' Agricoltura di Piero di Crefcenzi, nel quale fi tratta delle Piante, e degli animali, e di tutte le Villarecce Utilita. In Venetia* 1564. *in-8°.* Cette édition a été corrigée par *Sanfovino.*

28. *Lettere amorofe di due nobiliffimi intelletti, ne' quali fi legge una hiftoria continuata d'un amor fervente di molti anni tra due fedeliffimi Amanti. In Venetia* 1564. *in-8°.*

29. *La divina Comedia di Dante con l'Efpofizione di Criftoforo Landino.*

F. SAN- *e di Alessandro Vellutello ; riveduta da*
SOVINO. *Fr. Sansovino. In Venetia 1564. &*
1578. in-fol.

30. *Istoria Universale dell' Origine,
Guerre, e Imperio de' Turchi, raccolta
da Fr. Sansovino. In Venetia 1564.
in-4°. It. riformata & ampliata dall'
Autore. In Venetia 1582. in-4°. It.
Accresciuta dal Comte Majo'ino Bi-
saccioni. In Venezia 1654. in-4°. 2
tom.*

31. *Nuove Lettere familiari di M.
Pietro Bembo scritte à M. Gio. Mat-
teo Bembo suo Nipote. In Venetia 1564.
in-8°.* C'est *Sansovino*, qui a publié
ces Lettres.

32. *Dell' Istoria della Casa Orsina
libri* IV. *con* VI. *libri degli vomini illustri della medesima familia, e i loro
ritratti intagliati in Rame. In Venetia
1565. in-fol.*

33. *Cento Novelle Scelte da piu
Nobili Scrittori della lingua volgare,
di nuovo ampliate, riformate, rivedute
& corrette. In Venetia 1566.* & plusieurs fois depuis tant *in-4°.* qu'*in-*
8°.

34. *Origine de' Cavalieri : nella quale si tratta l'Invenzione, l'Ordine, e*

la *Dichiarazione della Cavalleria di* F. SAN-
Colanna, di Croce, è di Sprone; con SOVINO.
*gli Statuti, in particulare della Gar-
tiera, di Savoja, del Tofone, e di S.
Michele; con la defcrizione dell' Ifola
di Malta e dell' Elba. In Venezia
1566. & 1583. in-8°.*

35. *Sonetti e Canzoni di Jacopo San-
nazaro con brevi annotazioni di Franc.
Sanfovino. In Venezia 1566. in-12.*

36. *Il Simolacro di Carlo V. Im-
perad. In Venetia 1567. in-8°.*

37. *Annali Turchefchi, o vero vite
de' Principi della Cafa Ottomanna. In
Venetia 1568. & 1573. in-4°.*

38. *Ortografia delle Voci della lingua Italiana, o vero Dizionario volgare e Latino. In Venezia 1568. in-
8°.*

39. *Dell' Arte Oratoria libri* IIII
*nella quale fi contiene il modo che fi
dee offervare nello fcrivere ornatamen-
te, e con eloquenza, cofi nelle Profe,
come ne' verfi Volgari. In venetia 1569.
in-4°.*

40. *Vite di Plutarcho Cheroneo degli vomini illuftri, Greci e Romani,
tradotte da Lodovico Domenichi; ridot-
te alla loro vera lettura da Franc. San-*

F. San-*sovino.*   *In Venetia.* 1570. *in-4°.* 3
sovino.   *vol.*

41. *I Prencipi di Casa d'Austria ,*
progenitori della Principessa di Fio-
renza e di Siena. In Venetia 1575.
in-fol.

42. *Concetti Politici , raccolti da gli*
scritti di diversi Autori. In Venetia
1578. & 1583. *in-4°.*

43. *Del Secretario libri* VII. *nel*
quale si mostra & insegna il modo di
scriver lettere acconciamente e con arte,
in qual si voglia soggetto. Con gli Epi-
theti che si danno nelle Mansioni a tut-
te le persone , così di grado , come vol-
gari , & con molte lettere di Principi &
à Principi Scritte , in vari tempi , &
in diversi occasioni. In Venetia 1580.
in-8°.   Les Lettres du 7e livre sont
toutes de Sansovino.

44. *Chronologia del Mondo , divi-*
sa in due libri, contenente quanto è ac-
caduto nel Mondo , così in tempo di
Pace , come di guerra, dal principio del
Mondo , fino al presente anno 1582.
Con un Catalogo de' Regni e Signorie,
che sono state , e sono; con le discen-
denze & con le cose fatte da loro di
tempo in tempo, per dichiarazione di
                                    molte

molte Istorie. In Venetia 1580. *In-*
4°.

45. *Epitome dell' Istoria d'Italia di*
Francesco Guicciardini, con diverse
Annotazioni in piu luoghi di essa Isto-
ria; e con i ritratti di alquanti Princi-
pi cavati dall' opera sua. In Venetia
1580. *in-*8°. Sansovino est l'Auteur
de cet abregé, où il a reduit les vingt
livres de *Guichardin* à dix-sept.

46. *Venetia, Citta Nobilissima, de-*
scritta in XIV. *libri. In Venetia* 1581.
*in-*4°. It. *Editione ampliata da Gio-*
vanni Stringa. In Venetia 1604. *in-*
4°. It. *Editione ampliata da Giusti-*
niano Martinoni. In Venetia 1663.
*in-*4°.

47. *Dell' Origine e fatti delle fa-*
milie illustri d'Italia. In Venetia 1582.
& 1609. *in-*4°.

48. *Discorso di Guglielmo du Choul*
sopra la Castrametazione e Bagni an-
tichi de i Greci e Romani, con aggiun-
ta della figura del Campo Romano, &
una informatione della Militia Tur-
chesca scritta da Francesco Sansovino.
In Venetia 1582. *in-*8°. Il n'y a que
cette derniere piece qui soit de *San-*
sovino, la traduction de l'Ouvrage

Tome XXII. H

F. SAN-
SOVINO.

de *du Choul* étant de *Gabriel Simeoni.*

49. *L'Antichita di Beroso Caldeo, Mirsilio Lesbio, Archiloco, Manetone, Megastene, Q. Fabio Pittore, e Cajo Sempronio, tradotte da Pietro Lauro, e da Franc. Sansovino, accresciute, dichiarate, e con diverse annotazioni illustrate. In Venetia 1583. in-4°.* Tous ces Ouvrages ne valloient pas la peine que ces deux Auteurs ont pris.

50. *L'Arcadia di Jacopo Sannasaro con le Annotazioni di Franc. Sansovino. In Venetia 1585. in-12.*

51. *Proposizioni, o vero considerazioni in materia di cose di stato di Francesco Guicciardini, di Giovanne Francesco Lottini, & di Franc. Sansovino. In Venetia 1598. in-4°.*

52. *Istoria d'Italia di Francesco Guicciardini riveduta, e corretta da Francesco Sansovino, con l'aggiunta de' quattro ultimi libri, e con le considerationi di Gio. Batt. Leoni. 1636. in-4°. & 2 vol. in-8°.* Cette édition qui a été faite à *Geneve,* quoique le nom de cette ville n'y soit pas marqué, est entiere & parfaite, mais sur de vilain papier.

Ce font là tous les Ouvrages que F. SAN-
j'ai pu decouvrir de cet Auteur, qui SOVINO.
étoit très-laborieux & très-fertile ,
mais ordinairement peu exact, comme le font la plufpart des Ecrivains
de ce caractere. Plufieurs ne lui ont
pas coûté beaucoup, & l'on peut le
mettre en ce genre dans le même
rang que quelques-uns de nos Auteurs; comme *Belleforeſt , Baudoin ,
Du Ryer* &c.

V. Sa Lettre à *Magnanini* à la fin
de fon *Secretario. Poccianti Cat.
Scriptor. Florentinorum* p. 73. qui en
dit peu de chofes. *Jules Negri Iſtoria
degli Scrittori Fiorentini.* Cet Auteur
confond le pere & le fils , & n'en
fait qu'une feule perfonne , dont il
parle fort en general, à fon ordinaire. *Ghilini Teatro d'Huomini Let-
terati tom.* 1. *p.* 64. Article fort fu-
perficiel & peu exact.

H ij

NICOLAS HUGUES MENARD.

N. H.
MENARD.
NICOLAS *Hugues Menard* naquit à *Paris* l'an 1585. d'une bonne famille, originaire de *Blois.*

Après avoir fait ses études avec beaucoup de succès, il prit l'habit Religieux dans l'Abbaye de S. Denis en France le 3e Fevrier de l'an 1608. & y prononça ses vœux le 10 Septembre 1612.

Touché dans la suite du desir d'une plus grande perfection, il embrassa la reforme de l'Ordre de *S. Benoist*, où il fit profession le 5e Août 1614. étant alors âgé de 29 ans.

Il entra quelque temps après dans la Congregation de *S. Maur*, & il s'y fit estimer par son esprit, son érudition, la justesse de son discernement, un jugement solide, une memoire prodigieuse, jointe à une parfaite connoissance des langues Latine, Gréque, & Hebraïque; & plus encore par sa pieté, sa vertu, & sa candeur.

Il devint par-là l'admiration des

plus favans hommes de l'Europe, N. H. avec lefquels il étoit en relation. Le MENARD plus celebre de tous étoit le P. *Sirmond*, Jefuite, qui avoit coutume de dire que fans feuilleter tous fes livres, il trouvoit dans la memoire du P. *Menard*, de quoi éclaircir les difficultés qu'il pouvoit avoir dans la compofition de fes Ouvrages.

Il regenta pendant plufieurs années la Rhétorique dans le College de *Clugni* à *Paris*; mais cette occupation ne lui fervit que d'amufement, & il fe fit connoître dans la fuite par quelque chofe de plus confiderable.

Il eft le premier qui ait fait revivre le goût des veritables études dans la congregation de *S. Maur*; ainfi la Republique des Lettres lui eft en quelque maniere redevable de tant d'Ouvrages excellens, qui en font fortis depuis.

Les devoirs de fon état & la compofition de fes Ouvrages l'ont occupé pendant toute fa vie, qui fut terminée affez fubitement par une colique violente, qui l'enleva au bout de quelques heures.

N. H.
MENARD. Il mourut dans l'Abbaye de *S.* *Germain des Prés* le 21 Janvier 1644. âgé de 59 ans.

Catalogue de ses Ouvrages.

1. *Martyrologium Sanctorum Ordinis S. Benedicti notis illustratum. Paris* 1629. *in-8°*. Cet Ouvrage est divisé en deux parties, & non point en deux volumes *in-folio*, comme le dit M. *Du Pin*. C'est le Martyrologe d'*Arnoul Wion*, que le P. *Menard* a enrichi de Notes & d'Observations fort amples. On voit à la fin un éloge abregé de plusieurs personnes distinguées par leur pieté, mais dont la memoire n'a pas été encore consacrée par un culte public.

2. *Concordia Regularum, Autore S. Benedicto Anianæ Abbate, nunc primum edita ex Bibliotheca Floriacensis Monasterii, notisque & observationibus illustrata. Paris.* 1638. *in-4°*. L'Editeur a joint a cette concordance la vie du Saint écrite par *Adon*, & deux de ses Lettres.

3. *S. Gregorii Papæ I. Liber Sacramentorum, cum notis & observationibus. Paris.* 1642. *in-4°*. Les notes qui accompagnent ce Sacramentaire

font curieufes, favantes, & judi- N. H.
cieufes ; le P. *de Sainte-Marthe* les MENARD.
a fait entrer dans le 3ᵉ tome de fon
édition des Oeuvres de *S. Gregoire.*

4. *De Unico Sancto Dionyfio Areo-
pagita, Athenarum & Parifiorum Epi-
fcopo, adverfus Joannis de Launoy
difcuffionem Milletianæ Refponfionis
Diatriba. Parif.* 1643. *in-*8°. Le P.
Menard n'a point mis fon nom à
cet Ouvrage ; mais comme il mourut au commencement de l'année
fuivante, le Libraire jugea à propos
de faire imprimer un nouveau fron-
tifpice daté de l'année 1644. avec
ces mots : *Autore Hugone Menarda.*
Ce qui a fait croire à quelques perfonnes qu'il y avoit deux éditions
de ce livre, quoi qu'il n'y en ait jamais eu qu'une. Au refte malgré l'é-
rudition & les recherches dont cette
differtation eft remplie, il faut con-
venir que l'opinion que le P. *Menard* s'y foutient, eft prefque aban-
donnée maintenant.

5. *S. Barnabæ Epiftola Catholica,
Græce & Latine, cum notis & obfer-
vationibus. Parif.* 1645. *in-*4°. Cet
Ouvrage pofthume a été publié par

N. H.
MENARD.

les soins du P. *d'Acheri*, qui a mis l'éloge de l'Auteur à la tête. Les Notes ont été réimprimées dans le Recueil que *Jean le Clerc* a donné sous ce titre, *SS. Patrum, qui temporibus Apostolicis floruerunt, Opera. Antuerpiæ* 1698. *in-fol.*

V. Son éloge par le P. *D'Acheri, Bibiotheca Benedictino-Mauriana Bernardi Pez. p.* I. *La Bibliotheque des Auteurs de la Congregation de S. Maur par le P. le Cerf. Du Pin. Bibliotheque des Auteurs Ecclesiastiques.*

ÆLIUS EVERARD VORSTIUS.

Æ.
E. VOR-
STIUS.

ÆLIUS *Everard Vorstius* naquit à *Ruremonde* ville du Duché de *Gueldre* le 26 Juillet 1565. d'une famille illustre dans ce Pays. Les troubles ayant quelque temps après obligé ses parens d'abandonner leur patrie, ils se retirerent à *Dordrecht*, où il commença à s'appliquer à l'étude des Belles-Lettres.

A quatorze ans, on l'envoya à *Leyde*, où il étudia pendant deux années sous *Juste Lipse, Bonaventure Vul-*

Vulcanius, & les autres savans hommes, qui faisoient alors l'ornement de cette Académie.

Il alla ensuite en Allemagne, & employa quatre années, qu'il passa tantôt à *Heidelberg*, tantôt à *Cologne*, & en d'autres endroits, à apprendre la Philosophie & la Medecine.

Comme il avoit dessein de se fixer à cette derniere science, il passa en Italie, où elle étoit plus cultivée que par tout ailleurs, & il y demeura neuf ans, pendant lesquels il ne negligea rien pour s'y perfectionner. Il étudia d'abord à *Padoue*, sous *Mercurialis*, *Capivacci*, & *Aquapendente*. *Mercurialis* ayant été appellé à *Boulogne*, il l'y suivit, & continua à profiter de ses instructions, ausquelles il joignit celles de *Tagliacoti*, & d'*Ulysse Aldrovandus*. Il passa ensuite à *Ferrare*, où il prit des leçons de *Jerôme Brasavoli*, & d'*Alphonse Cataneo*. Celui-ci, qui étoit Medecin du Duc de *Ferrare*, le produisit à sa Cour, où il eut occasion de se faire connoître & de s'acquerir des amis.

Tome XXII. I

Æ.
E. VOR-
STIUS.

Cataneo, qui l'estimoit, lui procura dans la suite une place de Medecin domestique auprès de l'Evêque d'*Anglona*, ville du Royaume
de *Naples* dans la Basilicate. Pendant trois ans qu'il demeura en ce
lieu, il fit plusieurs observations
sur la situation, les Antiquités, &
les mœurs du Pays, qu'il avoit dessein de donner au public, si une
plus longue vie lui en avoit laissé
le temps.

Après la mort de l'Evêque d'*Anglona*, il alla à *Naples*, où il demeura un an, occupé de la pratique
de la Medecine, & de la recherche des Antiquitez.

Le desir de revoir sa patrie après
une absence de quatorze ans, lui fit
abandonner cette ville, où il s'étoit
fait une grande reputation; & il retourna à *Ruremonde* au mois de Juin
1596.

A peine y fut-il arrivé, que la
Comtesse *de Meurs* le fit venir à
Delft, & le prit chez elle en qualité de son Medecin. Il ne demeura
dans ce poste que deux ans; car *Joseph Scaliger*, qui connoissoit son me-

rite, le fit nommer Profeſſeur en Médecine à *Leyde* en 1598.

Il a exercé cet emploi pendant 28 ans, c'eſt-à-dire juſqu'à ſa mort, qui arriva le 22 Octobre 1624. Il étoit alors âgé de 69 ans.

Il a eu de *Gertrude van Voorſt* ſa femme deux fils, l'un nommé *A-dolphe Vorſtius*, dont je parlerai dans l'article ſuivant; & *Joſeph Vorſtius*, que *Joſeph Scaliger* avoit tenu ſur les fonds de batême, & qui s'étant adonné à l'étude de la Juriſpru-dence, devint Bourguemeſtre d'*U-trecht*, & mourut dans cette Charge, en 1636. ſans avoir été marié. L'Epî-tre dedicatoire de l'Introduction à la Geographie de *Cluvier*, *Ad Illuſtr. Molinum*, eſt de lui.

Catalogue de ſes Ouvrages:

1. *Oratio funebris in Obitum V. Cl. Caroli Cluſii, Atrebatis. Acceſſerunt variorum Epicedia.* Lugd. Bat. 1609. in-8°. It. dans les *Memoriæ Medico-rum Henningi Witten.*

2. *Oratio funebris dicta honori & memoriæ V. Cl. Petri Pawii, Medi-cinæ Profeſſoris in Acad. Lugduno-Batava. Acceſſerunt variorum Epice-*

Æ. E. VOR-STIUS.

I ij

dia. Lugd. Bat. 1617. in-4°.

3. On a une Lettre de lui à *Abraham Gorlæus* sur l'Origine des Ba-
gues , que ce savant a mis à la tête
de l'Ouvrage qu'il a composé sur
ce sujet, & qu'il a publié sous ce
titre : *Dactyliotheca , seu Annulorum
sigillarium Promptuarium. Lugd. Bat.
1599. in-4°.*

V. Son Eloge par *Pierre Cunæus*
dans le Recueil de ses harangues.
*Meursii Athenæ Batavæ. Freher Thea-
trum Viror. Doct.*

ADOLPHE VORSTIUS.

ADOLPHE *Vorstius* naquit à
Delft d'*Ælius Everard Vorstius*, dont je viens de parler , & de
Gertrude van Voorst, le 23 Novembre 1597.

Il fit toutes ses études à *Leyde*,
où il entra à l'Academie à l'âge de
quinze ans. Il s'y appliqua à la langue Latine sous *Henri Bredius , Cunæus , Heinsius*; à la Gréque sous
Vulcanius ; à l'Hebraïque & à l'Arabe sous *Erpenius* , & à la Philosophie
sous *Gilbert Jacchæus*.

Toutes ces études finies, il lui A. VOR-
fallut prendre son parti sur le genre STIUS.
de vie qu'il vouloit embrasser. Il
penchoit assez à se tourner du côté
de la Theologie; mais son pere,
qui étoit bien aise qu'il suivît la
même profession que lui, l'en dis-
suada, & l'engagea à se faire Medecin.

Il étudia pour cela avec beaucoup
d'assiduité, donnant ses momens de
loisir au Dessein & à la Musique,
qu'il cultiva jusqu'à la fin de sa vie,
& qui lui servoient de delassement
après ses occupations serieuses.

Lorsqu'il eut été sept ans entiers
occupé dans l'Academie, son pere
jugea à propos de l'envoyer voyager. Il avoit alors 22 ans, & étoit
en état de profiter de la conversation des savans, qu'il devoit trouver dans les differens endroits, par
lesquels il avoit à passer.

Il alla d'abord en Angleterre, d'où
il vint en France, où il eut soin de
voir tous ceux qui faisoient le plus
de bruit dans la Republique des
Lettres.

Il visita ensuite l'Italie. En passant

I iij

à *Padoue*, il se fit recevoir Docteur
en Medecine, & *Adrien Spigelius*
lui en donna le bonnet le 20 Août
1622.

Il retourna dans sa patrie avec
Antoine Mocenigo que la Republique
de Venise avoit nommé Ambassadeur auprès des Etats Generaux, &
ce Senateur y dit tant de bien de
Vorstius, que les Curateurs de l'Academie de *Leyde* lui donnerent peu
de temps après, c'est-à-dire en 1624.
une Chaire de Professeur en Medecine, vacante par la mort de *Reinier
Bontius*.

Il fut chargé d'enseigner les Institutions de la Medecine; mais son
pere étant mort peu de temps après,
il lui succeda dans la Chaire de Botanique & dans la direction du Jar-
din des simples.

Il se maria au mois d'Octobre
1626. dans sa 29ᵉ année, & épousa
Catherine van der Meulen, fille de
Daniel van der Meulen, d'une famille noble & ancienne, & d'*Esther
de la Faille*. Il en eut plusieurs enfans, dont il ne lui restoit de garçons, lorsqu'il mourut, qu'un fils

úñique nommé *Everard* ; & il la A. VOR-
perdit en 1652.

Il a été trois fois Recteur de l'A-
cademie de *Leyde*, en 1636. en 1652,
& en 1660.

Les douleurs de la gravelle & de la
goute l'attaquerent fur la fin de fa
vie, & le conduifirent peu à peu au
tombeau. Il mourut le 8 Octobre
1663. dans fa 66ᵉ année.

Catalogue de fes Ouvrages.

1. *Recognitio Verfionis Johannis Ob-
fopæi Aphorifmorum Hippocratis. Lugd.
Bat.* 1628. *in*-16.

2. *Oratio funebris in Obitum Gilberti Jacchæi cum variorum Epicediis.
Lugd. Bat.* 1628. *in*-4°. On a vû ci-
deffus qu'il avoit appris la Philofophie de *Jacchæus.*

3. *Oratio funebris recitata in exe-
quiis Petri Cunæi. Lugd. Bat.* 1638.
in-4°.

4. *Catalogus Plantarum Horti Aca-
demici Lugduno-Batavi , quibus is in-
ftructus erat anno* 1642. *Acceffit Index
Plantarum indigenarum , quæ propè
Lugdunum in Batavis nafcuntur. Lugd.
Bat.* 1643. *in*-24.

5. *Oratio funebris in exceffum Claw-*

I iiij

dii Salmasii habita. Lugd. Bat. 1652.
in-4°.

On a encore plusieurs Theses de
lui, *De Motu; de Dysenteria; De
febri tertiana intermittente exquisita;
De Epilepsia; De Lienteria; De In-
cubo; De Spiritibus; De Pleuritide
vera; De Purgatione; De Plica Polo-
nica; De Angina vera &c.*

V. Son Oraison funebre par *Jean
Antonides van der Linden. Lugd. Bat.*
1664. *in-4°.* & dans les *Memoriæ Medicorum Henningi Witten. p.* 222. On
y a oublié dans la liste de ses Ouvrages l'Oraison funebre de *Jacchæus.*

JEAN GELIDA.

JEAN *Gelida* naquit vers l'an
1490. à *Valence* en Espagne.
Lorsqu'il eut fait ses études d'Hu-
manitez, il n'eut pas de peine à s'appercevoir, qu'il ne pouvoit trouver
dans son pays de quoi s'avancer dans
les sciences comme il le souhaittoit;
ainsi il prit le parti de venir à *Paris,*
dont l'Université étoit alors très-flo-
rissante. Il s'y appliqua à la Philoso-

phie , & y fit des progrès fi confide- rables, qu'il fe vit en peu d'années en état d'enfeigner les autres : il y profeffa quatre cours, qui dans ce temps-là étoient chacun de quatre années. La fubtilité de fon efprit, & le talent qu'il avoit pour la difpu- te lui firent beaucoup d'honneur ; car c'étoit alors en cela que l'on fai- foit confifter tout le merite d'un Philofophe ; mais il reconnut enfin qu'il n'y avoit rien de folide en ces fortes de chofes, non plus que dans les queftions dont la Philofophie faifoit fon principal objet ; & il fe determina à prendre une route en- tierement differente de celle qui étoit en ufage.

Il fe remit à la Lecture de *Cice- ron*, & des Auteurs Latins, & fe livra avec une application inconce- vable à l'étude de la langue Gréque qu'il avoit negligée jufques-là, afin de pouvoir lire *Ariftote* & les anciens Philofophes en leur propre langue, & connoître leurs veritables fenti- mens.

Après avoir paffé quelques années dans cette occupation, il fit refle-

J. Ge-
lida.

xion qu'il n'y trouveroit pas de grandes reffources pour les befoins de la
vie ; & réfolu à s'attacher au folide ,
il s'intrigua pour avoir la direction
de quelque College.

Il fut d'abord chargé de celle du
College du *Cardinal le Moine* , à
Paris , d'où il paffa enfuite à *Bourdeaux* en 1547. pour diriger celui
de cette ville , à la place de *Govea*
qui avoit été rappellé en Portugal
par le Roy *Jean III.* pour faire l'Ouverture du College de *Conimbre.* Ce
favant voulut débaucher *Gelida* ,
comme il avoit fait plufieurs autres ,
pour paffer en Portugal; mais celui-
ci qui étoit accoutumé aux mœurs
de France , ne put fe refoudre à en
fortir , & aima mieux refter à *Bourdeaux.*

Govea ne devoit être que deux
ans abfent ; mais comme il mourut
en Portugal avant que ce temps fût
écoulé , *Gelida* , qui n'avoit eu que
comme en depôt la charge de Principal du College de *Bourdeaux* pendant fon abfence , y fut confirmé
par le Parlement & par le peuple de
cette ville , malgré les efforts & les

traverſes d'un autre qui vouloit J. GE-
avoir ſa place, & dont il parle ſou-LIDA.
vent dans ſes Lettres.

Il remplit cette place juſqu'à ſa
mort avec autant de gloire qu'il avoit
fait celle de Principal du *Cardinal
le Moine*, & y eut beaucoup à ſouf-
frir de la diſette, de la peſte, & des
ſeditions qui ſe firent ſentir à *Bourdeaux*.

La peſte l'en chaſſa au mois d'Août
1557. & il ſe retira avec ſa femme &
une petite fille qu'il avoit à *Quinſac*
village ſur la Garonne au-deſſus de
Bourdeaux, où ils furent tous malades. De retour en cette ville, où les
maladies étoient beaucoup dimi-
nuées, il y eut une rechute au mois
de Fevrier de l'année ſuivante, & en
mourut le 19 du même mois 1558.
âgé de plus de 60 ans.

On voit par ſes Lettres qu'il faiſoit de grandes depenſes pour l'entretien de ſon College, & qu'il n'ou-
blioit rien pour le rendre floriſſant;
auſſi mourut-il fort endetté. On
s'imaginoit qu'il avoit dans ſon Cabinet pluſieurs Ouvrages qu'on pourroit donner au public; mais on

J. GE- n'y trouva que quelques Lettres, qui
LIDA. furent imprimées fous de titre.

Joannis Gelida Valentini, Burdiga-
lenfis Ludimagiftri Epiftolæ aliquot &
Carmina. Rochellæ 1571. *in-4°.* Ce
fut un de ses difciples, nommé Jacques Bufine, de Bourdeaux, qui prit
le foin de publier ces Lettres, &
qui mit à la tête la vie de *Gelida,*
qu'*André Schott* a inferée dans fon
Hifpaniæ Bibliotheca p. 616. fans en
nommer l'Auteur. Ces Lettres qui
font au nombre de 54. & s'étendent
depuis l'an 1549. jufqu'au commencement de 1556. n'ont rien de fort
intereffant, & ne regardent que les
affaires du Collège de *Bourdeaux.*
Les Vers annoncés dans le titre con-
fiftent en trois pieces, dont l'une
eft intitulée : *Exhortatio de fervanda Amicitia,* & les deux autres font
des Epitaphes de *Guillaume Budé* en
vers Latins & en vers Grecs. L'Editeur a ajouté à la fuite : *Arnoldi
Fabricii Vafatenfis Epiftolæ aliquot.*
C'eft fort peu de chofe.

V. Sa vie par *Jacques Bufine.*

JACQUES CASSAGNES.

JACQUES *Caſſagnes* naquit vers
l'an 1634. à *Niſmes* de *Michel
Caſſagnes*, qui fut d'abord Maître
des Requeſtes du Duc d'*Orleans*, &
qui devint enſuite Treſorier du Do-
maine de la Senechauſſée de *Niſmes.*

Il vint fort jeune à *Paris*, où ayant
embraſſé l'état Eccleſiaſtique & s'é-
tant fait recevoir Docteur en Theologie, il chercha à ſe faire un nom
par la Prédication. La Poeſie lui parut
auſſi un moyen propre pour cela, &
il s'y appliqua avec ſoin & même
avec ſuccès.

Une Ode qu'il fit en 1660. à la
louange de l'Academie Françoiſe,
lui en ouvrit les portes, & il y fut
reçu l'année ſuivante 1661. à la place
de *Gerard de Saint-Amant*, à l'âge
de 27 ans.

Un Poeme qu'il compoſa peu de
temps après, & où il introduit *Henri IV.* donnant des inſtructions à
Louis XIV. plut extrémement à M.
Colbert; & ce Miniſtre lui procura

une penſion de la Cour, le fit Garde
de la Bibliotheque du Roy, & le
nomma enſuite en 1663. un des quatre premiers Academiciens, dont
l'Academie des Inſcriptions fut d'a-
bord compoſée.

La Prédication ne lui fut pas ſi
avantageuſe. Il eſt vrai qu'il fut d'a-
bord applaudi à *Paris*, & que les
applaudiſſemens qu'il y reçut le firent nommer pour prêcher à la Cour:
Mais *Boileau Deſpreaux* ayant alors
lâché contre lui un trait malin dans
ſa troiſiéme Satyre, où il dit qu'il ne
compte pour rien la bonne chere,

*Si l'on n'eſt plus au large aſſis en
un feſtin,
Qu'aux Sermons de Caſſagne, ou
de l'Abbé Cotin:*

il craignit avec raiſon de trouver
les Courtiſans peu diſpoſés à l'écouter favorablement, & ne prêcha
point. Cependant à juger de lui par
ſon Oraiſon funebre de M. *de Perefixe*, il n'étoit pas ſans merite pour
le temps où il prêchoit. Il falloit
même que ce Prélat lui connût du

talent pour la Chaire, puiſqu'il l'a- J. CAS-
voit engagé à faire un Sermonaire SAGNES.
pour ſon Dioceſe, c'eſt-à-dire à
compoſer des Sermons pour y être
prêchez à toutes les grandes feſtes de
l'année dans les Egliſes, où il ne ſe
trouveroit pas de prédicateurs aſſez
habiles.

Quoi qu'il en ſoit, le trait Sati-
rique de *Deſpreaux* eut à ſon égard
de triſtes ſuites. Pour un homme
ardent, ambitieux, & dans l'âge où
l'amour de la gloire a le plus d'empire, quelle douleur de ſe voir arrêté au milieu de ſa courſe, par une
raillerie, qui en naiſſant étoit preſque devenue un proverbe !

Il fit tous les efforts imaginables
pour regagner l'eſtime du public ;
il produiſit coup ſur coup divers
Ouvrages, qui devoient lui faire honneur ; il ſongeoit à travailler au Sermonaire dont j'ai parlé, lorſqu'enfin il ſuccomba ſous le poids de l'é-
tude & du chagrin.

Ses parens avertis que ſon eſprit
ſe derangeoit, accoururent du fond
de leur province, dans le deſſein de
l'y emmener ; mais l'ayant trouvé

J. CAS-
SAGNES.
hors d'état d'y être transporté, ils furent contraints de le mettre à *Saint-Lazare*, où il mourut le 19 May 1679. âgé seulement de 46 ans.

Catalogue de ses Ouvrages.

1. *Ode pour l'Academie Françoise.* Paris 1660. *in*-4°. C'est une piece de 400 vers.

2. *Henri le Grand au Roy. Poëme* (d'environ 600 vers) *Paris* 1661. *in-fol.*

3. *Ode sur la Naissance de M. le Dauphin. Paris* 1662. *in*-4°. Elle est de 200 vers.

4. *Préface des Oeuvres de M. Balzac. Paris* 1665. *in-fol.* Elle est très-estimée.

5. *Ode sur les Conquestes du Roy en Flandres. Paris* 1667. *in*-4°. De 260 vers.

6. *Poeme sur la Conqueste de la Franche-Comté. Paris* 1668. *in-fol.* D'environ 500 vers.

7. *Oraison funebre de M. de Perefixe, Archevêque de Paris. Paris* 1671. *in*-4°.

8. *Poeme sur la Guerre de Hollande. Paris* 1672. *in*-4°. D'environ mille vers.

9. *La*

9. *La Rhetorique de Ciceron*, ou les trois livres du *Dialogue de l'Orateur* traduits en *François. Paris* 1673. *in-*12. Cette traduction est fort bien faite, & la Préface qui est à la tête n'est pas moins estimée que celle des Oeuvres de *Balzac.*

10. *Traité de Morale sur la Valeur.* *Paris* 1674. *in-*12.

11. *Les Oeuvres de Salluste traduites en François. Paris* 1675. *in-*12. Cette traduction a toujours été estimée, quoiqu'elle ne soit pas parfaite.

12. *Poesies diverses*, dans differens Recueils de son temps.

V. *L'Histoire de l'Academie Françoise par M. l'Abbé d'Olivet. Les Notes de M. Brossette sur Boileau. Les Paralleles de Perrault*, Tome 3. p. 259.

ISAAC NEWTON.

ISAAC *Newton* naquit le jour de Noël V. S. de l'an 1642. à *Vol-strope* dans la Province de *Lincoln* en Angleterre. Il sortoit de la branche

Tome XXII. K

I. NEW-
TON.

aînée de *Jean Newton*, Chevalier
Baronnet, Seigneur de *Volstrope*, Seig-
neurie qui étoit dans la famille depuis près de deux cens ans, & ou
les *Newton* s'étoient transportés de
Westby dans la même province de
Lincoln, qu'ils avoient habité quelque temps, après avoir abandonné
Newton dans la Province de *Lanca-
stre*, dont ils étoient originaires.

La Mere d'*Isaac Newton*, nommée *Anne Ascough* étoit aussi d'une
ancienne famille; elle se remaria
après la mort de son premier mari,
pere de nôtre Auteur.

Lorsque son fils eut douze ans,
elle le mit à la grande Ecole de
Grantham, & l'en retira au bout de
quelques années, afin qu'il s'accou-
tumât de bonne heure à prendre connoissance de ses affaires, & à les gouverner par lui-même. Mais elle le
trouva si peu occupé de ce soin, &
si distrait par les livres, qu'elle le
renvoya à *Grantham*, afin qu'il y
suivît son goût en toute liberté.

Il eut encore plus d'occasion de
satisfaire en cela son inclination,
lorsqu'il passa de là au College de

la *Trinité* dans l'Univerſité de *Cam-* I. N**e**w-
bridge, où il fut reçu en 1660. à TON.
l'âge de 18 ans.

Les Mathematiques eurent de bonne heure des charmes pour lui, &
il s'y appliqua avec une ardeur ex-
trême, & avec un ſuccès prodi-
gieux. Pour les apprendre il n'étudia point *Euclide*, qui lui parut
trop clair, trop ſimple, & peu propre à occuper dignement ſon temps;
il le ſavoit preſque avant que de
l'avoir lû, & un coup d'œil ſur l'é-
noncé des Theorêmes les lui d'é-
montroit. Ainſi il ſauta tout d'un
coup à la Geometrie de *Deſcartes*,
& aux Optiques de *Kepler*. Il alla
même bientôt plus loin que ces deux
fameux Philoſophes, & il y a des
preuves qu'à l'âge de 24 ans il avoit
fait ſes grandes decouvertes en Geometrie, & poſé les fondemens de
ſes deux celebres Ouvrages, les *Prin-*
cipes & l'*Optique*.

Nicolas Mercator, né dans le Hol-
ſtein, mais qui a paſſé ſa vie en Angleterre, publia en 1668. ſa *Loga-*
rithmotechnie, où il donnoit par une
ſuite, ou ſerie infinie la Quadra-

ture de l'Hyperbole. Alors parut pour la premiere fois dans le Monde savant, une suite de cette espece, tirée de la Nature particuliere d'une Courbe, avec un art tout Nouveau. M. *Barrow*, Professeur en Mathematique à *Cambridge*, où étoit M. *Newton* alors âgé de 26 ans, se souvint aussitôt d'avoir vû la même Theorie dans quelques écrits du jeune Mathematicien, non pas bornée à l'Hyperbole, mais étendue par des formules generales à toutes sortes de Courbes, même Mechaniques, à leurs Quadratures, à leurs Rectifications, à leurs Centres de gravité, aux solides formés par leurs revolutions, aux surfaces de ces solides; desorte que quand les déterminations étoient possibles, les suites s'arrêtoient à un certain point, ou si elles ne s'arrêtoient pas, on en avoit les sommes par Regle; que si les déterminations précises étoient impossibles, on en pouvoit toûjours approcher à l'Infini; supplement le plus heureux & le plus subtil que l'esprit humain pût trouver à l'imperfection de ses connoissances.

C'étoit une grande richesse pour
un Geometre de posseder une Theorie si feconde & si generale, & c'é-
toit une gloire encore plus grande
de l'avoir inventé. M. *Newton* averti
par le livre de *Mercator*, que cet
habile homme étoit sur les voyes
de la trouver, & que d'autres s'y
pourroient mettre en le suivant, devoit naturellement se presser d'éta-
ler ses trésors, pour s'en assurer la
veritable proprieté, qui consiste dans
la decouverte. Mais il se contenta
de la richesse, & ne se piqua point
de la Gloire. Il dit lui-même dans
une Lettre du *Commercium Epistoli-
cum*, qu'il avoit cru que son secret étoit
entierement trouvé par *Mercator*, ou
le seroit par d'autres, avant qu'il fût
d'un âge assez mûr pour composer.

Son Manuscrit sur les suites infi-
nies fut simplement communiqué à
M. *Collins*, & à Milord *Brounker*,
habile en ces matieres, & encore ne
le fut-il que par M. *Barrow*, qui
ne lui permit pas d'être tout à fait
aussi modeste qu'il l'eût voulu. Ce
Manuscrit tiré en 1669. du Cabinet
de l'Auteur, porte pour titre : *Me-*

I. Newton. thode que j'avois trouvé autrefois &c.
Quand cet *autrefois* ne feroit que
trois ans , il s'enfuivroit qu'il auroit
trouvé à 24 ans toute la belle Theorie des Suites. Mais il y a plus; ce
même Manufcrit contient outre cela l'invention & le calcul des *Flu-
xions* , ou *Infiniment petits* , qui cau-
ferent dans la fuite une grande difpute entre M. de *Leibnits* , qui prétendoit les avoir trouvées le premier , & lui.

La même année 1669. M. *Barrow*
fe demit en fa faveur de fa Chaire
de Mathematique dans l'Univerfité
de *Cambridge* , & il fut un des plus
zelés à foutenir les privileges de cette Univerfité, lorfqu'ils furent at-
taqués en 1687. par le Roi *Jacques
II.* Son attachement pour elle le fit
auffi nommer dans le même temps,
pour être un de fes Delegués par-
devant la Cour de *Haute-Commiffion.*
Il en fut auffi le Membre repréfen-
tant dans le Parlement de *Convention*
en 1688. & il y eut féance jufqu'à
ce qu'il fût diffous.

En 1695. le Comte d'*Halifax* ,
Chancelier de l'Echiquier , & grand

Protecteur des ſavans obtint du Roi
Guillaume de créer M. *Newton Gar-*
de des Monnoyes ; & il rendit dans
cette charge des ſervices importans
à l'occaſion de la grande refonte,
qui ſe fit en ce temps-là. Trois ans
après il devint *Maître de la Mon-*
noye , emploi d'un revenu conſiderable , & qu'il a poſſedé juſqu'à ſa
mort.

Dès que l'Academie des ſciences
par le Reglement de l'année 1699.
pût choiſir des Aſſociés étrangers ,
elle ne manqua pas de ſe donner M.
Newton , qui entretint toujours depuis ce temps-là un commerce aſſez
reglé avec elle, en lui envoyant tout
ce qui paroiſſoit de lui. C'étoient
ſes anciens travaux, ou qu'il faiſoit
réimprimer, ou qu'il donnoit pour
la premiere fois : Car depuis qu'il
fut employé à la Monnoye, il ne
s'engagea plus dans aucune entre-
priſe conſiderable de Mathematique,
ni de Philoſophie. Il eſt vrai qu'on
pourroit compter pour une entre-
priſe conſiderable la ſolution du fameux Problême des *Trajectoires*, propoſé aux Anglois comme un defi

I. Nгw-par M. *de Leibnitz* pendant sa con-
ton. testation avec eux, & recherché bien
soigneusement pour l'embarras & la
difficulté ; mais ce ne fut presque
qu'un jeu pour M. *Newton.* Il reçut
ce Problême à quatre heures du soir,
revenant de la Monnoye fort fatigué , & il ne se coucha point qu'il
n'en fût venu à bout.

A la Convocation du Parlement
de 1701. il fut choisi de nouveau
Membre de cette Assemblée pour
l'Université de *Cambridge.*

En 1703. on l'élut Président de
la Societé Royale de *Londres*, & il
l'a été sans interruption jusqu'à sa
mort pendant 23 ans.

La Reine *Anne* le fit Chevalier en
1705. & sous le Regne du Roi *George*, la Princesse de Galles , maintenant Reine d'Angleterre , se faisoit
un plaisir de s'entretenir avec lui &
de profiter de ses connoissances &
de ses lumieres.

Sa santé fut toujours ferme & égale jusqu'à l'âge de 80 ans. Il commença alors à être incommodé d'une
incontinence d'Urine ; encore dans
les cinq années suivantes, qui préce-
derent

derent fa mort, eut-il de grands in- I. New-
tervalles de fanté, ou d'un état fort ton.
tolerable, qu'il fe procuroit par un
bon regime, & par des attentions
dont il n'avoit pas eu befoin jufques-là. Il fut obligé de fe repofer
de fes fonctions à la Monnoye fur
M. *Conduitt*, qui avoit époufé une
de fes nieces, & qui lui fucceda
dans fon emploi. Il ne fouffrit
beaucoup que les vingt derniers
jours de fa vie. On jugea qu'il avoit
la pierre, & qu'il n'en pouvoit revenir. Dans des accès de douleur fi
violens, que des goutes de fueur
lui en couloient fur le vifage, il ne
pouffa jamais un cri, ni ne donna
aucune marque d'impatience; & dès
qu'il avoit quelques momens de re-
lâche, il revenoit à fa gayeté ordinaire. Le 28 Mars N. S. 1727. il
perdit entierement connoiffance &
mourut deux jours après, c'eft-à-dire
le 30 du même mois dans fa 85e année.

Son corps fut expofé fur un lit
de parade dans la chambre de *Jeru-*
falem, endroit d'où l'on porte au
lieu de leur fepulture les perfonnes

I. NEW-
TON.

du plus haut rang. On le transporta ensuite dans l'Abbaye de *Westminster*, le poile du Cercueil étant soutenu par le Grand Chancelier, &
par les Comtes de *Pembrocke*, de *Suf-
fex*, & de *Maclesfield*. Ces Pairs
d'Angleterre, qui firent cette fonc-
tion solemnelle, font assez juger du
nombre de personnes de distinction,
qui grossirent la Pompe funebre. Il
fut enterré près de l'entrée du Chœur.
On lui a construit depuis un tombeau magnifique, sur lequel on a gra-
vé cette Epitaphe.

H. S. E.

Isaacus Newton Eques auratus,
Qui animi vi prope divina
Planetarum motus, figuras,
Cometarum femitas, Oceanique Æ-
ftus,
Sua Mathefi facem præferente,
Primus demonstravit.
Radiorum lucis diffimilitudines,
Colorumque inde nafcentium proprie-
tates,
Quas nemo ante fuspicatus erat,
Pervestigavit.

Naturæ, Antiquitatis, S. Scripturæ I. NEW-
Sedulus, ſagax, fidus Interpres.   TON.
Dei O. M. Majeſtatem Philoſophia
   aperuit,
Evangelii ſimplicitatem moribus ex-
   preſſit.
   Sibi gratulentur Mortales,
   Talem tantumque extitiſſe
   Humani generis decus.
Nat. xx. *Dec. A. D.* 1642. *Obiit*
   Mart. xx. 1726.

Il avoit la taille mediocre, la
Phyſionomie agréable & venerable,
l'œil vif & perçant. Il n'eut jamais
beſoin de lunettes, & ne perdit
qu'une ſeule dent pendant toute ſa
vie.

Il étoit d'une humeur fort dou-
ce, & aimoit beaucoup la tranquillité. Il auroit mieux aimé être inconnu que de voir le calme de ſa
vie troublé par ces diſputes litte-
raires, que l'eſprit & la ſcience at-
tirent aux Savans du premier ordre.
On voit par une de ſes lettres du
Commercium Epiſtolicum, que ſon
Traité d'Optique étant prêt à être
imprimé, des objections prematu-

I. NEW-TON.

rées qui s'eleverent, lui firent alors abandonner le deffein de le publier. *Je me reprocherois*, dit-il, *mon imprudence de perdre une chofe auffi réelle que le repos, pour courir après une ombre.*

Sa modeftie égaloit fa douceur, & on affure qu'elle s'eft toujours confervée fans alteration, malgré les louanges que fon merite lui a attirées. Au refte, affable à l'egard de tout le monde, il obfervoit exactement tous les devoirs du commerce de la vie; il n'affectoit aucune fingularité; & il fçavoit n'être, lorfqu'il le falloit, qu'un homme du commun.

Quoiqu'il fût attaché à l'Eglife Anglicane, il n'eût pas perfecuté les non-Conformiftes pour les y ramener. Il jugeoit des hommes par leurs mœurs, & les vrais non-Conformiftes étoient pour lui les vicieux & les mechants. Ce n'eft pas cependant qu'il s'en tint à la Religion naturelle, il étoit perfuadé de la revelation; & parmi les livres de toute efpece, qu'il avoit fans ceffe entre les mains, celui qu'il lifoit le

plus affiduement étoit la Bible. ·I. NEW-
L'abondance où il se trouvoit par TON.
un grand patrimoine & par son emploi, augmentée encore par la sage
œconomie avec laquelle il vivoit,
ne lui donnoit point inutilement
les moyens de faire du bien. Il ne
croyoit pas que laisser par un Testament, ce fût ventablement donner; aussi n'en-a-t-il point fait, &
il s'est contenté de faire pendant sa
vie des liberalités à ses parens, ou à
ceux qu'il savoit dans quelque besoin; liberalités qui n'étoient ni rares ni peu considerables. Quand la
bienseance exigeoit de lui en certaines occasions de la dépense, il étoit
magnifique sans regret & de bonne
grace. Hors de là tout ce faste étoit
severement retranché, & les fonds
étoient reservés à des usages plus
solides.

Il ne s'est point marié, & peut-
être n'a-t-il pas eu le loisir d'y penser jamais, abîmé d'abord dans des
études profondes & continuelles
pendant la force de l'âge; occupé
ensuite d'une charge importante, &
même de sa grande reputation, qui

I. NEW-
TON.
-ne lui laiſſoit ſentir ni vuide dans ſa vie, ni beſoin d'une ſocieté domeſtique.

Il a laiſſé en biens meubles environ trente-deux mille livres ſterling, c'eſt-à-dire ſept-cent mille livres de nôtre monnoye. M. *de Leibnits*, ſon concurrent, mourut riche auſſi, quoique beaucoup moins, & avec une ſomme de reſerve aſſez conſiderable, comme on l'a vû dans ſon article.

Catalogue de ſes Ouvrages.

1. *Teleſcope de Reflexions ou Nouvelle Lunette Catoptrique*. La deſcription de cette Lunette a été inſerée dans les *Tranſactions Philoſophiques* de l'année 1671. Nº. 8. M. *Gallois* l'a tranſportée de là dans le *Journal des Savans* du 29 Fevrier 1672. & y a joint une Lettre de M. *Huygens*, qui en fait voir les avantages. On la trouve auſſi dans l'Optique de M. *Newton*.

2. *Philoſophiæ Naturalis Principia Mathematica*. Londini 1687. *in*-4º. It. *Editio ſecunda auctior & emendatior*. Cantabrigiæ 1713. *in*-4º. C'eſt M. *Cotes* Profeſſeur en Aſtronomie &

I. NEW-
TON.

en Philoſophie experimentale à *Cam-*
bridge, qui a eu ſoin de cette édition. It. *Amſtelodami* 1714. *in-4°.* It.
Editio tertia aucta & emendata. Londini 1726. *in-4°.* C'eſt là la meilleure édition, qui eſt fort belle & fort
correcte, ayant été faite ſous les
yeux d'*Henri Pemberton*, Docteur
en Medecine, homme habile en ces
ſortes de matieres. Ce livre, où la
plus profonde Geometrie ſert de
baſe à une Phyſique toute nouvelle,
n'eut pas d'abord tout l'éclat qu'il a
eu depuis. Comme il eſt écrit très-
ſavamment, que les paroles y ſont
fort épargnées, qu'aſſez ſouvent les
conſequences y naiſſent rapidement
des principes, & qu'on eſt obligé
à ſuppléer de ſoi-même tout ce qui
doit être entre-deux, il falloit que
le Public eût le loiſir de l'entendre.
Les plus grands Geometres n'y par-
vinrent qu'en l'étudiant avec ſoin,
les mediocres ne s'y engagerent
qu'animés par les témoignages avantageux qu'en rendoient les grands :
mais enfin quand le livre fut ſuffi-
ſamment connu, tous ces ſuffrages,
qu'il avoit gagnés ſi lentement, écla-

L iiij

I. NEW-
TON.

terent de toutes parts, & ne forme-
rent qu'un cri d'admiration. Quelques uns pretendent que M. *New-*
ton s'y eftoit exprimé obfcurément
à deffein, pour n'être pas importu-
né par les objections que les demi-
Savans auroient pu lui faire.

3. *Epiftola in qua folvuntur duo*
Problemata Mathematica à Joanne
Bernoullo propofita. Inferée dans les
Tranfactions Philofophiques des an-
nées 1696. & 97. & dans les *Acta*
Eruditorum Lipfienfia de l'an 1697.
p. 223.

4. *Traité d'Optique fur les Refle-*
xions, Refractions, Inflexions & Cou-
leurs de la Lumiere (en Anglois) *Lon-*
dres 1704. *in-*4°. It. 2ᵉ *Edition aug-*
mentée. Londres 1718. *in-*8°. It. *tra-*
duit en Latin par Samuel Clarke fur
la 1ᵉ *édition Angloife. Londres* 1706.
*in-*4°. & enfuite fur la feconde. *Lon-*
dres 1719. *in-*4°. Cette traduction a
été faite fous les yeux & du confen-
tement de l'Auteur; ainfi on ne peut
douter qu'elle ne foit jufte & exacte.
It. *traduit en François par M. Cofte*
fur la feconde édition augmentée par
l'Auteur, Amfterdam 1720. *in-*12. 2

vol. It. Paris 1722. *in-*12. Le Syftê- **I. NEW-**
me de M: *Newton* eſt que la lumie- TON.
re eſt un compoſé de rayons de differentes couleurs; que ces rayons
gardent çonſtamment leur couleur
originaire, ſans qu'aucune Refraction, ou Reflexion, ou mêlange
d'ombre puiſſe l'alterer; que les
rayons de chaque couleur particuliere ont leur degré particulier de
Refrangibilité; que les Rayons de
lumiere, qui different en couleurs,
different conſtamment en degrés de
Refrangibilité; & que c'eſt de cette
difference de Refrangibilité que dé-
pend la difference de leurs couleurs;
d'où il s'enſuit que toutes les couleurs, qui exiſtent dans la nature,
ſont en effet telles que les doivent
produire les qualités colorofiques
& originales des Rayons dont eſt
compoſée la lumiere; & que ſi la
lumiere ne conſiſtoit qu'en Rayons
également refrangibles, il n'y auroit qu'une feule couleur dans le
monde, & qu'il feroit impoſſible
d'en produire aucune nouvelle, ni
par reflexion, ni par refraction. M.
Newton n'a pas achevé cet Ouvrage,

parce que des experiences dont-il avoit encore besoin furent interrompües de maniere qu'il ne pût depuis les reprendre. La traduction Françoise de M. *Coste* est claire & exacte; Cet habile traducteur y a rendu parfaitement la pensée de l'Original, & a sçu y joindre l'agrément à la solidité.

5. *Tractatus duo, de speciebus & magnitudine figurarum Curvilinearum. Londini* 1704. *in*-4°. A la suite de la premiere édition de l'Optique de M. *Newton*, qui les a ôtés de la seconde, parce qu'ils étoient un peu trop étrangers à l'Ouvrage qu'ils accompagnoient. *Samuel Clarke* les a joint à sa traduction latine de l'Optique; & on les a depuis fait entrer dans le livre suivant.

6. *Analysis per Quantitatum Series, Flexiones ac differentias, cùm enumeratione linearum tertii Ordinis. Londini* 1711. *in*-4°.

7. *Arithmetica Universalis, sive de Compositione & Resolutione Arithmetica liber. Cantabrigiæ* 1707. *in*-8°.

8. On trouve quelques-unes de ses Lettres dans le *Commercium Epi-*

ftolicum D. Joannis Collins & aliorum I. NEW-
de Analyfi promota, juffu Societatis TON.
Regiæ editum. Londini 1712. *in-*4°.
Cet Ouvrage roule fur fes difputes
avec M. *de Leibnits* touchant l'invention du Calcul infinitefimal, dont
chacun s'attribuoit la gloire.

9. On en voit auffi dans le Recueil
fuivant donné par M. *Des-Mai-*
zeaux : Recueil de diverfes Pieces fur
la Philofophie, la Religion Naturelle,
l'Hiftoire, les Mathematiques &c. Par
Meffieurs de Leibnits, Clarke, New-
ton, & autres Auteurs celebres. Am-
fterdam 1720. *in-*8°. *deux tomes.*

10. Quand M. *Newton* étoit fatigué de fes Recherches fur la Phyfi-
que ou fur les Mathematiques, il
fe délaffoit par l'étude de l'Hiftoire;
il compofa même un Syftême de
Chronologie ancienne, qu'il n'avoit
pas deffein de publier ; mais la Princeffe de Galles, à qui il en confia les
vucs principales, les trouva fi neu-
ves, & fi ingenieufes, qu'elle voulut avoir un precis de tout l'Ouvrage, qui ne fortiroit jamais de fes
mains, & qu'elle poffederoit feule ;
il s'en échappa cependant une co-

I. NEW-
TON.

pie, qui ayant été apportée en France, fut traduite en François & imprimée sous le titre d'*Abregé de la Chronologie de M. Newton*, à la fin de l'*Histoire des Juifs* de *Prideaux*. Paris 1726. *in*-12. L'Auteur, qui n'avoit pas consenti à la publication de cet Ouvrage, en fut piqué, & c'est peut-être à ce chagrin, qu'on doit imputer ce qui a paru de trop vif dans sa réponse aux observations de M. *Freret*, qui avoient été jointes à son Abregé.

11. *Réponse aux Observations sur la Chronologie de M. Newton. Avec une lettre de M. au sujet de cette Réponse*. Paris 1726. *in*-8°. pp. 29. La Lettre est de M. l'Abbé *Conti*, qui y répond à quelques reproches que M. *Newton* lui avoit faits dans sa réponse. Ces deux pieces ont été inserées dans la *Bibliotheque Françoise* tom. 7. p. 173.

12. *La Chronologie des anciens Royaumes corrigée, à laquelle on a joint une Chronique abregée, qui contient ce qui s'est passé anciennement en Europe, jusqu'à la Conquête de la Perse par Alexandre le Grand, traduite de*

l'Anglois. Paris 1728. *in-*4°. L'Ou- I. NEW-
vrage Anglois trouvé dans les pa- TON.
piers de l'Auteur après fa mort, a été
imprimé auffitôt en Angleterre. Il
y a bien des recherches curieufes,
quoiqu'il y ait peut-être des chofes un peu hafardées.

13. *Bernardi Varenii Geographiæ
Generalis, in qua affectiones generales
Telluris explicantur, aucta & illuftrata ab If. Newton. Cantabrigiæ* 1672.
*& * 1681. *in-*8°.

14. *Lectiones Opticæ annis* 1669.
70. *& * 71. *in Scholis publicis habitæ &
nunc primum in lucem editæ. Londini*
1729. *in-*4°. Ce volume contient
les leçons que M. *Newton* fit à *Cambridge*, après que M. *Barrow* lui
eut cedé fa Charge de Profeffeur.
On y voit les decouvertes qu'il avoit
faites fur la Lumiere & fur les Couleurs en 1666. Il en avoit communiqué un abregé à la Societé en 1671.
& cet abregé fut publié dans les
Tranfactions Philofophiques. L'Ouvrage même auroit paru peu de temps
après, fi quelques Mathematiciens
étrangers n'avoient attaqué fes découvertes fans les entendre. Il ne

I. NEW-
TON.

voulut pas s'expofer à des chicanes,& à des difputes infructueufes. Il étoit fi éloigné de l'efprit de contention, & il évitoit avec tant de foin tout ce qui pouvoit l'expofer à la contradiction, que ce ne fut qu'avec beaucoup de peine, que fes amis l'engagerent en 1704. à publier fon Traité d'Optique ; peut-être même ne l'auroit-il pas fait, fi fes découvertes n'avoient été fi fort goutées du celebre M. *Huygens*, qu'il en infera une partie dans fa Dioptrique, qui parut en 1703. parmi fes Oeuvres Pofthumes. Il y a dans les leçons de M. *Newton* plufieurs chofes qui ne fe trouvent point dans fon Optique. D'ailleurs la Methode eft differente, tout eft dans les leçons demontré geometriquement ; ce qu'il a evité de faire dans l'Optique.

15. *Table des Effays des Monnoyes étrangeres.* (en Anglois) A la fin d'un livre du Docteur *Arbuthnolt* fur cette matiere.

V. *Son Eloge par M. de Fontenelle, dans l'Hiftoire de l'Academie des Sciences, dans la Bibliotheque Fran-*

çoiſe tom. 11. & avec les additions
d'un Anglois à la tête de ſa Chronologie.

VARINO FAVORINO.

V ARINO *Favorino* naquit à *Ca-*   V. FA-
   merino, ville Ducale d'Italie. VORINO.
Son veritable nom étoit *Guarino*;
mais il le changea dans la ſuite en
celui de *Varino*, pour ſe conformer
à l'uſage des Savans de ſon temps. Il
y ajouta de celui de *Favorino*, par
ce qu'il étoit originaire d'un Château ſitué dans la Paroiſſe de *Favera*.
On ne ſait pas au juſte l'année de ſa
naiſſance. Cependant on peut la
mettre vers l'an 1460. puiſqu'il mourut dans un âge fort avancé en 1537.

Il étudia à *Florence* les langues
Gréque & Latine ſous *Ange Politien*,
& acheva de ſe perfectionner dans
la premiere ſous *Jean Laſcaris*, par
les inſtructions duquel il y fit de
ſi grands progrès, que peu de gens
l'égaloient dans la connoiſſance de
la langue Gréque.

Se ſentant appellé à l'état Reli-

V. FA-
VORINO. gieux, il entra dans la Congregation de *S. Silvestre* de l'Ordre de *S. Benoist*. Il continua dans le loisir qu'il y trouva à s'appliquer à l'étude, & ce fut ce qui lui donna occasion de composer les Ouvrages que nous avons de lui.

Comme pendant son séjour à *Florence*, il s'étoit attaché à la Maison de *Medicis*, il fut choisi pour être Precepteur de *Jean de Medicis*, qui fut depuis le Pape *Leon X.* & cet emploi le fit connoître à *Jules de Medicis*, qui fut aussi élevé au Pontificat sous le nom de *Clement VII.* & dont il gagna l'amitié.

En 1508. *Louis Clôdio*, Archiprêtre de *Caldarola*, Château du Duché de *Camerino*, ayant été fait Evêque de *Nocera* par le Pape *Jules II.* ses protecteurs obtinrent pour lui ce Benefice.

En 1512. il étoit Bibliothecaire de la Maison de *Medicis*; c'est un titre qui lui est donné dans le livre d'*Alcyonius, de Exilio.*

Il sembloit qu'il fût destiné à être le Successeur de *Clodio*, dans les differens postes où il se trouvoit : en
effet

effet ce Prelat étant mort le 18 Juillet 1514. le Pape *Leon X.* son disciple lui donna son Eveché de *Nocera*
le 3 Octobre suivant, & il l'a posse-
dé pendant 23 ans.

Jean Marie *Varani*, qui étoit
alors Prince de *Camerino*, connoif-
fant le credit qu'il avoit auprès du
Pape, employa son entremise pour
obtenir de lui que sa Principauté fût
erigée en Duché. *Varino* l'obtint effectivement, & la declaration en fut
faite dans un Consistoire tenu pour
ce sujet le 30 Avril 1515. Ce ne fut
pas la seule faveur qu'il obtint pour
son Prince, il fut encore commis en
1520. pour lui donner l'habit & les
Ornemens de Prefet de Rome & de
Comte de *Sinigaglia.*

Jacobilli rapporte fort au long dans
sa Chronologie des Evêques de *Nocera*, tout ce qu'il fit pour le bien de
son Diocese ; mais c'est une chose
étrangere à mon sujet, & à laquelle
je ne m'arrêterai pas.

Il mourut à *Nocera* l'an 1537. dans
un âge fort avancé, comme on le
peut presumer, de ce qu'on lui donna en 1521. un Coadjuteur à cause

Tome XXII. M

V. FA- de sa vieilleffe. *Jacobilli* dans sa *Chro-*
VORINO. *nologie des Evêques de Nocera* met sa
mort le 1 May ; mais dans un autre
Ouvrage , je veux dire dans *sa Bi-*
bliotheque des Ecrivains de l'Ombrie ,
il la recule jufqu'au 25 Novembre.
Je crois que ces deux dates font également fauffes ; car *Ange Colocci,* qui
étoit fon Coadjuteur , marque dans
une de fes Lettres du 20 Avril 1537.
que le Pape *Paul III.* venoit de le
nommer à l'Evêché de *Nocera* , ce
qui fait voir que *Varino* étoit deja
mort.

   Varino fut enterré dans la Chapelle de *S. Venant*, qu'il avoit fait
bâtir dans fa Cathedrale.

   Catalogue de fes Ouvrages.

   1. *Thefaurus Cornucopiæ & Horti*
Adonidis. Venetiis. Aldus 1496. *in-*
fol. It. *Venetiis* 1504. *in-fol.* La premiere édition eft très-rare & peu
connue , & les caracteres en font
plus gros & plus beaux que ceux de
la feconde édition , qui n'a que 140
pages , au lieu que la premiere en a
270. C'eft *Alde l'ancien* , qui eft
l'Auteur du Titre ; il eut auffi part
à l'Ouvrage que *Varino* ne compofa

pas ſeul. *Charles Antinori*, Florentin, qui avoit été auſſi diſciple de *Politien*, y travailla avec lui ſous les yeux de *Politien*, & *Alde* revit tout l'Ouvrage avec *Urbain Valerien Bolzano* de l'Ordre des Mineurs Conventuels. Cependant comme *Varino* y a eu la meilleure part, ſon nom ſeul a été mis à la tête. C'eſt un Recueil Alphabétique des obſervations de 34 Grammairiens Grecs anciens ſur la langue Gréque. *Budé* s'en eſt beaucoup ſervi dans ſes Commentaires de la langue Gréque.

2. *Apophthegmata ex variis Authoribus per Joannem Stobæum collecta, Varino Favorino Interprete. Romæ* 1517. *in-4°.* It. ſous ce titre : *Varini Camertis Apophthegmata ad bene beatéque vivendum mire conducentia, nuper ex limpidiſſimo Græcorum fonte in Latinum fideliter converſa, & longe antea impreſſis caſtigatiora. Romæ* 1519. *in-8°.* It. *Cracoviæ* 1529. (& non pas 1522. comme dit *Geſner*) *in-8°.*

3. *Magnum Dictionarium, ſive Theſaurus Univerſæ linguæ Græcæ ex multis variiſque Autoribus collectus. Romæ* 1523. *in-fol.* It. *Baſileæ* 1538. *in-fol.*

M ij

V. FA-
VORINO.

Ce fut *Joachim Camerarius*, qui procura cette édition. On n'y joignit
point l'Index qu'on avoit promis ;
mais on le donna séparément la même année divisé en deux Classes,
dont la premiere est des mots qui se
trouvent dans le Dictionnaire hors
de leur place , & l'autre est des Pro-
verbes répandus dans tout l'Ouvrage.
Jerôme Gunzius est Auteur de cet *Index*. It. *Venetiis* 1712. *in-fol.* Cette
édition, qui s'est faite par les soins
d'*Antoine Bortoli* , Libraire de *Venise*,
est fort belle & fort exacte. La rareté
& la cherté des deux precedentes la
rendoit necessaire. Quoiqu'il y ait
des fautes dans l'Ouvrage de *Varino*,
il est cependant louable de l'avoir
entrepris. On n'avoit point avant
lui de Dictionnaire Grec, si ce n'est
celui de *Jean Crafton* , Carme de
Plaisance , qui fut imprimé à *Venise*
en 1492. mais qui est très-imparfait
& très-court. Ainsi il peut être regardé comme le premier qui soit
entré dans cette vaste carriere, &
s'il s'y est egaré quelquefois , on doit
moins s'en prendre à lui , qu'à la
nature même de son Ouvrage, qui

ne pouvoit avoir tout d'un coup ſa   V. FA-
perfection. Le travail d'*Heſichius*, VORINO.
de *Suidas*, d'*Harpocration*, & de
tous les anciens Lexicographes, eſt
fondu dans ce Dictionnaire, qui renferme, ſelon *Fabricius*, tout ce qui
eſt neceſſaire pour apprendre la langue Gréque. Il eſt étonnant qu'*Henri Etienne*, qui l'a copié en pluſieurs
endroits de ſon tréſor de la langue
Gréque, ne faſſe pas la moindre mention de lui.

V. *Le Journal de Veniſe tome* 19.
p. 90. *Jacobilli Chronologia de' Veſcovi
di Nocera & Bibliotheca degli ſcrittori
dell' Umbria.*

SCIPION CARTEROMACO.

SCIPION *Carteromaco* naquit à   S. CAR-
Piſtoie ville de Toſcane le 4 Fe- TEROMA
vrier 1467. d'une famille noble, dont CO.
le nom étoit *Forteguerri*, mais que
Scipion, pour ſe conformer à la coutume de ſon ſiecle, changea en celui
de *Carteromaco*, qui ſignifie la même
choſe en Grec. Son pere *Dominique
Forteguerri* fut en 1472. Gonfalonier

S. CAR-
TEROMA-
CO.

de la ville de *Piſtoie*, qui étoit alors
une eſpece de Republique.

Il fut mis dès ſa premiere jeuneſſe
au College de *Piſtoie*, appellé *la Sa-
pienza de' Forteguerri*, parce qu'il a
été fondé par le Cardinal *Forteguerri*
pour l'entretien de douze étudians,
dont trois doivent être de ſa famille. Il ne demeura pas cependant toujours en ce lieu pendant les ſix ans
deſtinés à leur inſtruction ; il paroît
par une de ſes Lettres à *Ange Politien*, & par une autre d'*Alde l'ancien*, qu'il étudia quelque temps à
Rome ; il paſſa enſuite à *Florence*, où
il s'appliqua avec beaucoup d'ardeur
à la langue Gréque ſous *Politien*, qui
conçut pour lui une amitié fort ten-
dre. Ce fut alors qu'il connut *Varino*, dont je viens de parler, & qui
étudioit comme lui ſous *Politien*.

Ses ſix années d'étude, pendant
leſquelles il devoit être entretenu
aux depens du College de *Piſtoie*,
étant finies, il obtint du Pape *Alexandre VII*. la permiſſion de joüir
encore ſix autres années du revenu
d'Etudiant de ce College. Cette permiſſion eſt du 25 Fevrier 1493. Il les

paffa à *Padoue*, où il continua fes études avec tant de fuccès, que la Republique de *Venife* le nomma vers
l'an 1500. pour enfeigner la langue
Gréque à la jeuneffe Venitienne, &
lui donna pour cela de gros appointemens.

    Jules II. étant parvenu au Ponti-
ficat, fit venir quelque temps après
Carteromaco à *Rome*, & le mit auprès
du Cardinal *Galeotti Franciotti de la
Rovere*, Luquois, fon Neveu, qu'il
avoit fait Vice-Chancelier de l'Eglife Romaine. Après la mort de ce
Cardinal arrivée le 11 Septembre
1508. *Carteromaco* s'attacha au Cardinal *François Alidofio*, qui fut tué
à *Ravenne* par *François Marie de la
Rovere*, Duc d'*Urbin* le 24 May,
1511.

    Cette mort, qui caufa beaucoup
de chagrin à *Carteromaco*, l'engagea
à retourner pour la troifiéme fois à
Rome, où l'amitié qu'il contracta
avec *Ange Colocci* lui fut d'un grand
fecours; car il le fit connoître au
Cardinal *Jean de Medicis*, qui étant
devenu Pape en 1513. fous le nom de
Leon X. le mit auprès de *Jules de Me-*

S. CAR-*dicis*, son parent, qu'il avoit dessein
TEROMA-de faire Cardinal, pour le diriger
CO. dans ses études. C'est ce que dit *Pie-
rius Valerianus*; il paroît cependant
par le traité de l'Exil d'*Alcyonius*
écrit en 1512. qu'il étoit déja auprès
de *Jules de Medicis* avant l'exaltation de *Leon X*.

Carteromaco avoit lieu d'esperer
d'aller loin avec une si puissante pro-
tection; mais la mort, qui le surprit
dans la fleur de son âge, rendit ses
esperances inutiles; car il mourut le
16 Octobre 1513. âgé de 46 ans, &
non pas de 42. comme le dit *Erasme*
dans une de ses Lettres.

Malgré son habileté & son érudition, il étoit entierement éloigné
de l'ostentation trop ordinaire aux
Savans; rien n'étoit plus modeste que
lui. Dans les conversations ordinaires on ne l'auroit point pris pour ce
qu'il étoit, il falloit l'agacer & le
mettre en train, pour l'engager à faire paroître ce qu'il savoit.

Catalogue de ses Ouvrages.

1. *Oratio de Laudibus Litterarum
Græcarum. Venetiis* 1504. *in-*4°. C'est
un discours qu'il recita au mois de
Janvier

Janvier de la même année. Il a été S. Car-
réimprimé depuis à *Basle* en 1517. TEROMA-
in-4°. à *Rome* en 1543. *in-4°.* avec CO.
les discours du Cardinal *Bessarion*,
à *Paris* en 1573. à la tête du Tresor
de la Langue Gréque d'*Henri Etien-*
ne ; enfin à *Geneve* en 1606. avec plusieurs autres discours sur le même
sujet, au commencement du premier
tome du grand Recueil des Poetes
Grecs.

2. *Aristidis Oratio de Laudibus ur-*
bis Romæ è Græco in Latinum versa.
Venetiis 1519. *in-8°.* Avec les Ecrivains de l'Histoire Auguste.

3. *Claudii Ptolemai de Geographia*
libri VIII. *è recensione Marci Mona-*
chi Cælestini Beneventani, Joannis *Cot-*
tæ Veronensis, Scipionis Carteromachi
Pistoriensis, & Cornelii Benigni Viter-
biensis. Romæ 1507. *in-fol.*

4. A la tête de la Logique d'*Ari-*
stote imprimée en Grec à *Venise* par
Alde en 1495. *in-fol.* il y a une Préface Gréque & une Epigramme en
la même langue de *Carteromaco.* On
trouve aussi quelques autres Epigrammes de sa façon en differens livres. *Heinsius* dans la Préface de ses

Tome XXII.   N

S. CAR-
TEROMA-
CO.

Poesies Gréques ne porte pas un jugement favorable de celles de *Carteromaco* ; mais on sait qu'à l'exemple de *Joseph Scaliger* son maître,
il ne rendoit pas justice aux Italiens.

5. On a encore de lui trois Lettres ; l'une Gréque, qui est à la tête
du *Thesaurus Cornucopiæ* de *Varino*,
à qui elle est adressée : les deux autres en Latin, la premiere jointe
aux Lettres de *Politien* à qui elle est
écrite, la seconde écrite à *Daniel
Renieri*, & imprimée avec son discours sur la langue Gréque.

Il est étonnant que *Paul Jove* n'ait
point parlé de *Carteromaco* dans ses
Eloges. *Frederic Ubaldini* dans la vie
de *Colocci* le nomme mal à propos
Grec de Nation. L'Article que *Bayle*
en a donné n'est point exact.

V. *Le Journal de Venise tome* 20. *p.*
278. *& tome* 26. *p.* 317.

PAUL TALLEMANT.

PAUL *Tallemant*, Prieur d'*Am-* bierle & de *Saint Albin*, naquit à *Paris* le 18 Juin 1642. de *Gedeon Tallemant*, Maître des Requeſtes, & de *Marie du Puget de Montoron*, fille de M. *de Montoron* Receveur General des Finances.

Il fut lié de fort bonne heure avec tout ce qu'il y avoit de plus diſtingué à la Cour & à la ville par l'eſprit, le goût & la politeſſe. Tout cela même ſe trouvoit raſſemblé en quelque maniere dans ſa propre famille, car il étoit proche parent de M. de *la Serre* Hiſtoriographe, du Docte *Pomeuſe*, mort Evêque de *Marſeille*, de l'Abbé *Tallemant*, traducteur des vies de *Plutarque*, de Madame *Peliſſari*, & de Madame de *la Sabliere*, ſi celebres l'une & l'autre par la delicateſſe & l'élevation de leur eſprit.

Une certaine idée de Galanterie avoit beaucoup de part à l'eſprit de ce temps-là. On ne vouloit preſque que de petites Poeſies tendres, ou de

N ij

P. TAL-
LEMANT.

grands fentimens enchaffés dans des Avantures qui ne finiffoient point. En un mot le regne des *Opera* commençoit, & l'on étoit dans la fureur des Romans. Ces impreffions à la mode faifirent l'Abbé *Tallemant* avec tout l'avantage que leur donnoient fa jeuneffe & fa vivacité. Il brilla d'abord par de petits vers, par des Idylles & des Paftorales, puis par des Opera en forme, qui trouverent des Muficiens, & qui furent reprefentés avec fuccès dans des maifons particulieres.

Il n'avoit encore que 24 ans, lorfque l'Academie Françoife le choifit en 1666. pour remplacer M. *Gombauld.*

La fortune ne fuivit pas l'exemple des Mufes. L'Abbé *Tallemant* né dans le fein de l'Opulence, élevé dans le grand Monde, & parvenu au comble des honneurs de l'Efprit, perdit tout à la fois fon pere, fon grand-pere, & avec eux la double efperance d'un gros patrimoine.

Son pere avoit abforbé le fonds de plus de cent mille livres de rente par fa profufion dans les Intendan-

ces, & par les groſſes pertes qu'il
avoit faites au jeu contre le Cardinal *Mazarin*. M. de *Montoron* de
ſon côté avoit diſſipé des richeſſes
immenſes avec la même facilité
qu'il les avoit acquiſes, & peu de
temps avant ſa mort la Chambre de
Juſtice avoit ſoigneuſement recherché ce que ſa magnificence n'avoit
pas encore epuiſé.

Madame *Tallemant* eut peine à
trouver dans les débris de ces deux
ſucceſſions, de quoi ſubſiſter avec une
famille de cinq enfans. Leur éta-
bliſſement l'embaraſſoit, car ils n'en
avoient aucun; cependant quand ſes
amis la mettoient ſur cette matiere,
heureuſement en voila un de pourvû,
diſoit-elle, en parlant de l'Abbé,
parce qu'il étoit de l'Academie Françoiſe. Propoſition qui ſe trouva ju-
ſtifiée dans la ſuite.

L'Abbé *Tallemant* ſe livra de bonne grace au caprice du ſort, & bien
loin que ſon eſprit en parût abbatu,
ſa réputation naiſſante croiſſoit tous
les jours par mille petits Ouvrages
& ſurtout par des diſcours Academiques. Un des premiers fut l'Eloge

P. TAL- funebre de M. le Chancelier *Seguier.*
LEMANT. Il celebra enfuite la gloire du Roy,
dont le progrès des Arts & des
Sciences, les Conquêtes de Hollande, & la paix de *Nimegue* lui
fournirent tour à tour le fujet.

La réputation qu'il fe fit par ces
difcours, qu'il recitoit ordinairement les jours que le public étoit
admis aux affemblées de l'Academie, excita la curiofité de M. *Col-*
bert, qui charmé des talens du jeune
Academicien s'intereffa aux malheurs
de fa famille, & lui donna enfin
une place dans l'Academie des Infcriptions, avec une penfion de cinq
cens écus.

L'Abbé *Tallemant* fut auffitôt d'un
grand fecours à la Compagnie. Ce
fut lui qui concerta avec M. *le Brun*
le deffein des Tableaux de la grande
Gallerie de *Verfailles*, & y ajouta
des Infcriptions qu'on trouva dans
la fuite trop étendues, & aufquel-
les on en fubftitua de plus fimples.

On le chargea enfuite de la de-
fcription de prefque toutes les Maifons Royales, & il en avoit déja fait
plufieurs, quand M. *Colbert* mourut.

Il perdit beaucoup à cette mort ; P. Talcar outre la penſion dont j'ai parlé, & les gratifications qu'il lui avoit faites de temps en temps, il avoit eu ſoin de lui procurer un Benefice aſſez conſiderable, lui avoit fait donner la Charge d'*Intendant des Deviſes & Inſcriptions des Edifices Royaux*, vacante par la mort de M. *Desfontaines*, & l'avoit même propoſé au Roi pour l'envoyer à *Rome* en qualité d'Auditeur de Rote. Auſſi l'Abbé *Tallemant* ne ſe contenta pas de gemir en ſecret ſur la perte de ſon illuſtre Bienfaiteur, il conſacra à ſa Memoire un éloge funebre.

Au commencement de l'année 1694. il fut fait Secretaire de l'Academie des Inſcriptions à la place de M. de *la Chapelle* ; & au renouvellement de cette Academie en 1701. il commenca à faire les éloges des Academiciens morts, ſuivant le nouveau Reglement.

L'âge qui le gagnoit inſenſiblement, le determina en 1706. à ſe demettre du Secretariat, & à ſe contenter du titre de Veteran. Mais cette eſpece de retraite ne l'empêcha

N iiij

P. TAL-
LEMANT.

pas de continuer son assiduité aux deux Academies.

Sa famille étoit originaire de *la Rochelle* où elle avoit succé les erreurs de *Calvin*. M. *Tallemant* le Pere, & un de ses freres étoient presque les seuls qui les eussent abjurées; le reste y seroit demeuré attaché, si l'Abbé *Tallemant* n'avoit eu le bonheur de les en retirer par ses soins. Dans cette vûe il avoit étudié à fond les matieres de Controverse & en avoit composé un grand nombre de Sermons, qu'il avoit prêchés aux Carmelites de la ruë du Bouloy, & aux Nouvelles Catholiques, où il avoit souvent l'honneur de parler devant la Reine.

Il avoit toutes les qualités qui rendent un homme aimable dans la Societé. Sa seule présence inspiroit une certaine gayeté, dont il n'étoit guéres possible de se défendre. Son esprit degagé de tout ce qui s'appelle embarras d'affaires, sembloit en un moment associer les autres à la même liberté. Il brilloit sur tout par d'heureuses saillies & par des impromptu.

Il mourut le 30 Juillet 1712. fa P. Tal-
mort fut la fuite d'une attaque d'A- lemant.
poplexie, contre laquelle fon bon
temperament avoit lutté environ
dix huit mois. Il venoit d'entrer dans
fa 71e année, & de fon propre aveu
il en avoit paffé plus de 50. fans
avoir reffenti la moindre incommodité, & fans avoir pris même par
précaution la plus fimple Medecine.

Catalogue de fes Ouvrages.

10. *Le Voyage de l'Ifle d'Amour.*
Paris 1663. in-12. It. dans un livre
intitulé: *Recüeil de quelques pieces
nouvelles & galantes. Cologne* (Hollande) 1667. in-12. Il compofa ce
petit Ouvrage à l'âge de 19 ans.
C'eft une allegorie ingenieufe, où
fous la forme d'un voyage ordinaire
il décrit tout le chemin que fait
faire une paffion aveugle, les pieges
qu'elle tend fur la route, le peu de
feureté qu'on trouve dans fes gîtes,
& les differens écueils qui fe prefen-
tent au bout de la carriere. Il n'a-
voit pas deffein qu'elle vît le jour;
elle le vit cependant par un de ces
larcins dont les particuliers fe font
un honneur, & dont le public pro-

P. TAL- fite quelquefois, lorſque l'Ouvrage
LEMANT. en vaut la peine.

2. *Eloge de Pierre Seguier Chance-*
lier de France. Paris 1672. *in-*4°.

3. *Rémarques & deciſions de l'Aca-*
demie Françoiſe, recueillies par M.
L. T. Paris 1698. *in-*12. M. l'Abbé
d'Olivet nous apprend dans ſon *Hi-*
ſtoire de l'Academie Françoiſe l'origine de cet Ouvrage. » Le Diction-
» naire de l'Academie Françoiſe pa-
» rut, dit-il, pour la premiere fois
» en 1694. Elle n'en commença la
» reviſion qu'en 1700. Il y eut donc
» fix années d'intervalle, qui furent
» employées à recueillir & à réſou-
» dre des doutes ſur la langue, dans
» la vûe que cela ſerviroit de mate-
» riaux à une Grammaire ; Ouvrage
» qui devoit immediatement ſuivre
» le Dictionnaire, ſelon le plan du
» Cardinal de *Richelieu.* On arrêta
» que pour ce travail, qui n'étoit
» regardé que comme un Prélimi-
» naire, la Compagnie ſe partageroit;
» & qu'à l'un des Bureaux, M. l'Ab-
» bé de *Choiſi* tiendroit la plume, &
» à l'autre M. l'Abbé *Tallemant.*
» D'abord ces deux bureaux travail-

» lerent avec l'ardeur qu'infpirent P. TAL-
» les nouvelles entreprifes. On y LEMANT.
» raffembla les trois premiers mois
» de quoi faire deux petits Recueils,
» l'un defquels fut imprimé en 1698.
» fous le titre de *Remarques & deci-*
» *fions de l'Academie Françoife par M.*
» *L. T.* Ces trois lettres initiales veu-
» lent dire M. l'Abbé *Tallemant.* Il
» eut ordre de fe defigner à la tête
» du Volume, foit parce que le ftile
» étoit purement de lui; foit parce
» que la Compagnie ne vouloit pas,
» à ce que je foupçonne, prendre
» fur elle toutes ces décifions, qui
» ne venoient que d'un Bureau par-
» ticulier, compofé feulement de
» cinq ou fix Academiciens.

    4. *Difcours fommaire touchant la vie de M. de Benferade.* A la tête des Oeuvres de *Benferade. Paris* 1697. *in-*12. Le P. *le Long* s'eft trompé en attribuant cet Ouvrage à *François Tallemant.*

    5. Il a été chargé du détail de l'Im-
preffion de l'*Hiftoire du Roy Louis XIV. par Medailles,* qui parut en 1702.

    6. *Eloge funebre de Charles Perrault*

P. TAL-
LEMANT.

de l'Academie Françoise. Paris 1704.
*in-*4°. It. dans les Recueils de cette
Academie.

7. *Réponse aux Discours de M.
l'Abbé de Louvois & de M. le Mar-
quis de S. Aulaire à leur reception à
l'Academie Françoise. Paris* 1706. *in-*
4°.

8. *Le Ver luisant. Traduction d'une
Eglogue de M. Huet, ancien Evêque
d'Avranches, intitulée Lampyris. Paris*
1709. *in-*12.

9. *Les Eloges de M. le Duc d'Au-
mont, de M. Pavillon, de M. Duché, de M. Pouchard ; & de M. Ba-
rat de l'Academie des Inscriptions.* Ces
Eloges se trouvent dans le premier
volume de l'Histoire de cette Academie.

10. On voit aussi quelques discours
de sa façon dans les Recueils de l'A-
cademie Françoise.

V. Son Eloge par M. *de Boze* dans
*l'Histoire de l'Academie des Inscrip-
tions. tome* 3e.

FRANÇOIS TALLEMANT.

FRANC,OIS *Tallemant* Abbé de *Val-Chrétien*, naquit à *la Rochelle* vers l'an 1620.

Ayant embraſſé l'état Eccleſiaſtique, il fut pendant 24 ans Aumônier du Roy, & devint enſuite premier Aumônier de Madame.

Il fut reçu le 10 May 1651. à l'Academie Françoiſe à la place de *Jean de Montereul* mort le 13 du mois de Fevrier de cette année.

Il avoit de l'eſprit, & ne manquoit pas même d'érudition. Il ſavoit les langues Latine, Gréque, Italienne, Eſpagnole & Angloiſe. Mais faute d'avoir conſulté ſes forces, il a entrepris des Ouvrages, qui ne lui ont pas fait honneur.

C'étoit d'ailleurs un homme inquiet, qui ne pouvoit demeurer en repos ; ce qui le faiſoit ſurnommer *ſon inquietude*.

Il mourut le 6 May 1693. âgé de 73 ans, étant alors Sous-Doyen de l'Academie Françoiſe.

P. TAL-   *Chapelain* dans fa Lifte des Gens
LEMANT. de Lettres parle ainfi de lui. » Il fçait
» affez la langue Gréque, & Lati-
» ne ; & pour la Françoife, ce qu'il
» écrit eft affez pur & naturel. On
» n'a rien vû de lui qu'il ait fait de
» fon chef, que quelques Lettres &
» quelquesPréfaces, dont on ne fçau-
» roit dire ni bien ni mal. Il s'eft
» jetté à la traduction des *Vies de*
» *Plutarque*, à quoi par un grand
» travail il reuffit fort bien ; d'autre
» entreprife, où il faut du fond &
» du deffein, il ne s'en tient pas lui-
» même capable. On voit par ce que
Chapelain dit de la traduction de
Plutarque, qu'il n'étoit pas toujours
bon Juge des Ouvrages des autres.

Catalogue de fes Ouvrages.

1. *Les Vies des Hommes Illuftres de*
Plutarque, nouvellement traduites du
Grec en François. Paris 1665. *& fuiv.*
*in-*12. 8 *vol.* L'Abbé *Tallemant* a voulu donner une traduction de *Plutar-*
que qui effacât celle d'*Amyot*, mais il
n'a pu y réuffir.   Ce qui fit recevoir
fi bien celle d'*Amyot*, ce furent les
Graces du ftile ; & ce qui fit échouer
celle de l'Abbé *Tallemant*, ce fut

précisément le contraire; on en trouva le stile plat & languissant, & on la méprisa pour cela seul, sans examiner si elle étoit exacte & fidelle; quelques-uns même prétendirent qu'il n'avoit point consulté l'Original Grec, & qu'il n'avoit fait que retoucher la traduction d'*Amyot*, & la mettre en un meilleur langage; ce qui le fit appeller par Despreaux *le sec traducteur du François d'Amyot.* M. *Brossette* dans ses notes sur cet endroit, nous apprend que l'Abbé *Tallemant* s'attira cette fâcheuse critique par une fausse avanture, qu'il débita en pleine Academie contre l'honneur de M. *Despreaux.* Il y lut une Lettre, par laquelle on lui mandoit que le jour précedent M. *Despreaux* étant dans un lieu de débauche, derriere l'Hôtel de Condé, y avoit été fort maltraité. Calomnie des plus mal fondée, & dont la fausseté étoit visible à l'egard de tous ceux qui connoissoient ce fameux Poete.

2. *Histoire de la République de Venise par Batiste Nani Cavalier, & Procurateur de S. Marc, traduite en*

F. TAL- *François. Paris in*-12. 4 *vol.* Les deux
LEMANT. premiers en 1679. & les deux autres
en 1680. It. *Cologne* 1682. *in*-12. 4
vol. Cette seconde édition est préfe-
rable à celle de *Paris,* parce qu'on y a
rétabli certains endroits un peu trop
vifs, qui avoient été retranchés dans
celle-ci. L'Abbé *Tallemant* n'a traduit que la premiere partie de l'Histoire de *Nani,* qui s'étend depuis
l'an 1613. jusqu'en 1644. La seconde, qui parut pour la premiere fois
en 1679. l'a été par M. *Masclary,*
François refugié en Hollande. Cette
traduction a été mieux reçue que
celle de *Plutarque.* On voit à la tête
une Lettre que *Nani* écrivit à l'Abbé
Tallemant, dès qu'il sçut qu'il y tra-
valloit, pour le remercier de la
peine qu'il prenoit.

    3. *Lettre concernant Furetiere.* Dans
le Mercure de May 1688.

    V. *L'Histoire de l'Academie Fran-
çoise par M. Pellisson & les Additions
de M. l'Abbé d'Olivet. Le Dictionnaire de Morery.*

JEAN

JEAN THEODORE
SCHENCKIUS.

JEAN *Theodore Schenckius* naquit
à *Jene* Ville de Thuringe le 15
Août 1619. d'*Euſebe Schenckius*, Profeſſeur en Medecine dans l'Univerſité de cette ville, & d'*Urſule Næ-
via.*

Il les perdit tous deux dans ſon
enfance, c'eſt-à-dire, ſa mere à trois
ans, & ſon pere à huit. Ses parens,
qui furent alors chargés de ſa tu-
tele, l'envoyerent en 1629. étudier à
Naumbourg. Mais il ne demeura dans
ce lieu que deux années, au bout
deſquelles on le fit paſſer à *Arnſtad.*

Il fit en cette ville de ſi grands
progrès dans ſes études, qu'après y
avoir demeuré ſix ans, il fut jugé capable d'entrer dans l'Academie de
ſa ville natale. Il retourna donc à
Jene en 1636. Mais la guerre & la
peſte l'ayant obligé d'en ſortir l'année ſuivante, il ſe retira à *Serveſt*
chez *Nathan Voigtius*, Medecin de
cette ville, ſon parent, qui le prit

Tome XXII. O

en affection, & l'instruisit dans la Medecine & la Botanique, pendant quelque temps. Il l'envoya ensuite en 1638. à *Leipsic* pour y apprendre plus parfaitement ces sciences sous les Professeurs de cette Université. Mais le fleau de la guerre qui se fit aussi sentir en ce lieu, l'engagea à en sortir & à retourner à *Jene*, où il étudia en Medecine pendant deux ans.

Ce temps fini, il voulut visiter les Academies étrangeres, & partit en 1641. pour aller en Italie. Après s'être arrêté quelque temps à *Alt-dorf*, il passa à *Venise*, & de-là à *Padoue*. L'étude de la Medecine étoit alors si florissante dans cette ville, qu'il crut devoir s'y arrêter. Il y fit deux années de sejour, pendant lesquelles il prit des leçons de *Jean Veslingius*, *André Virsungus*, & de plusieurs autres Professeurs. Son application au travail ne l'empêcha pas de faire de temps en temps des voyages en differentes contrées de l'Italie, comme à *Rome*, à *Naples*, à *Florence* &c. tâchant de profiter par tout de la conversation & du commerce des Savans.

Sa mauvaife fanté l'obligea enfin J. H.
de retourner dans fa patrie, où il fe Schenc-
donna à la pratique de la Medecine, kius,
après s'y être fait recevoir Docteur
le 7 Decembre 1643. Cette pratique
& l'inftruction particuliere de quelques difciples, l'occuperent jufqu'à
l'an 1645. qu'il fut appellé à *Kem-*
nits, pour y être Medecin ordinaire.

Quatre ans après, c'eft-à-dire en
1649. les Seigneurs de *Schoenbourg*
le prirent pour leur Medecin, & il
en remplit les fonctions jufqu'à l'an
1653. que les Adminiftrateurs de
l'Univerfité de *Jene* lui donnerent
une chaire de Medecine.

Il en prit poffeffion auffitôt, &
la remplit avec honneur pendant
dixhuit ans ; ayant pendant ce temps
paffé par toutes les dignités de l'U-
niverfité.

Il mourut le 21 Decembre 1671.
âgé de 52 ans.

Il s'étoit marié deux fois. Il avoit
d'abord époufé le 19 Septembre
1648. *Anne Straub*, fille d'un Bour-
guemeftre de *Kemnits*, dont il eut
quatre enfans qui moururent tous

**J. H.
SCHENC-
KIUS.**

dans le Berceau. Il se remaria en
1659. à *Anne Elizabeth Soergel* fille
d'un Bourguemestre de *Jene* ; mais
il n'eut point d'enfans de celle-ci.
Catalogue de ses Ouvrages.

1. *Observationes Medicæ. Lugd.
Bat.* 1644. *in-fol.* It. *Francofurti* 1667.
in-fol. It. *Francofurti* 1670. *in-8°.*

2. *De Sero sanguinis ex Veterum &
recentiorum scriptis Historia. Jenæ* 1655.
& 1663. *in-4°.* It. *Accessit disputatio
de Natura Lactis, & Exercitatio de
Materia Turgente, eodem autore. Jenæ*
1671. *in-4°.*

3. *Catalogus Plantarum Horti Medici Jenensis, earumque, quæ in vici-
nia proveniunt. Jenæ* 1659. *in-12.*

4. *Exercitationes Anatomicæ ad usum
Medicum accommodatæ. Jenæ* 1662.
& 1664. *in-4°.*

5. *Humorum Corporis Humani Historia generalis, cognoscendi & curandi
principiis illustrata. Jenæ* 1663. *in-4°.*
It. sous ce titre : *Isagoge Historica,
eaque generalis, in quâ Humorum totius corporis humani vera genuinave
natura perquam plana & perspicua
Methodo sistitur, solidissima cognoscendi non minus quam curandi principia
tradens. Jenæ* 1684. *in-4°.*

6. *Schola partium humani corporis,* J. H.
uſum earumdem & actionem ſecundum SCHENG-
ſitum, connexionem, quantitatem, qua- KIUS.
litatem, figuram atque ſubſtantiam con-
tinens. Jenæ 1664. *in-*4°.

7. *Synopſis Inſtitutionum Medicinæ*
diſputatoriæ. Prolegomena, Phyſiologia
& Pathologia, veterum non minus
quam recentiorum fundamentis, princi-
piiſque illuſtrata. Jenæ 1668. *in-*4°.

8. *Synopſis Inſtitutionum Medicinæ*
diſputatoriæ. Pars Semiotica, Hygieine,
& Therapeutica. Jenæ 1671. *in-*4°.

9. *Medicinæ Generalis Novo-Anti-*
qua Synopſis. Jenæ 1672. *in-*4°.

10. *Syntagma componendi & præ-*
ſcribendi Medicamenta, ex Veterum &
Recentiorum ſcriptis erutum; cum In-
dice generali & ſpeciali. Jenæ 1672.
*in-*4°.

11. *Obſervatio de Cerebro Bovis Pe-*
trefacto. Dans la premiere année des
Ephemerides des Curieux de la Nature
N°. 26.

Ajoutez à cela pluſieurs Theſes
ſur des Matieres intereſſantes de Medecine.

V. Son Eloge par *Frederic Bech-*
mann dans les *Memoriæ Medicorum*

Henningo Witten. p. 179. & parmi
les *Vitæ Professorum Medicorum Je-*
nensium Jo. Casparis Zeumeri. p. 49.
Lindenius renovatus.

FRANÇOIS GODWIN.

F. GOD-
WIN.

FRANÇOIS *Godwin* naquit à
Hannington dans le Comté de
Northampton en Angleterre l'an 1561.
de *Thomas Godwin* Evêque de *Bath*
& de *Wells*.

Il fut aggregé en 1578. dans le
College de *Christ* à *Oxford*, & y
prit en 1584. le degré de Maître ès
Arts. Quelque temps après il entra
dans les ordres, & se fit recevoir
Bachelier en Theologie. Il eut depuis plusieurs benefices ; il fut Recteur de l'Eglise de *Samford-Orcais*
dans le Comté de *Sommerset*, Pré-
bendier de l'Eglise de *Wells* & sous-
Doyen d'*Exeter*.

Vers l'an 1595. il fut reçu Docteur
en Theologie, & six ans après, c'est-
à-dire en 1601. la Reine *Elizabeth*
le nomma à l'Evêché de *Landaff*.
Comme cet Evêché est fort peu con-

fiderable, on lui permit de garder F. GoD⁻ un de fes anciens benefices, & de WIN. recevoir même la Rectorerie de *Kingfton-Seymour* dans le Diocéfe de *Wells.*

Le Roi *Jacques I.* qui l'eftimoit pour fon merite & pour fa fcience le transfera au mois de Novembre 1617. à l'Evêché d'*Hereford*, qu'il a gardé jufqu'à fa mort, qui arriva vers la fin d'Avril 1633. à *Whitborn*, château dependant de cet Evêché. Il étoit alors âgé de 72 ans.

C'étoit un homme en quelque maniere univerfel. La Theologie, la Philofophie, les Mathematiques, les Belles-Lettres, les Langues, l'Hiftoire partageoient fon application & fon temps, & fes Ouvrages font des preuves de l'étendue de fes connoiffances, principalement dans l'Hiftoire Ecclefiaftique de l'Angleterre, qu'il avoit étudiée avec beaucoup de foin, & fur laquelle il avoit fait de grandes recherches.

Catalogue de fes Ouvrages.

1. *Concio in Luca* v. 3. 1601. *in-*4°.

2. *Catalogue des Evêques d'Angleterre, depuis l'établiffement du Chriftia-*

F. GOD-
WIN.

nisme dans cette Isle, avec une histoire
Abregée de leurs vies & de leurs prin-
cipales actions (en Anglois) *Londres*
1611. *in-4°.* Cette édition est en ca-
ractères Anglois. Ce fut cet Ouvrage qui lui procura l'Evêché de *Lan-*
daff, qu'*Elizabeth* lui donna la même
année. Cependant il étoit dans un
état encore assez imparfait, car l'Auteur y avoit omis les Evêques de
plusieurs Siéges, comme ceux de
Bangor, de *Saint-Asaph* &c. Il sup-
pléa dans la suite à ce défaut en pu-
bliant à Londres en 1615. *in-4°.* une
nouvelle édition augmentée, à laquelle il ajouta encore à la tête un
Discours sur la premiere conversion de
l'Angleterre au Christianisme; & à
la fin un autre *discours sur les An-*
glois, qui ont été Cardinaux, ou qui
du moins ont été reputés tels par les Hi-
storiens Anglois. Cette édition se fit
si précipitamment, qu'elle se trouva
remplie de fautes grossieres. Ce qui
engagea *Godwin* à traduire l'Ouvrage en Latin, & à le publier de nouveau en cette langue sous ce titre:
De Præsulibus Angliæ Commentarius.
Londini 1616. *in-4°.* Il y fit depuis
des

F. GOD-
WIN.

des additions, qu'il publia fepare-
ment, & intitula : *Appendix ad Com-*
mentarium de Præfulibus Angliæ. Londini 1621. *in-4°.* Ces additions ne
tiennent que deux feuilles. L'Ouvrage en lui-même eft curieux & efti-
mé.

3. *Rerum Anglicarum fub Henrico*
VIII. Eduardo VI. & Maria Regnan-
tibus Annales. Londini 1616. *in-fol.*
It. *Ibid.* 1628. & 1630. *in-4°.* Ces
Annales, qui font eftimées, ont été
traduites en Anglois par *Morgan*
Godwin, fils de notre Auteur, &
fa traduction a été imprimée plufieurs fois.

4. *L'Homme dans la Lune, ou Voya-*
ge fait dans cette Planete. (en Anglois)
Londres 1638. & 1657. *in-8°.* God-
win compofa cet Ouvrage pendant
fes études fous le faux nom de *Do-*
minique Gonzales ; mais ne le jugeant
pas digne de voir le jour, il l'avoit
condamné à demeurer renfermé dans
fon cabinet. Il en fortit cependant
quelques années après, & on le fit
imprimer. On en a une traduction
Françoife fous ce titre : *l'Homme dans*
la Lune, ou le Voyage Chimerique fait

Tome XXII, P.

F. GOD-
WIN.

au *Monde de la Lune découvert par*
Dominique Gonzales , Avanturier Es-
pagnol. La Haye 1651. *in*-12.

5. *Nuncius inanimatus. Utopiæ* 1629.
in-8°. It. *Londini* 1657. *in*-8°. It. traduit en Anglois par un Anonyme
sous ce titre : *Le Messager Myste-*
rieux, qui découvre les secrets des Cœurs
des Hommes. Londres 1657. *in*-8°. A-
vec l'*Homme dans la Lune.* Il s'agit
dans ce livret, qui ne tient que deux
feuilles , de la maniere dont deux
personnes éloignées l'une de l'autre
peuvent se faire sçavoir mutuelle-
ment leurs pensées , sans s'écrire.
On pretend que *Godwin* en fit l'é-
preuve avec succès en presence du
Roi *Jacques* I.

V. *Antoine Wood* , *Athenæ Oxo-*
nienses , & *Historia Universitatis Oxo-*
niensis.

BARTHELEMI ANEAU.

B. A-
NEAU.

BARTHELEMI *Aneau* (en Latin *Anulus*) né à *Bourges* , y fit
ses études sous *Melchior Volmar* , qui
avoit un talent merveilleux pour in-

ftruire la jeunesse. Il profita effecti- **B. A**
vement beaucoup sous lui dans NEAU.
les Belles-Lettres, mais il eut le
malheur de prendre dans sa conversation du goût pour les nouvelles
erreurs, que *Volmar* professoit, &
de se disposer à les embrasser, comme il fit dans la suite.

La grande reputation qu'il s'acquit
bientôt par son habileté dans les
langues Gréque, & Latine, & dans
la Poesie, engagea quelques-uns des
anciens Echevins de *Lyon*, qui
étoient ses Compatriotes, à lui faire
offrir une chaire de Professeur en
Rhetorique dans un College qu'ils
venoient d'établir. *Aneau* l'accepta
avec joye, se rendit à *Lyon*, & y
prit possession de son poste, qu'il a
conservé jusqu'à sa mort, pendant
plus de 30 ans.

On y fut si content de lui, qu'en
1542. on le choisit pour être Principal
de ce College. Mais il fit un mauvais usage de la confiance qu'on
avoit en son habileté. Il s'en pre-
valut pour accrediter l'heresie, &
pour en infecter la jeunesse qu'il
instruisoit. On ne fut pas longtemps

B. A-
NEAU.

sans s'en appercevoir, & on se contenta d'abord d'en murmurer ; mais un accident arrivé le jour de la feste du S. Sacrement de l'an 1565, mit fin à la seduction, en terminant sa vie d'une maniere tragique.

Ce jour, qui étoit le 21 Juin, comme la Procession passoit vers le College, on lança avec roideur d'une des fenestres une grosse pierre sur le S. Sacrement, & sur le Prêtre qui le portoit. Soit que ce coup vint d'*Aneau*, ou non, le peuple irrité entra en foule dans le College, & massacra *Aneau*, qu'il crut l'auteur de cet attentat. Le College fut même fermé le lendemain par ordre du Corps de ville.

Catalogue de ses Ouvrages.

1. *Chant Natal*, contenant sept *Noels*, un *Chant Pastoral, & un Chant Royal*, avec un *Mystere de la Nativité par personnages* ; composé en imitation verbale & musicale de diverses chansons, recueilli sur l'Ecriture Sainte, & d'icelle illustré. Lyon. Sebastien Gryphius 1539. in-8°.

2. *Lyon marchant*, Satyre Françoise, sur la Comparaison de Paris,

Rouen, Lyon, Orleans ; & fur les
chôfes memorables advenues depuis l'an
1524. fous Allegories & Enigmes ; par
Perfonnages Myftiques. Jouée au Col-
lege de la Trinité de Lyon en 1541.
Lyon. Pierre de Tours 1542. in-8°.

3. *Oraifon, ou Epitre de M. Tulle*
Ciceron à Octavius, depuis furnommé
Augufte Cefar ; avec des Vers de Cor-
neille Severe, Poete Romain, fur la
mort de Ciceron. Le tout tourné de La-
tin en François, à favoir, ladite Epi-
tre en profe, & lefdits vers en rime.
Lyon. Pierre de Tours 1543. in-8°.

4. *Les Emblêmes d'André Alciat*
traduits vers pour vers, jouxte la
diction Latine, & ordonnés en lieux
communs, avec Sommaires, Infcriptions,
Schemes, & brieves expofitions Epi-
mythiques, felon l'allegorie naturelle,
morale, ou hiftoriale. Lyon. Guillau-
me Roville 1549. in-8°. It. *Ibid.* 1558.
in-16. On a une autre traduction des
Emblemes d'*Alciat* en vers François,
par *Jean le Fevre,* de *Dijon,* Chanoine de *Langres,* imprimée à *Lyon*
par *Jean de Tournes* en 1555. *in-16.*

5. *Pafquil Antiparadoxe ; Dialo-*
gue contre le Paradoxe de la faculté

D. A. du *Vinaigre.* Lyon 1549. *in-*8°.

AU. 6. *Exhortation rationale de S. Eu-*
chier à Valérian, le retirant de la Mon-
danité & de la Philosophie profane, à
Dieu, & à l'étude des Saintes Lettres;
traduite en vers François, jouxte l'Orai-
son Latine. Lyon, *Macé Bonhomme*
1552. *in-*4°.

7. *Pictà Poësis.* Lugduni 1552. *in-*
8°. Ce font des vers Latins & Grecs,
qui fervent d'explication à une cen-
taine d'Emblèmes. *Aneau* les a traduits en François, & les a publiés
fous le titre fuivant.

8. *Imagination Poetique, traduite*
en vers François, des Latins & Grecs,
par l'Auteur même d'iceux. Lyon. *Ma-*
cé Bonhomme 1552. *in-*8°. Avec figures en bois.

9. *Le Trefor d'Evonime Philiatre,*
des Remedes Secrets, livre Phyfic,
Medical, Alchimic & difpenfatif de
toutes fubftantielles liqueurs, & appa-
reils de Vins de diverfes faveurs, ne-
cessaires à toutes gens, principalement
à Medecins, & Apoticaires, traduit
du Latin. Lyon. *Balthafar Arnoullet*
1555. *in-*4°. Cet Ouvrage eft traduit
du Latin de *Conrad Gefner.*

10. *Art Poetique François pour l'in-*
struction des jeunes ſtudieux & encore NEAU.
peu avancez en la Poeſie Françoiſe.
Avec le Quintil Horatian ſur la défen-
ſe & illuſtration de la Langue Fran-
çoiſe faite par Joachim du Bellay.
Lyon. Jean Temporal 1556. *in-*16. *Du*
Verdier, qui l'avoit mis d'abord au
rang des livres des Auteurs incer-
tains, parce qu'il eſt Anonyme, a
depuis oui dire que *Barthelemi Aneau*
en étoit l'Auteur; c'eſt ce qui l'a
engagé à le placer parmi ceux d'*A-*
neau; » quelques-uns, ajoute-t-il;
» l'ont attribué à *Charles Fontaine*;
» mais quant à moi je ne le tiens
» être ni de l'un ni de l'autre, mais
» bien plutôt de *Thomas Sibyle*, le-
» quel depuis en une Epître poſée
» au commencement de la traduc-
» tion qu'il a faite de l'*Anteros* de
» *Baptiſte Fulgoſe*, fait mention d'un
» *Art Poetique François* ſorti de lui,
» & imprimé; & je n'en ai point vû
» d'autre, ſinon celui de *Jacques*
» *Peletier.*

11. *Le tiers livre de la Metamor-*
phoſe d'Ovide, traduit en vers Fran-
çois; avec les Mythologies & Allego-

B. A

B. A-
NEAU.

-ries hiftoriales, naturelles & morales fur toutes les fables & fentences. Lyon. Macé Bonhomme 1556. in-8°. Avec les deux premiers livres des Meta-morphofes de la traduction de Clement Marot, aufquels, dit *du Verdier*, *Aneau* a mis aufli les Mytho-logies convenables recueillies des bons Auteurs Grecs & Latins.

12. *Genethliac muſical & hiſtorial de la Conception & Nativité de Jeſus-Chriſt par vers & chants divers*, en-treſemez & illuſtrez des noms Royaux, & de Princes, anagrammatiſés en di-verſes ſentences, ſous myſtique allu-ſion aux perſonnes divines & humai-nes. Avec un Chant Royal pour chan-ter à l'acclamation des Rois. Enſemble la 4e Eglogue de Virgile, intitulée Pol-lion ou Auguſte, extraite des vers de la Sibylle Cumée, prophetiſant la Nati-vité de Jeſus-Chriſt advenue bientôt après, & au même temps & Empire d'Auguſte. Lyon. Godefroy Beringen 1559. in-8°.

13. *Alector*, ou le Coq; Hiſtoire *fabuleuſe*, traduite en Proſe Françoiſe d'un Fragment Grec. Lyon. Pierre Fra-din 1560. in-8°.

14. *La Republique d'Utopie, œuvre*   B. A=
grandement utile, demonstrant le par-NEAU.
fait état d'une bien ordonnée Police,
traduite du Latin de Thomas More,
Chancelier d'Angleterre. Paris in-8°.
& Lyon in-16.

V. *Les Bibliotheques Françoises de*
la Croix du Maine & de Du Verdier.
l'Histoire Litteraire de Lyon du P. Co-
lonia. Tom. 2. p. 668.

JACQUES DE BILLY.

JACQUES *de Billy* naquit l'an   J. DE
1535. à *Guise*, de *Louis de Billy*, BILLY.
qui descendoit de l'ancienne famille
de *Prunay* du Pays Chartrain, &
étoit alors Gouverneur de cette ville, & de *Marie de Brichanteau.*

On l'envoya dès sa premiere jeunesse à *Paris*, pour y faire ses études,
& il y fit de grands progrès dans la
langue Latine; pour la Gréque, il
n'en acquit alors qu'une connoissance assés superficielle. On le rappella
lorsqu'il eut dixhuit ans, & on l'envoya à *Orleans*, & ensuite à *Poitiers*
pour y étudier en Droit. Mais cette

étude étoit trop opposée à son gé-
nie, pour qu'il pût s'y appliquer
avec succès. Il la negligea entierement, & perdit tout le temps qu'il
parut y donner, comme il l'avoua
dans la suite.

Ayant perdu son pere & sa mere,
& se voyant libre de suivre son inclination, il se donna entierement
aux Belles-Lettres; & même pour le
faire avec moins de contrainte, il voulut aller dans des lieux ou il ne fût
connu de personne, & se rendit à
Lyon & ensuite à *Avignon*, où charmé des beautés de la langue Gréque,
il l'étudia avec tant d'application &
d'assiduité, qu'il en acquit de lui-
même & en peu de temps une parfaite intelligence. Il apprit aussi la
langue Hebraïque d'un Juif d'*Avignon*, mais il n'eut pas occasion de
faire de cette derniere autant d'usage
qu'il fit de la precedente.

Il y avoit à peine deux ans qu'il
étoit à *Avignon*, occupé uniquément
de ses études, lorsqu'il reçut des
Lettres de *Jean de Billy*, son frere
aîné, qui degoûté du monde avoit
resolu de se faire Chartreux, & de

remettre en ses mains deux Abbayes qu'il possedoit, celle de *S. Michel en l'Herm*, & celle de *Nôtre-Dame des Châtelliers. Jacques de Billy*, qui avoit embrassé l'Etat Ecclesiastique, & qui possedoit déja deux Benefices, l'Abbaye de *Ferrieres* en Anjou, & le Prieuré de *Taussigny* en Tourraine, content de quatre mille livres de rente qu'ils lui rapportoient, & de ce qu'il avoit de patrimoine, refusa longtemps d'accepter les Benefices de son frere. Mais enfin vaincu par les instances de ce frere & de ses amis, il en accepta la resignation, qui lui causa dans la suite bien des inquietudes & des chagrins.

En effet les guerres civiles étant survenues, ces deux Abbayes eurent beaucoup à souffrir des ravages & de la fureur des soldats; celle de *S. Michel* fut même entierement ruinée. Pour lui, il vêcut quelque temps à *Nantes* pour être à portée de leur donner les secours necessaires; mais les troubles qui s'augmentoient l'obligerent d'en sortir, & de vivre errant pendant quelque temps, après

J. DE avoir eu la douleur de voir mourir
BILLY. quatre de ses freres ; *Claude*, qui fut
tué à la bataille de *Jarnac* ; *Louis*,
qui ayant été blessé à la défense de
Poitiers, mourut de ses blessures ; &
deux autres qui furent tués à la bataille de *Dreux*, donnée le 19 Decembre 1562. aussi bien que deux de
ses oncles, dont l'un fut tué dans
la même bataille, & l'autre y fut
blessé mortellement.

Jacques de Billy se retira d'abord
à *Laon*, d'où il vint à *Paris* ; ensuite
voyant que les choses étoient plus
tranquilles, il alla à *Nantes*, & ensuite à son Prieuré de *Taussigny*, afin
d'être plus proche de son Abbaye de
S. Michel, qu'il vouloit visiter. Mais
la guerre qui recommença de nouveau, ne lui permit pas de se satisfaire sur cet article.

Au reste l'amour qu'il avoit pour
l'étude lui faisoit employer les temps
de tranquillité qu'il pouvoit se procurer, à la lecture & à la composition de ses Ouvrages ; & quoiqu'il
ait mené une vie assés agitée, & qu'il
soit mort jeune, il a laissé assez de
monumens de son savoir & de sa
capacité.

Les infirmités commencerent à   J. DE
l'attaquer de fort bonne heure. Son   BILLY.
application au travail, ſes voyages
continuels, la delicateſſe de ſon temperament, ſon exactitude ſcrupuleu-
ſe à s'acquiter des jeûnes de l'Egliſe, ſes chagrins, tout cela y contribua. Ces infirmités le conduiſi-
rent peu à peu au tombeau ; il mourut à *Paris* le 25 Decembre, jour
de Noel 1581. dans la maiſon de
Gilbert Genebrard, ſon ami ; étant
âgé de 46 ans, & fut enterré à *S.*
Severin. Du Pin s'eſt trompé en mettant ſa mort le 22 Novembre.

Catalogue de ſes Ouvrages.

1. *Conſolations & Inſtructions ſalu-*
taires de l'Ame fidelle, extraites de S.
Auguſtin ſur les Pſalmes. Paris. Clau-
de Fremy 1570. in-8°.

2. *Recreations ſpirituelles, recueil-*
lies des Morales de S. Gregoire Pape,
ſur Job, propres pour faire mepriſer les
choſes mondaines. Paris. Guillaume
Chaudiere 1573. in-16.

3. *Sonnets Spirituels recueillis pour*
la plûpart, des anciens Theologiens
tant Grecs que Latins, commentés en
proſe par le même Auteur. Avec quel-

J. DE
BILLY.

ques autres petits traitez Poetiques de semblable matiere. Paris. Nicolas Chef-neau 1575. *in-* 8°. & *in-*16. Ces Son-nets, qui font au nombre de 109. font traduits d'autant d'Epigrammes Latines, faites & commentées par *Jacques de Billy*, & imprimées fous le titre d'*Anthologia Sacra. Livre Se-cond. Paris* 1578. *in-*16. Il y a 100. Sonnets dans ce livre fecond, qui eft auffi traduit du Latin.

4. *Six livres en vers du fecond ad-venement de nôtre Seigneur. Avec un traité de S. Bafile, du Jugement de Dieu, propre pour concevoir une haine de toutes difcordes & divifions, & une falutaire crainte de Dieu, qui fert com-me de Preface. Plus les Quatrains Sen-tentieux de S. Gregoire Evêque de Na-zianze, avec une brieve & familiaire expofition. Paris. Guill. Chaudiere,* 1576. *in-*8°. Quoique *de Billy* ait fait beaucoup de vers tant François que Latins, il n'a cependant jamais paffé pour grand Poete en l'une & l'autre langue.

5. *Anthologiæ facræ ex probatiffi-mis utriufque linguæ Patribus collectæ, atque Octaftichis comprehenfæ, ac brevi*

commentario illuſtratæ libri duo ; ad- J. DE
jectis ad calcem aliquot Octaſtichis BILLY.
Græcis. Pariſ. 1575. *in-*16. It. Dans
un Recueil qui a pour titre : *Antho-*
logiæ Sacræ libri IV. *Geneva* 1591.
*in-*16. Les Epigrammes *de Billy* font
les deux premiers livres ; le 3e. contient les Epigrammes de *S. Proſper*,
& le 4e renferme differentes Hym-
nes.

6. *Locutionum Græcarum in commu-*
nes locos per Alphabeti ordinem dige-
ſtarum volumen. Pariſ. 1578. *in-*8°. It.
Lugduni 1588. *in-*8°. It. *Duaci* 1599.
*in-*12. It. *Geneva* 1609. & 1615. *in-*
8°.

7. *Sacrarum Obſervationum libri duo.*
Pariſ. 1585. *in-fol.* Avec les Lettres
de *S. Iſidore*, dont je parlerai plus
bas. Ces obſervations font connoître
qu'il étoit un des premiers Critiques de ſon ſiecle. Ce font des cor-
rections & des explications de divers endroits des Peres, & des autres Auteurs Eccleſiaſtiques Grecs.
Car c'étoit aux Auteurs Eccleſiaſtiques que de *Billy* s'étoit borné.

8. *S. Gregorii, Nazianzeni Epiſco-*
pi, Opuſcula quædam, Cyri Dady-

J. DE
BILLY.

brensis Episcopi Commentariis illustrata, Latine ; Interprete Jacobo Billio. Parif. 1575. in-8°.

9. *S. Gregorii Nazianzeni Opera omnia quæ quidem extant, una cum Nicetæ Seronii Commentariis in* 16 *Panegyricas Orationes. Intextis etiam quibufdam Pfelli enarrationibus in obfcuriora loca fecundæ orationis de Pafchate. Hæc omnia Latine facta per Jacobum Billium, fcholiifque ejufdem illuftrata. Parif.* 1569. *in-fol.* Cette premiere édition étoit encore affez imparfaite, pour que *de Billy* travaillât à en donner une plus ample : il y travailla longtemps ; mais il ne put la donner lui même au Public : *Gilbert Genebrard*, & *Jean Chatard* y travaillerent après fa mort, & la publierent fous ce titre. *S. Gregorii Naz. Opera omnia quæ extant, nunc primum propter novam plurimorum librorum acceffionem in duos tomos diftinctam ; Cum doctiffimis Græcorum, Nicetæ Serronii, Pfelli, Nonni, & Eliæ Cretenfis Commentariis. Parif.* 1583. *in-fol.* 2 tomes. Les traductions que *de Billy* a faites fur le Grec, & principalement celle de *S. Gregoire de*

de *Nazianze*, qui étoit ſon Auteur favori, ont merité les applaudiſſe- mens des Savans. M. *Huet*, bon con- noiſſeur en ce genre, temoigne qu'il eſt ſi exact & ſi juſte qu'il renferme ordinairement la penſée de ſes Au- teurs en autant de mots qu'ils en ont employé, & dans les mêmes ter- mes; qu'il eſt vrai qu'il donne quel- quefois carriere à ſon ſtile, mais qu'il a toujours ſoin de le retenir preſque en même temps, & de le renfermer dans ſes limites. Il y a ce- pendant des fautes dans ſes traduc- tions, ce qui vient ſouvent, de ce qu'il n'entendoit pas aſſés les ma- tieres dont traitoient les Ouvrages qu'il traduiſoit. Il a pris la peine de mettre en vers Latins les vers Grecs de *S. Gregoire de Nazianze*, mais cette verſion Poetique ne répond point aſſez au texte de ce Pere.

10. *Interpretatio Latina* 18 *priorum Capitum libri* I. *S. Irenæi adverſus Hæreſes*, *cum Scholiis Jac. Billii.* Dans l'Edition des Oeuvres de ce Pere, donnée par *François Fevar- dent*, à *Paris* en 1575. *in-fol.*

11. *Iſidori Peluſiotæ Epiſtolæ Græcè*

Tome XXII. Q

J. DE
BILLY.

& *Latine, Interprete* Jac. Billio. Parif.
1585. *in-fol.* On n'a dans cette édition que trois livres, aufquels on a
depuis ajouté deux nouveaux. La
verfion de *Billy* a été confervée dans
toutes les Editions fuivantes de ces
Lettres ; il n'y a pas cependant mis
la derniere main, & même *Bonaventure Vulcanius* prétend dans fes
Notes fur *S. Cyrille d'Alexandrie*,
qu'elle eft fort imparfaite.

12. *S. Joannis Damafceni Opera,
partim Latine, partim Græce & Latine ; Interprete* Jac. Billio. *Parifius*
1577. *in-fol.*

13. Il a traduit auffi en Latin quelques Ouvrages de *S. Jean Chryfofto-
me* ; & fa traduction fe trouve dans
une édition de ce Pere faite à *Paris*,
en 1581. *in-fol.* 5 *vol.* & dans les
fuivantes.

14. M. *de Launoy* a inferé dans le
premier volume de fon *Hiftoire du
College de Navarre* trois lettres de
Jacques de Billy. La premiere, qui
fe trouve à la p. 335. eft datée du 18
Janvier 1567. & adreffée à *Jean Laf-
feré*, Chartreux, qui avoit été autrefois Docteur de *Navarre.* Les deux

autres qu'on lit aux pages 360 & 362. font adreſſées à *Jacques Peletier*, frere du Principal du College de *Navarre*; mais les dates en ſont fauſſes, l'une étant datée du 23 Janvier 1582. & l'autre du 27 Fevrier ſuivant, ce qui ne peut-être, puiſque *de Billy* étoit mort dès la fin de l'année precedente. C'eſt à quoi M. *de Launoy* n'a pas fait attention. On voit au reſte par la réponſe de *Peletier*, que *de Billy* faiſoit un bon uſage de ſon bien, & qu'il le repandoit volontiers ſur les Savans qui ſe trouvoient dans le beſoin.

J'ai parlé de quatre freres de nôtre Auteur, qui furent tués pendant les guerres civiles; il en eut encore deux autres, *Godefroy*, & *Jean*. Comme ils ont publié quelques Ouvrages, il eſt à propos d'en dire quelque choſe.

Geoffroy de Billy fut d'abord Abbé de *S. Vincent* de *Laon*; il fut enſuite nommé en 1600. Evêque de cette ville, & mourut le 28 Mars 1612. Il a compoſé les traductions ſuivantes.

J. DE BILLY.

Q ij

J. DE
BILLY.

1. *Prieres & Meditations tant jour-*
nales que generales ; avec exercita-
tions de l'Esprit à Dieu ; composées pre-
mierement en Latin par Jean Louis
Vivés, & mises en François par Geof-
froy de Billy. Paris 1570. in-16.

2. *Le Memorial de la vie Chrétien-*
ne, auquel est traité comme le Chré-
tien se doit gouverner depuis le temps
de sa conversion, jusques à sa perfec-
tion, traduit de l'Espagnol de Louis
de Grenade. Paris 1575. in-16.

3. *Manuel d'Oraisons & spirituels*
Exercices. Avec une briéve instruction
& regle du bien vivre, pour ceux qui
commencent à servir Dieu, speciale-
ment aux Monasteres, traduit de l'Es-
pagnol du P. Louis de Grenade. Paris
1579. in-16.

4. *Propos de Jesus-Christ à l'ame*
fidelle, traduits du Latin de Jean Juste
Lansperge. Paris 1584. in-16.

Jean de Billy, qui étoit l'aîné de
la famille, ayant embrassé l'état Ecclesiastique, fut pouvu des Abbayes
de *Saint-Michel en l'Herm,* & de
Nôtre-Dame des Châtelliers. Il vêcut
quelque temps d'une maniere assez

mondaine ; mais s'étant un jour trouvé dans un incendie causé par le
feu du Ciel, il promit à Dieu de
changer de conduite, & de vivre
plus regulierement. Delivré du peril,
comme par miracle, il se démit de
ses Benefices entre les mains de *Jac-*
ques de Billy son frere, comme je
l'ai dit ci-dessus, & se retira dans la
Chartreuse de *Bourgfontaine*, où il
fit profession, & dont il ne sortit
que pour être Prieur de la Chartreuse du *Mont-Dieu*, & ensuite de
celle de *Bourbon-lés-Gaillon*. Je ne
sçai quand il mourut. Mais il est certain qu'il ne vivoit plus en 1585.
comme nous l'apprenons de l'Epître
dedicatoire, que *Chatard* a mise à la
tête de la version des Lettres de *S.*
Isidore par *Jacques de Billy*. Il a publié les traductions suivantes.

1. *Traité des Sectes & Heresies de*
nôtre temps, pour connoître leur origi-
ne, & les fruits, qui en sont issus, tra-
duit du Latin de Stanislas Hosius Evê-
que de Varme en Pologne. Paris 1561.
in-8°.

2. *Dialogue de la perfection de cha-*
rité, contenant 51 articles, où sont

J. DE *introduits entreparleurs, Nôtre-Seig-*
BILLY. *neur & le Disciple, traduit du Latin*
de Denys de Rickel, nommé autrement
Dyonisius Carthusianus. Paris 1570.
in-16.

3. *Homelie de S. Jean Chrysostome,*
intitulée : Que personne n'est offensé que
de soi-même. Avec deux Sermons de
S. Augustin au jour de la Décolation de
S. Jean Baptiste, traduits en François.
Paris 1571. in-16.

4. *Le Manuel du Chevalier Chré-*
tien, traduit du Latin de Jean de Lans-
perge. Paris 1571. in-8°.

5. *Petite Table Spirituelle, traduite*
du Latin du R. Abbé de Lyesses Loys
Blosius. Paris 1572. in-16.

6. *Exhortation au peuple François*
pour exercer les Oeuvres de Misericor-
de envers les pauvres, par Jean Bil-
ly. Paris 1572. in-8°. Cet Ouvrage
est de sa façon, & il n'y est pas simplement Traducteur.

7. *Miroir Spirituel, où est comprise*
sommairement l'instruction de tous fide-
les Chrétiens, qui desirent vivre &
mourir en Jesus-Christ. Avec des Orai-
sons consolatives, pour dire en toutes
actions ordinaires, traduit du Latin

du Reverend Abbé Loys Bloſius. Paris 1576. *in*-16.

8. *Hiſtoire de Barlaam & de Joſa-phat Roy des Indes, contenue en* 40 *Chapitres, traduits du Grec de S. Jean Damaſcene; avec la vie dudit S. Jean Damaſcene, écrite jadis par Jean Patriarche de Jeruſalem, miſe en Fran-çois par le même Traducteur; & une Homelie de S. Jean Chryſoſtome intitulée: De la comparaiſon du Roy & du Moine. Paris* 1578. *in-8°*.

V. Sa vie par *Chatard*, publiée d'abord ſeparement ſous ce titre: *Joannis Chatardi, Prioris Toſſiniaci, Elogium Jacobi Billii Prunæi, ubi vita ejus & Catalogus operum quæ edidit. Pariſ.* 1582. *in-4°*. & enſuite miſe à la fin des Oeuvres de *S. Gregoire de Nazianze* dans l'Edition de 1583. C'eſt ce que nous avons de meilleur & de plus exact ſur cet Auteur; *Chatard* avoit en effet vêcu longtemps avec lui, & il avoit même eu par ſa reſignation le Prieuré de *Tauſſigny*. *Hiſtoire des hommes illuſtres de Thevet tom.* 2. *p.* 283. L'article que cet Auteur en donne, eſt meilleur que la plûpart des autres qu'on trouve dans

J.
BILLY.

DE fon livre; il a fuivi *Chatard*, & y a ajouté quelque chofe. *Les Biblio-theques Françoifes de la Croix du Mai-ne & de du Verdier.* Ce dernier eft exact; pour ce qui eft du premier, il ne dit que fort peu de chofe des trois *de Billy*; encore fait-il deux perfonnes de *Jean de Billy*, l'un *Ab-bé de Nôtre-Dame des Châtelliers* & l'autre *Chartreux de l'Abbaye de Belle-fonteine.* Ces dernieres paroles ren-ferment deux fautes. Car 1°. ce n'eft point à *Belle-fonteine*, mais à *Bourg-fontaine*, que *Jean de Billy* a été Chartreux; 2°. Les Chartreux n'ont point d'Abbayes, ainfi on ne peut donner ce nom à leurs Maifons. *Bi-bliotheque Chartraine du P. Liron.* Article des plus imparfaits & des plus fautifs. Il y eft dit entre autres chofes que *de Billy* étoit Docteur de Navarre, & que M. *de Launoy* a fait fa vie dans l'Hiftoire de ce Col-lege. Il n'eft rien de tout cela. Il n'étoit point Docteur & M. *de Lau-noy* n'en a rien dit, finon qu'il avoit écrit trois Lettres, & non pas feu-lement deux, comme le dit le *P. Liron*; lefquelles Lettres il a jugé

à propos d'inſerer dans ſon Hiſtoire , parce qu'il les avoit entre les
mains , & qu'elles étoient adreſſées
à des perſonnes , qui avoient quelque rapport au College de *Navarre.*
Scævolæ Sammarthani Elogia lib. 3.
Eloges de M. de Thou & les Addi-
tions de Teiſſier. Melanges de Vigneul
Marville tom. 3. *p.* 298.

J. DE
BILLY.

JEAN MARSHAM.

J EAN *Marsham* naquit à *Londres*
le 23 Août 1602. de *Thomas Mars-*
ham Bourgeois & Alderman de cette ville.

Il commença ſes études dans l'E-
cole de *Weſtminſter* , & entra en
1619. au College de *S. Jean à Ox-*
ford , où il reçut le degré de Maître
ès Arts en 1625. Il voyagea enſuite,
& viſita la France , l'Italie , & l'Allemagne.

De retour à *Londres* , il en ſortit
quelque temps après , c'eſt-à-dire en
1629. pour paſſer en Hollande &
de-là en France , à la ſuite de *Tho-*
mas Edmond , qui y venoit en qua-

J. MARS-
HAM.

lité d'Ambassadeur extraordinaire
d'Angleterre.

Le séjour qu'il fit ensuite à *Londres* fut employé à s'instruire des Loix Municipales d'Angleterre ; & les connoissances qu'il acquit dans cette étude, lui procurerent en 1638. une place de Clerc de la Chancellerie.

Au commencement des Guerres Civiles, il sortit de *Londres*, & suivit le Roi *Charles I.* & le grand Sceau à *Oxford.* Cette demarche lui attira l'indignation du Parlement seant à *Westminster*, qui le declara déchu de son Office, & confisqu'a les biens ; ce qui lui fit un tort considerable. Mais lorsque la Garnison d'*Oxford* se fut rendue au Parlement, & qu'il vit les affaires du Roy prendre un mauvais train, il retourna à *Londres*, où il s'accommoda pour rentrer en possession de ses biens. Depuis ce temps-là il vêcut dans la retraite, occupé uniquement de ses études.

Au commencement de l'année 1660. il fut nommé deputé de la ville de *Rochester* pour assister au

Parlement, qui rappella le Roy *Char-* J. Mars-
les II. Quelque temps après il fut ham.
retabli dans sa Charge de Clerc de
la Chancellerie, & le 1 Juillet 1660.
il fut fait Chevalier ; titre auquel le
Roy joignit trois ans après celui de
Baronet.

Il mourut le 25 May 1685. à
Bushy-hall dans le Comté d'*Oxford*
dans sa 83e année, & son corps fut
porté à *Cuckstone* près de *Rochester*,
où il avoit du bien, pour y être enterré.

Il avoit épousé *Elizabeth Ham-*
mond, dont il laissa deux fils, *Jean*,
Baronet de *Cuckstone*, homme savant à qui il laissa sa Bibliotheque,
qui avoit été autrefois très-considera-
ble, mais que le feu qui prit à
Londres en 1666. avoit endommagée
considerablement, & *Robert* qui lui
succeda dans son Office de Clerc de
la Chancellerie.

Catalogue de ses Ouvrages.

1. *Diatriba Chronologica. Londini*
1649. *in-*4°. La meilleure partie de
cet Ouvrage a été inserée dans le
suivant. Il y examine fort succinc-
tement les principales difficultés qui

R ij

J. MARS
HAM.

se rencontrent dans la Chronologie
de l'Ancien Testament.

2. *Chronicus Canon, Ægyptiacus,
Ebraicus, Græcus, & disquisitiones.
Londini* 1672. *in-fol.* It. *Longe emendatior recusus, adjectis Indicibus locu-
pletissimis. Lipsiæ* 1676. *in-*4°. It. *Fra-
neckeræ* 1696. *in-*4°. L'Edition de *Londres* est fort belle & très-rare, même
en Angleterre. Les autres n'ont rien
de plus, qu'une courte preface, dans
laquelle M. *Menckenius* prétend refuter le sentiment de *Marsham*, qui
croit avec plusieurs autres Ecrivains
que les Juifs ont tiré des Egyptiens
une partie de leurs Ceremonies. Si
l'on s'en rapporte au titre de celle de
Leipsic, on la regardera comme plus
correcte que celle de *Londres;* mais
il ne faut pas tout à fait s'y fier. Ce
qu'il y a de sûr, c'est qu'on l'estime
plus exacte que celle de *Franeker.*
Le livre, qui est prodigieusement
savant, peut être d'une grande utilité à ceux qui veulent étudier l'ancienne Histoire. Il est vrai qu'il est
rempli de conjectures plus hardies
que vraisemblables; mais ces singu-
larités ont du moins l'avantage de

faire approfondir les points en que- J. MARS-
stion, & de donner par-là occasion HAM.
de découvrir la verité.

3. Il est Auteur de la longue Préface, qui est à la tête du premier
volume du *Monasticon Anglicanum*,
imprimé à *Londres* en 1655. *in-fol.*

V. *Athenæ Oxonienses*, tom. 2. *p.*
783.

GUILLAUME DE BAILLOU.

GUILLAUME de Baillou (en G. DE
Latin *Ballonius*) naquit à *Paris* BAILLOU.
vers l'an 1538. de *Nicolas de Baillou*,
fameux Architecte de son temps.

Après avoir fait ses études avec
beaucoup de succès, il enseigna pendant quelques années dans le College de *Montaigu* d'abord les Humanités & ensuite la Philosophie.

Il ne quitta cet employ, que pour
se donner à l'étude de la Medecine,
dans laquelle il fut reçu Docteur à
Paris en 1570. Dix ans après, c'est-à-
dire en 1580. il fut élu Doyen de
cette Faculté. Depuis ce temps il
s'occupa uniquement de la Pratique,

G. DE & de la composition de quelques
BAILLOU. Ouvrages.

Il mourut l'an 1616. âgé de 78
ans & fut enterré dans l'Eglise de
S. Paul.

Il avoit épousé une fille de *Ger-*
vais Honoré Apothicaire de *Paris*,
dont il eut deux fils, & deux filles.
Deux de ses petits neveux ont été
Docteurs en Medecine, *Simon le*
Letier, petit-fils de sa sœur, & *Jac-*
ques Thevart, petit neveu de sa femme. C'est ce dernier qui a pris le
soin de donner ses Ouvrages au Public.

Catalogue de ses Ouvrages.

1. *Consiliorum Medicinalium libri*
duo, à Jacobo Thevart Scholiis non-
nullis illustrati, digesti ac in lucem
primum editi. In quibus plæraque con-
tinentur, quæ ad Morborum cognitio-
nem eorumdemque curationem propositis
exemplis, & obscurorum Hippocratis
locorum intelligentiam pertinebunt. In-
ter cætera elegantissimum est de Calculo
opusculum. Adjecta est Autoris vita. Pa-
ris. 1635. in-4°. deux tomes.

2. *Consiliorum Medicinalium liber*
tertius & postremus. Paris. 1649. in-4°.

Gui-Patin, qui n'aimoit pas *Thevart*, G. DE
parce qu'il étoit pour l'Antimóine, BAILLOU.
parle aſſez mal de lui dans une de
ſes Lettres à *Spon*, (tom. 1. p. 213.)
décrie cet Ouvrage qu'il avoit donné
au public, & conſeille à *Spon* de
ne lire de ce volume que la Table,
que lui, *Patin*, en avoit faite, &
dans laquelle il aſſure avoir mis &
& ramaſſé tout ce qu'il a trouvé de
bon dans le livre.

3. *Definitionum Medicarum liber.*
In quo non ita in verbis ipſis labora-
tur, ut non potius rerum diſtinctiones
proprietateſque exquirantur. Immo ſæpe
data opera relicto ipſius diſputationis
filo, loci Hippocratis & Galeni obſcuri
explicantur, ut Commentarii ad inſtar
eſſe poſſit. Studio & opera Jacobi The-
vart ordine Alphabetico digeſtus, & in
lucem primum editus. Pariſ. 1639. in-
4°.

4. *Epidemiorum & Ephemeridum*
libri duo; ſtudio Jacobi Thevart dige-
ſti, ſcholiis aliquot illuſtrati, & in lu-
cem primum editi. Pariſ. 1640. in-4°.

5. *Commentarius in libellum Theo-*
phraſti de vertigine. Editore Jacobo
Thevart. Paris 1640. in-4°.

R iiij

G. DE
BAILLOU

6. *De Convulsionibus libellus; in quo solemnis quæstio explicatur: Cur sauciatis dextra capitis parte, convulsio sanæ partis contingat? Jac. Thevartio Editore. Pariſ.* 1640. *in*-4°.

7. *Liber de Rheumatismo & Pleuritide dorsali; Jac. Thevartii opera recognitus & in lucem editus. Pariſ.* 1642. *in*-4°.

8. *De Virginum & Mulierum morbis liber; In quo multa ad mentem Hippocratis explicantur, quæ & ad medendum & ad cognoscendum pertinebunt; Jac. Thevartii cura editus. Pariſ.* 1643. *in*-4°.

9. *Opuscula Medica de Arthritide, de Calculo, & Urinarum Hypostasi. In quibus omnibus Galeni & Veterum autoritas contra Joannem Fernelium defenditur. Eodem editore. Pariſ.* 1643. *in*-4°.

V. *Sa vie à la tête de ses Consilia Medicinalia.* Elle est tirée d'un livre Manuscrit de *René Moreau, De illustribus Medicis Parisiensibus. Lindenius Renovatus.*

ANTOINE POSSEVIN.

ANTOINE *Possevin* naquit à Mantoue l'an 1534. d'une honnête famille, dont la fortune étoit mediocre, mais avec des dispositions qui promettoient beaucoup.

A. Pos-sevin.

Ses parens, qui fondoient sur lui toutes leurs esperances l'envoyerent en 1550. à *Rome*, & *Possevin* s'y rendit en peu de temps très-habile dans l'Eloquence, la Philosophie, & les Langues Savantes; & s'y fit connoître avantageusement à plusieurs Prélats.

Le Cardinal *Hercule de Gonzague* touché de son merite voulut l'avoir auprès de lui en qualité de Secretaire, & lui confia ensuite l'education de *François* & de *Scipion de Gonzague* ses neveux. Ses disciples ayant été envoyés à *Padoue* pour y faire leur Philosophie sous sa conduite, il crut que c'étoit une occasion de se perfectionner dans les connoissances qu'il avoit acquises à *Rome*, par le commerce des Professeurs de

cette Université. Mais il ne les trouva pas tels qu'il se l'étoit imaginé,
& leur entêtement pour la doctrine
d'*Averroes* lui rendit leur conversation entierement inutile.

Ferdinand de Gonzague, Gouverneur du Milanès, & pere de ses
disciples, étant alors venu à mourir, la Princesse sa veuve rappella
ses enfans pour les mener à *Naples*,
où elle alloit demeurer, & *Possevin*
les y suivit.

Ce fut là qu'il eut occasion de
connoître les Jesuites, & qu'il conçut pour eux l'estime & l'amitié, qui
lui inspirerent le dessein d'entrer
dans leur Ordre.

Il commençoit à se former, lorsque la Commanderie de *S. Antoine*
de *Fossano* en Piémont vint à vaquer.
Le Cardinal de *Gonzague*, qui cherchoit à attacher toujours de plus en
plus *Possevin* à sa Maison, travailla
à la lui procurer, & il y réussit. *Possevin* y fut nommé, & alla aussitôt
en Piémont pour en prendre possession.

Etant ensuite retourné à *Padoue*
pour y reprendre ses études, il fut

ſi touché des Sermons du P. *Benoiſt* A. POS-
Palmio, Jeſuite, qu'il reſolut de SEVIN.
quitter ſans delay le monde, & demanda à entrer dans la Compagnie
de *Jeſus*.

Il y fut admis, & on l'envoya à
Rome, pour y faire ſon Noviciat,
qu'il commença le 29 Septembre
1559. étant alors dans la 26ᵉ année
de ſon âge.

Cependant ſon depart de *Padoue*,
où il avoit diſparu tout d'un coup,
ayant fait croire à pluſieurs perſonnes qu'il étoit mort, quelques-uns
jetterent la vûe ſur ſa Commanderie
de *Foſſano*, & voulurent s'en empa-
rer; les Jeſuites, qui crurent qu'il
n'étoit pas de la prudence de l'obliger à ſe défaire de cette Commanderie avant ſes deux années de pro-
bation, le firent paſſer en Piémont
pour donner ordre aux affaires de
la Commanderie, & pour ménager
en même temps les interêts de la Societé auprès du Duc de Savoye.

Poſſevin réuſſit dans l'un & l'autre
point; il obtint pour ſes interêts
particuliers tout ce qu'il voulut, &
il perſuada au Duc d'appeller les Jeſuites dans ſes Etats.

Il parcourut outre cela les Vallées d'*Angrogne* & de *Lucerne*, où l'heresie avoit fait bien du ravage ; il y eut une conference avec les principaux Ministres, & il eut la consolation d'en gagner plusieurs.

L'Archevêque de *Turin* jugea à propos de lui conferer les Ordres sacrés en 1561. & se servit de lui avec succès pour le bien de la Religion.

Possevin passa en 1562. à *Lyon*, tant pour s'y fournir de livres Catholiques, qu'on pût debiter dans la Savoye, que pour y procurer, si cela se pouvoit, une édition Françoise du Catechisme de *Canisius*, dont il avoit reconnu l'utilité.

Il y signala, comme ailleurs, son zele pour la Religion ; mais ce zele lui procura plusieurs disgraces de la part des Heretiques, qui surprirent alors cette ville ; & il fut obligé de se sauver, & de repasser les monts.

De retour à *Turin*, il se rendit à *Quiers*, qui n'en est qu'à trois lieues, & y passa dix mois occupé à prêcher & à catechiser.

La paix ayant rendu la tranquillité à la France, *Possevin* retourna à

Lyon, où il s'appliqua avec une nou- A. Pos-
velle ardeur au falut des ames, & à sevin.
la converfion des heretiques.

Il y demeura jufqu'à ce que la
pefte ayant attaqué cette ville en
1564. il reçut ordre de fes Superieurs
de fe retirer à *Avignon*. Mais à peine
y fut-il arrivé, qu'on lui en donna
un autre d'aller à *Bayonne*, ou étoit
alors la Cour, pour les affaires de
la Compagnie. Non feulement il
obtint d'elle ce qu'il fouhaitoit,
mais outre cela le Cardinal de *Bourbon*, Archevêque de *Rouen*, fut fi
charmé de fon merite, qu'il l'engagea à pafler à *Rouen*, tant pour y
travailler au falut des habitans, que
pour difpofer toutes chofes à la ré-
ception des Jefuites, qu'il vouloit
y établir.

Poffevin répondit parfaitement à
l'attente de ce Prélat, & donna
une idée fi avantageufe de lui, qu'il
augmenta le defir qu'on avoit de voir
fonder dans cette ville un College
de Jefuites.

De retour à *Avignon*, il s'appliqua entierement à la conduite du
College, dont il avoit été fait Rec-

A. Pos-
SEVIN.

teur ; ce qui ne l'empêcha pas cependant de faire, à la follicitation
de plufieurs perfonnes de confide-
ration, quelques courfes Apoftoli-
ques, à *Marfeille*, à *Tours*, à *Roüen*,
à *Dieppe* ; & d'aller à *Rome*, faire la
Profeffion des quatre vœux entre les
mains du General de la Societé,
qui étoit alors *S. François de Borgia*.

Il fut enfuite nommé Recteur du
College de *Lyon*, & il étoit dans ce
pofte, lorfque *Claude de la Baume*,
Archevêque de *Bezançon*, affembla
en 1571. un Concile National pour
y faire recevoir le Concile de Trente.
Il fe rendit à cette Affemblée, à la
priere de ce Prélat, & pendant fept
jours que dura la Ceremonie, il ne
manqua pas à prêcher deux fois par
jour.

La mort de *S. François de Borgia*
arrivée l'année fuivante 1572. obligea *Poffevin* à retourner à *Rome*, où
il fut envoyé en qualité de Deputé
de la Province de Guyenne, pour
affifter à l'élection de fon fucceffeur.

Evrard Mercurien, qui y fut élu,
faifoit une eftime particuliere de
Poffevin, & le retint auprès de lui

pour être fon Secretaire. L'application que ce favant homme donna à SEVIN.
cet emploi, ne l'empêcha pas de travailler au dehors avec fon zele ordinaire, & à former même le plan
de quelques Ouvrages qu'il publia
depuis.

En 1577. le Pape Gregoire XIII.
l'envoya en qualité de Nonce en
Suede, pour y ménager le retour du
Roy à l'Eglife Catholique, auquel
il paroiffoit difpofé.

Poffevin en paffant par l'Allemagne, vit l'Imperatrice *Marie
d'Autriche*, veuve de *Maximilien
II.* qui inftruite des deffeins du Pape, voulut pour le feconder que
Poffevin prît le titre de fon Ambaf-
fadeur auprès du Roi de Suede.

Il fut reçu à *Stokolm* en cette qualité; & agit fi efficacement auprès
du Roy, que ce Prince fit fecrétement entre fes mains abjuration du
Lutheranifme le 16 May 1578.

Cette affaire heureufement terminée, *Poffevin* partit pour *Rome*, dans
le deffein de rendre compte de fa
Negociation au Pape. Le Pontife
inftruit de tout, renvoya auffitôt

Possevin en Suede avec le même caractere de Nonce, pour achever ce
qu'il avoit commencé.

Ce Nonce après avoir passé par
la Pologne, suivant les ordres du
Pape, pour y regler quelques affaires de Religion, arriva en Suede;
mais il y trouva l'esprit du Roi entierement changé. Des vûes de po-
litique, & des craintes humaines
avoient detruit toutes ses bonnes
dispositions; & il fut obligé de se
retirer, sans avoir pu le regagner,
malgré tous les mouvemens qu'il se
donna pour cela.

A peine fut-il de retour à *Rome,*
qu'il eut ordre du Pape de se disposer à faire un nouveau voyage en Pologne & en Moscovie.

Jean Basilowitz, Czar de Moscovie, pressé par les armes d'*Etienne
Bathori* Roy de Pologne, avoit envoyé des Ambassadeurs au Pape *Gregoire XIII.* pour l'engager à lui menager la paix, en lui faisant entre-
voir, qu'il n'étoit pas éloigné de
traiter d'une réunion avec l'Eglise
Romaine; & le Pape croyant que
c'étoit une occasion favorable pour
con-

convertir les Moſcovites, avoit promis ſes bons offices auprès du Roy
de Pologne. *Poſſevin* fut choiſi pour
cette Negociation, & partit de *Rome*
ſur la fin de Mars de l'année 1581.
avec la qualité de Nonce du Pape
en Pologne & en Moſcovie.

Il arriva à *Vilna* en Lithuanie vers
le milieu de Juin, & y trouva le
Roy de Pologne occupé à faire des
préparatifs pour ouvrir la Campagne
contre les Moſcovites. Ce Prince
l'aſſura que le meilleur moyen de
ſeconder les intentions du Pape,
comme il étoit reſolu de faire, étoit
de ne point menager le Czar, &
de lui faire une bonne guerre, parce que ce Prince ne cherchoit qu'à
temporiſer.

Cependant *Poſſevin* ſe confiant en
la generoſité du Roy de Pologne,
& ſur les aſſurances que lui donna
Jean Zamoſci Grand Chancelier,
continua ſon voyage. Il fut reçu ſur
la frontiere de Moſcovie avec des
honneurs extraordinaires, & conduit à *Staricie* ſur le Volga, où le
Czar s'étoit avancé, pour être plus
à portée de donner ſes ordres.

Tome XXII. S

A. Pos-
SEVIN.

Il eut audience de ce Prince d'une maniere fort pompeufe; & quelques jours après il entra en conference avec les Commiffaires nommés pour ce fujet. Dans ces entrefaites on eut avis que le Roy de Pologne affiegoit *Pleskou*, place importante, dans la grande Ruffie, dont la prife ouvroit tout le Pays au Victorieux. Le Czar allarmé preffa alors *Poffevin* d'aller joindre inceffamment ce Prince dans fon Camp, pour le porter à la paix, de peur que de nouveaux fuccès ne le miffent en état de la lui faire acheter à des conditions encore plus dures, que celles qui lui avoient été d'abord propofées.

Poffevin partit donc de *Staricie* le 14 Septembre après y avoir demeuré environ un mois, & alla trouver le Roy de Pologne au Camp devant *Pleskou*.

Après diverfes Negociations, on convint qu'il fe tiendroit des conferences entre les Miniftres des deux Puiffances à *Jamus*, village près de *Zapolfcie*, ville de la grande Ruffie, parce que ce lieu étoit à portée des frontieres des deux Etats. Mais cet endroit s'étant trouvé inhabitable, ayant été entierement ruiné par les courſes des Coſaques, on tranſporta les conferences à un lieu à quelques milles de là, nommé *Chiveroüa-Horca*, entre *Zapolſcie* & *Podorovie*.

Ces conferences commencerent le 13 Decembre 1581. & furent terminées le 15 Janvier ſuivant par la concluſion de la Paix. *Poſſevin* y fit paroître beaucoup de dexterité à manier les eſprits, & principalement à réduire les Plenipotentiaires Moſcovites, choqués de la hauteur des Polonois, qui ne vouloient point ſe relâcher de leurs premieres demandes.

Lorſque tout fut fini, il ſe rendit à *Moſcou*, où il commença à traiter des affaires de la Religion avec le Czar même, qui lui donna ſur ce ſujet en préſence de ſa Cour quatre Audiences, où *Poſſevin* parlant avec la liberté d'un Miniſtre de l'Evangile, s'obſerva beaucoup dans ſes expreſſions, pour ne rien dire, qui fût oppoſé au reſpect dû à la puiſ-

S ij.

'A. Pos- fance souveraine, & qui pût offen-
SEVIN. fer le Czar.

Tout ce qu'il obtint de lui fut
qu'il donneroit par ses Etats un libre
paffage aux Nonces, & aux autres
Envoyés du S. Siege dans la Perfe
& dant tout l'Orient, & qu'il laiffe-
roit aux Marchands Etrangers Catholiques le libre exercice de leur
Religion, avec la faculté d'avoir
avec eux des Prêtres pour leur ad-
miniftrer les Sacremens.

Voyant enfuite qu'il n'y avoit
plus rien à faire pour lui en Mofcovie, il prit fon audience de congé,
& partit de *Mofcou* au commencement du Printemps de l'an 1582.
emmenant avec lui les Ambaffadeurs
que le Czar envoyoit à *Rome* remercier le Pape de la Paix qu'il lui avoit
procurée en qualité de Mediateur.

Poffevin arrivé à *Rome* rendit compte de toute fa Negociation au Pape,
qui en parut fi content, qu'il l'honora de nouvelles Commiffions à la
Cour de Pologne, & lui ordonna
de reconduire les Ambaffadeurs
Mofcovites jufques-là.

Il partit donc de nouveau pour

fe rendre en ce Royaume, où le Roy A. Pos-
fatisfait du traité de Paix conclu par SEVIN.
fon moyen avec les Mofcovites, le
reçut très-favorablement, & l'honora de fa confiance en ce qui con-
cernoit les affaires de la Religion.
Il profita avec foin de cette confiance pour le bien de l'Eglife, & pour
procurer à fa Compagnie plufieurs
établiffemens.

Le Roy de Pologne ayant convoqué une Diette generale à *Varfovie*,
où l'on devoit, entre autres chofes,
traiter de quelques prétentions de
l'Empereur *Rodolphe*, le Pape atten-
tif à entretenir l'union entre les
Princes Catholiques, & qui appre-
hendoit que l'Empereur & le Roi
de Pologne n'en vinffent à une rup-
ture, commanda à *Poffevin* de fe rendre à la Diette, & d'ufer de toute
fon habileté pour prévenir l'aigreur
des efprits. L'Empereur même dans
les Inftructions de fes Envoyés leur
marqua d'avoir égard à fes Confeils;
mais ceux-ci, foit qu'ils vouluffent
avoir feuls l'honneur du fuccès, ou
pour quelque autre raifon, l'accuferent de partialité en faveur de la

A. Pos-
SEVIN.

Pologne. Auſſitôt *Claude Aquaviva,* General des Jeſuites, qui avoit extrémement à cœur que les ſiens ſe continſſent dans la ſimplicité de leur Inſtitut, qui leur défend de ſe mêler des affaires d'Etat, conjura le Pape de révoquer les ordres qu'il avoit donné à *Poſſevin*, & l'obtint.

Celui-ci l'ayant appris ſe retira entierement des affaires, & profita du loiſir qu'il ſe trouva par-là, pour mettre la derniere main à differens Ouvrages, dont il avoit formé le plan dans un voyage qu'il avoit fait quelque temps auparavant en Tranſylvanie, pour le bien de la Religion.

Peu de temps après la mort du Roy de Pologne arrivée en 1586. *Poſſevin* fut rappellé en Italie par ſon General, qui ne voulut point le laiſſer en ce Royaume dans un temps de brigues & de conteſtations ſur le choix d'un Roi. Il le refuſa même enſuite au Cardinal *Aldobrandin*, qui alla de la part du Pape *Sixte V.* feliciter le nouveau Roi *Sigiſmond*.

Padoue lui fut marquée pour le lieu de ſa demeure, & il s'y occupa

à travailler au grand Ouvrage de fa
Bibliotheque. *S. François de Sales*,
nommé alors le Comte *de Sales*, étudioit dans ce temps-là à *Padoue* en
Droit fous le fameux *Gui Pancirole*,
& prit *Poffevin* pour fon directeur.
Ce jeune Comte lui ayant un jour
avoué qu'il avoit plus de goût pour
la Theologie, que pour le Droit,
ce Pere lui confeilla de fe livrer à fon
goût, & de s'appliquer à la Theologie ; ce qu'il fit effectivement.

Poffevin après quatre années ou environ de féjour à *Padoue*, fut appellé à *Rome*. Le Pape *Clement VIII.*
qui l'eftimoit particulierement, l'employa auprès du Duc de *Nevers*, que
le Roy *Henri IV.* envoyoit à *Rome*
pour l'affaire de fa reconciliation
à l'Eglife ; mais les ennemis de ce
Prince craignant les effets de fa Negociation, trouverent le moyen de
lui faire ôter la conduite de cette
affaire.

Après avoir demeuré quelques
années à *Boulogne*, & en avoir gou-
verné le College en qualité de Recteur, il alla à *Venife* pour y veiller
à l'impreffion de fon Apparat facré

A. Pos-
SEVIN.

Il y étoit, lorsque le Pape *Paul V.* fulmina l'Interdit contre la République, & il fut deputé pour cette affaire vers le Pape, sans qu'on sache, si ce fut de la part de la République, ou de celle des Jesuites. Quoi qu'il en soit, dans le temps qu'il étoit à *Rome*, les Jesuites eurent ordre de sortir de *Venise*; ce qu'il y eut d'heureux pour lui dans cette affaire, fut que ses papiers, ses livres & ses Memoires furent conservés, sans qu'il s'en perdit rien.

Enfin sentant ses forces affoiblies par l'âge & le travail, il ne songea plus qu'à se disposer dans la retraite à la mort, qu'il avoit souhaité aller attendre à *Lorette*. On ne sçait ce qui l'empêcha de se satisfaire en cela; car ce fut à *Ferrare* que ce grand homme finit ses jours, qu'il avoit employés avant avec tant de soin & d'application au service de l'Eglise.

Il mourut subitement le 26 Fevrier 1611. dans la 78e année de son âge.

Catalogue de ses Ouvrages.

1. Le P. *Dorigny*, Jesuite, dit dans la vie de *Possevin* p. 8. qu'avant
que

que d'être Jesuite, il composa un A. Pos-
écrit en faveur de la Societé, qu'il SEVIN.
donna au public, & que c'est peut-
être une des premieres Apologies
qui ayent paru pour la defense de
cet Ordre. Je ne sçai en quel temps,
ni sous quel titre elle a été publiée.
Je suis surpris qu'*Alegambe* ni *Sot-
quel* n'en disent rien.

2. *Dialogo dell' Onore di Giov. Bat-
tista Possevino Mantuano, nel quale
si tratta à pieno del Duello.* In *Venezia*
1556. *in*-4°. Les Bibliothecaires des
Jesuites attribuent cet Ouvrage à
Antoine Possevin, quoiqu'il porte le
nom de *Jean B. Possevin,* son frere.

3. *Libro di Antonio Possevino nel
quale s'insegna à conoscere le cose ap-
partenenti all' Onore, & à ridurre
ogni querela alla pace.* In *Venetia*
1563. *in*-8°. pp. 96. Il composa cet
Ouvrage & le publia avant que d'ê-
tre Jesuite ; ainsi il doit y avoir eu
une édition precedente.

4. *Del Santissimo Sacrificio dell'
Altare.* In *Lione* 1563. *in*-8°. It. *In
Ferrara* 1595. *in*-8°. It. *In Mantua* 1597.
in-8°. It. traduit en Anglois & imprimé dans les Pays-bas en cette langue

Tome XXII.   T

A. Pos-
SEVIN.
en 1564. Il composa cet Ouvrage pendant son sejour à *Lyon*.

5. Le Traité precedent ayant été attaqué par *Pierre Viret*, & par quelques autres P. Reformés, *Possevin* y fit une réponse en Italien, qui fut imprimée à *Avignon* en 1564.

6. *Il Soldato Christiano. In Roma* 1569. *in*-12. It. *In Macerata* 1576. *in*-12. It. Avec plusieurs autres pieces. *In Venetia* 1604. *in*-12. It. traduit en Latin. Le Pape *Pie V.* envoyant en 1569. des troupes en France au Roy *Charles IX.* contre les heretiques du Royaume, engagea *Possevin* à faire un livre, qui pût animer les Soldats à attirer par une vie Chretiënne la Benediction du Ciel sur les armes de l'Eglise. Ce Pere obéit avec joye, & composa en fort peu de temps son *Soldat Chrétien*, que le Pape fit aussitôt distribuer à ses troupes qui partoient pour la France, sous la conduite du Comte de *Santa-Fiore*; & il ordonna dans la suite qu'on le repandit aussi sur la Flotte, qu'elle destinoit contre les Turcs.

7. *Antonii Possevini Judicium de*

Nuæ militis Galli, Joannis Bodini, A. Pos-
Philippi Mornæi, & Nicolai Ma- SEVIN.
chiavelli quibuſdam ſcriptis. Item Defenſio veritatis adverſus aſſertiones Catholicæ fidei repugnantes ejuſdem Nuæ
libris aſperſas, auctore Petro Coreto
Tornaci Canonico. Item ejuſdem Antonii Poſſevini de Confeſſione Auguſta-
na, ac num admittendi ſint hæretici ad
colloquium publicum de fide ; de Deſi-
derio Eraſmo, & Secta Picarda judicium. Lugduni 1593. in-8°. pp. 356.
Les Ouvrages que Poſſevin ſe propoſe
de critiquer dans le premier Traité
de ce Recueil, qui avoit été déja
imprimé à Rome en 1592. in-12.
par ordre du Pape Innocent IX. ſont
les ſuivans.

Diſcours Politiques & Militaires du
Seigneur de la Noue. 1588. in-16. 2
vol.

Joannis Bodini Methodus ad faci-
lem Hiſtoriarum Cognitionem. Pariſ.
1566. in-4°.

La Demonomanie des Sorciers du
même. Paris 1578. in-8°.

Les ſix livres de la Republique par
le même. Paris 1576. in-fol.

De la Verité de la Religion Chré-

T ij

A. Pos-*tienne par Philippes du Pleſſis-Mor-*
SEVIN. *nay* 1581. *in-*4°.

Les Ouvrages de *Machiavel &*
l'Anti-Machiavel.

Poſſevin a ajouté à ce qu'il dit de
ce dernier Auteur, un morceau de
l'Ouvrage de *Jerôme Oſorius, de No-*
bilitate Chriſtiana, qui eſt auſſi contre lui.

L'Ouvrage de *Pierre Coret*, qui
ſuit, avoit déja été imprimé à *An-*
vers en 1591. *in-*8°.

Les autres pieces, qui ſont de
Poſſevin ont été compoſées en differens temps.

8. *Bibliotheca ſelecta de ratione ſtu-*
diorum, ad Diſciplinas, & ad Salu-
tem omnium gentium procurandam. Ro-
mæ 1593. *in-fol.* 2 *vol.* It. *recognita*
ab Autore & aucta. Venetiis 1603. *in-*
fol. 2 *vol.* It. *Coloniæ* 1607. *in-fol.*
2 *vol. Poſſevin* conçut dès l'an 1573,
le plan de cet Ouvrage, & amaſſa
peu à peu les materiaux neceſſaires
pour le compoſer, autant que ſes
occupations pouvoient le lui permettre. Ce ne fut que lorſqu'il ſe
vit tranquille à *Padoue*, qu'il commença à y travailler tout de bon,

& qu'il le mit en état de paroî- A. Pos-
tre. SEVIN.

Le but qu'il s'y est proposé, a été
d'adoucir & d'abreger le travail de
l'étude à ceux qui veulent s'y appliquer, en leur donnant une juste idée
des Auteurs, qui leur épargne l'en-
nui ou le danger de lire plusieurs
livres, qui ne meritent point d'être
lûs, ou dont la lecture est dange-
reuse ; & en leur enseignant la maniere d'étudier & de travailler utilement, & avec fruit. Le premier
volume traite de la Theologie tant
Positive & Scholastique, que Morale & Cathechetique. Les autres
Sciences, comme la Philosophie, la
Jurisprudence, la Medecine, les
Mathematiques, l'Histoire, la Poesie
& la Rhetorique sont la matiere du
second. ɔɔ On ne peut nier, dit M.
ɔ *Du Pin*, qu'il n'y ait beaucoup
ɔɔ d'erudition dans cet Ouvrage, &
ɔɔ bien des choses très-utiles pour
ɔɔ ceux qui veulent étudier. Mais il
ɔɔ faut avouer qu'il l'a grossi de bien
ɔɔ des questions de Controverse, &
ɔɔ de pieces qu'il y a inserées, dont
ɔɔ on pourroit facilement se passer,

A. Pos-
sevin.

» & qui ne conviennent gueres à
» un Ouvrage de cette nature.

Quelques parties de cette Bibliotheque ont été imprimées feparé-
ment; telles font les fuivantes.

Coltura de gli Ingegni , e gli modi
& mezzi d'effercitarli per le difci-
pline , li Colleggi & Univerfita. L'ufo
di buoni libri , le loro lettura , ftampa ,
difpofitione , & collocatione per agevol-
mente ritrovarli. In Vicenza 1598.
*in-*4°. C'eft une traduction du premier livre de la Bibliotheque.

De Atheifmis fectariorum noftri tem-
poris. Colonia 1586. *in-*8°. Ce traité
fait le 8ᵉ livre.

Apparatus ad Philofophiam. Vicen-
tia 1599. *in-*8°. It. *auctior & correctior.*
Lugduni 1602. *in-*8°. It. *Venetiis* 1605.
*in-*8°. Cet Ouvrage fait le 12ᵉ livre.

Methodus Chriftiana ad Jurispru-
dentiam. Romæ 1593. *in-*8°. C'eft le
13ᵉ livre.

Methodus Studiorum Medicinæ.
Mantuæ 1600. *in-*8°. C'eft le 14ᵉ. *Pof-*
fevin y a fait entrer à la fin un Poeme
en cinq livres d'*Antoine Poffevin,*
fon Neveu, fils de fon frere *Ale-*
xandre, qui a pour titre *Theorica*
Morborum.

Apparatus ad omnium Gentium hi-   A. Pos-
ftoriam. Imprimé d'abord à *Rome* ; SEVIN.
enfuite à *Venife* 1597. *in-8°.* It. *Auc-*
tior. Venetiis 1602. *in-8°.* It. traduit
en Italien à *Venife.* C'eft le 16ᵉ.

     De Poëfi & Pictura Ethnica, hu-
mana & fabulofa, collata cum vera,
honefta & facra. Lugduni 1595. *in-8°.*
C'eft le 17ᵉ.

     Cicero collatus cum Ethnicis & Sa-
cris Oratoribus. Patavii & Coloniæ
1593. *in-8°.* C'eft le 18ᵉ & dernier
livre.

     Refponfiones ad Regis Septentrionalis
interrogationes, qui de falutis æternæ
comparandæ ratione ac de vera Ecclefia
cupiebat inftrui. Ingolftadii 1583. *in-8°.*
Cet Ouvrage a été traduit en Bohemien par *Balthafar Ofthovimus,* Jefuite Bohemien, & imprimé en cette langue à *Prague.* Il remplit le Chapitre 30 du 6ᵉ livre de la Bibliotheque.

     Judicium de Auguftana Confeffione,
inferé à la fuite de l'Ouvrage de
Poffevin marqué ci-deffus au Nᵒ. 7.
& dans celui qui eft indiqué plus
bas au Nᵒ. 14. Il compofe dans la
Bibliotheque le Chapitre 15. & les
cinq fuivans.   T iiij

Examen Picardicæ Sectæ, quæ mixta est ex Lutheranis, Calvinianis, & Anabaptisticis hæresibus. Cet examen qui suit le Jugement precedent dans les livres que j'ai marqués, le suit aussi dans la Bibliotheque, & y fait le chapitre 21. & les quatre suivans.

Possevin a aussi inseré dans sa Bibliotheque quelques Ouvrages d'autres Auteurs. Ainsi on y voit.

Rationes decem, quibus fretus, certamen adversariis obtulit in causa fidei Edmundus Campianus è Societate Jesu Presbyter; allegata ad Anglicos Academicos. Ouvrage, qui fait le 26e Chapitre & les dix suivans du 7e livre.

Gilberti Genebrardi adversus Centuriatores Magdeburgenses succincta & constans doctrinæ Catholicæ per singula secula collectio. C'est le 37e Chapitre du même livre.

Alexandri Valignani, Societatis Jesu, de ratione procurandæ salutis Japoniorum & aliarum Orientalium Nationum Libri duo. Ils font le 10 & le 11 livre.

Julii Capilupi Centones ex Virgilio. 1°. *Ad Beatissimam Mariam Vir-*

ginem Lauretanam, tempore quo pesti- A. Pos-
lentia grassabatur. 2°. *In die festo S.* SEVIN.
Michaelis Archangeli, Christi ad Pa-
trem Orantis, Consolatoris. 3°. *Ad B.*
Mariam Virginem de Bello Galliæ.
4°. *De Bombarda.* Dans le 24ᵉ Chapitre du 17e livre.

Macarii Mutii Camertis libellus de
recta Poeseos ratione, de Christianâ
Poesi, & Carmen de triumpho Christi.
Dans les Chapitres 30. 31. & 32. du
même 17ᵉ livre.

9. *Apparatus Sacer ad Scriptores*
veteris & novi Testamenti, eorum In-
terpretes; Synodos, & Patres Latinos
ac Græcos, horum versiones; Theolo-
gos Scholasticos, quique contra hæreti-
cos egerunt; Chronographos & Hi-
storicos Ecclesiasticos; eos qui casus
conscientiæ explicarunt; alios qui Ca-
nonicum Jus sunt interpretati; Poetas
Sacros; Libros pios, quocumque idio-
mate conscriptos. Venetiis in-fol. 3 *vol.*
Le 1. en 1603. & les deux autres en
1606. It. *Coloniæ* 1607. *in-fol.* 2 *tom.*
Cet Ouvrage marque la grande érudition de l'Auteur, & il est étonnant
qu'il ait eu le courage de se former un plan si vaste & si étendu,

& celui de l'executer. Cette étenduë
doit lui faire pardonner les fautes
qui s'y trouvent, & qui sont d'autant plus excusables, que la Critique n'etoit point cultivée de son
temps comme elle l'est maintenant.
Il s'est en effet trop occupé à com-
piler & à transcrire les Bibliothecaires qui l'avoient precedé, sans songer à corriger leurs fautes, qu'il a
même quelquefois augmentées en y
meslant les siennes. Il a donné à la
fin plusieurs Catalogues de Manu-
scrits Grecs; mais *Baillet* prétend
qu'ils sont imparfaits, peu exacts
& assez mal digerés.

10. *Notæ divini Verbi, & Apo-
stolicæ Ecclesiæ fides, ac facies ex quá-
tuor primis Oecumenicis Synodis, ex
quibus demonstrantur. 1°. Fraudes pro-
vocantium ad solum Dei verbum scriptum. 11. Atheismi hæreticorum hujus
sæculi. 111. Errores adversantium Ka-
lendario emendato. 1v. Vafriciés per-
vertentium Canones, & abutentium nomine SS. Patrum ac Principum in re
fidei, ad Joannem III. Sueciæ Regem
adversus responsum cujusdam Davidis
Chytræi. Posnaniæ* 1586. *in-8°. It. à

la fuite de la Mofcovie de *Poſſevin* , A. Pos-
de l'Edition de *Cologne* 1587. *in-fol.* SEVIN.

11. *Reteſtio impofturarum cujuſdam
Davidis Chytræi , quas in oratione qua-
dam inſeruit , quam de Statu Ecclefia-
rum , hoc tempore in Græcia , Aſia ,
Africa , Hungaria , Boemia , inſcrip-
tam edidit , & per Sueciam ac Daniam
adverſus Orthodoxam fidem diſſemi-
nari curavit. Ingolſtadii* 1583. *in-*8°.
It. à la fuite de la Mofcovie avec
l'Ouvrage precedent.

12. *Epiſtola ad Ivonem Tarterium
Majoris Eccleſiæ Trecenſis in Gallia
Decanum , de neceſſitate , utilitate , ac
ratione docendi Catholici Catechiſmi.*
Cette Lettre imprimée à *Cracovie*
par les foins de l'Archevêque de
Gneſne , fe trouve auſſi à la fuite de
la Mofcovie de l'Edition de 1587.
Elle eſt datée de *Rome ,* le jour de
S. Michel de l'an 1576. *Ives le Tar-
tier ,* à qui elle eſt adreſſée , étoit
Doyen de l'Eglife de *S. Etienne* de
Troyes , fuivant *la Croix du Maine ,*
& *Poſſevin ;* mais ce dernier s'eſt
trompé en donnant à cette Eglife le
nom de *Major Ecclefia ,* puiſque ce
n'eſt qu'une Collegiale , & que la

A. Pos-
SEVIN.

Cathedrale est dédiée à S. *Pierre. Le Tartier* étoit un vertueux Ecclesiastique, qui a son rétour de *Rome*, où il étoit allé en 1575. gagner le Jubilé de l'année Sainte, ne s'occupa plus que des exercices de charité. Son zele pour la conversion des Heretiques les anima si fort contre lui, qu'il l'attaquerent dans un voyage, & le tuerent. Il a traduit en François *la vie & passion de Madame Sainte Tanche, recueillie d'une legende des Saints, écrite par François Arnoul, Chanoine de S. Etienne de Troyes.* Cette traduction a été imprimée dans le 3ᵉ Volume de l'*Histoire des Saints,* imprimée à *Paris* chez *Nicolas Chesneau. (La Croix du Maine, Bibliotheque Françoise.)*

13. *Confutatio duorum librorum à Ministris Transylvaniæ editorum, & Thesium Francisci Davidis contra Trinitatem. Coloniæ* 1586. *in-8°.*

14. *Moscovia seu de rebus Moscoviticis & Acta in Conventu Legatorum Regis Poloniæ, & Magni Ducis Moscoviæ an.* 1581. *Vilnæ* 1586. *in-8°.* It. *Antuerpiæ* 1587. *in-8°.* It. *Accedunt alia opera de statu hujus sæculi*

A. Pos-
SEVIN.

adverſus Catholicæ Ecclefiæ hoſtes; nunc primum in unum volumen collecta , & ab ipſo autore emendata & aucta. Colonie 1587. & 1595. *in-fol.* It. trad.
en Italien fous ce titre : *Commentarii di Moſcovia , è della pace feguita
fra lei e'l Regno di Polonia , colla re-
ſtitutione della Livonia nell' anno* 1582.
*trad. dal Latino d'Ant. Poſſevino da
Giov. Batt. Poſſevino. In Mantoua*
1596. *in-*4°. Cette traduction avoit
déja été imprimée à *Ferrare* ; mais
cette édition étoit fi defigurée par
les fautes d'impreffion , que *Poſſevin*
la defavoua. On trouve dans la
Moſcovie un détail curieux de tout
ce qu'il fit pendant fa Nonciature en
ce Royaume. Les pieces ajoutées à
l'Edition de *Cologne* de l'an 1587.
font les fuivantes.

*Interrogationes & Reſponſiones de
Proceſſione Spiritus S. à Patre & Filio ,
deſumptæ , ac breviore & dilucidiore
ordine digeſtæ , ex libro Gennadii Scho-
larii Patriarchæ Conſtantinopolitani :
in gratiam & utilitatem Ruthenorum,*
P. 50.

*Epiſtolæ Gregorii XIII. P. M. Ste-
phani I. Poloniæ Regis , Joannis Baſi-*

A. Pos-
SEVIN.

lii, Magni Moscoviæ Ducis, & alio-
rum; quæ citro ultroque commearunt,
dum Antonius Possevinus Legationes ad
eos obibat. P. 57.

Notæ divini verbi &c. P. 116. V.
ci-dessus *N°.* 10.

Retectio imposturarum D. Chytræi.
P. 278. V. *N°.* 11.

Epistola ad Stephanum I. Poloniæ
Regem, de statu Ecclesiæ præsentis ad-
versus quemdam Hæreticum. P. 301.
Cette Lettre tend à refuter un écrit
d'*André Volanus* contre la Transubstantiation.

Responsiones ad Regii Viri Septen-
trionalis interrogationes. P. 316. C'est
une réponse aux questions que le
Roi de Suede lui fit sur la Religion,
lorsqu'il voulut travailler à sa conversion. V. ci-dessus *N°.* 8.

Judicium de Confessione Augustana,
ac num admittendi sint hæretici ad col-
loquium publicum de fide? De D. Eras-
mo, ad quem novi Ariani provocant.
De Picardica Secta. P. 341. V. *N°.*
7. & 8.

Epistola de Necessitate &c. Cate-
chismi. P. 368. V. *N°.* 12.

Rationes & exempla, quibus addu-

ci debeamus , ut inter ſummas quaſque difficultates , atque in locis hæreticorum, & aliorum , qui nolunt ad fidem aut probitatem redire , negotium divinum alacriter agere poſſimus ad gloriam Dei & D. N. J. C. P. 384.

15. *Vita di Lodoico Gonzaga Duca di Nevers , & di Eleonora Ducheſſa di Mantoua* 1604. *in*-4°.

16. *Sermo habitus in Provinciali Synodo Aquileienſi prima , celebrata Utini. Mantuæ* 1597. *in*-8°.

17. *Cauſæ & remedia Peſtilentiæ. Mantua , & Florentiæ* 1577.

18. *Epiſtola de rebus Suecicis , Livonicis , Moſcoviticis , Polonicis , Tranſylvanicis , ad Ser. Eleonoram Auſtriacam Archiduciſſam Auſtriæ , Duciſſam Mantuæ. Mantuæ* 1580.

19. *Epiſtola ad Stephanum I. Poloniæ Regem adverſus Andream Volanum , Lithuanum hæreticum. Ingolſtadii* 1583. *in*-8°. It. Après la Moſcovie , de l'an 1587.

20. *Explicatio brevis Evangeliorum totius anni. Coloniæ.* It. trad. en Italien. *Breſcia. Poſſevin* a donné cette explication ſous le nom de *Nicolas Gallerius.*

21. *Epistola ad Genevenses de Actis Apostolorum*; sous le nom de *Philippe Tosa.*

22. *Monita Salutis*; sous le nom de *Jean Fontana* Evêque de *Ferrare.* C'est ainsi que les Bibliothecaires des Jesuites nous marquent ces trois Ouvrages.

23. *Scriptum Magno Duci Moscoviæ traditum adversus Anglos Mercatores, qui docebant Papam esse Antichristum. Ingolstadii* 1583. *in-8°.* It. Dans toutes les Editions de la Moscovie.

24. *Lettera del P. Antonio Possevino Giésuita al P. M. Marc-Antonio Capello, Minore Conventuale, con la risposta di detto Padre. In Venetia* 1606. *in-4°.* La Lettre de *Possevin*, qui est assez courte, est datée de *Boulogne* le 17 Octobre 1606. Elle roule sur l'Interdit de *Venise*, aussi bien que les pieces suivantes.

25. *Copia di una Lettera, che si finge esser stata scritta dalla Rep. di Genoua alla Rep. di Venetia, in risposta di un' altra, che falsamente si afferma che la Rep. di Venetia habia scritta à quella di Genoua.* 1606. *in-4°.*

26.

26. *Rifpofta di Giovani Filotheo* A. Pos-
d'Afti alla Lettera d'un Theologo in- SEVIN.
cognito. In Ferrara 1606. *in-8°.* Cet
Ouvrage a été attaqué dans un autre
publié fous ce titre : *Le mentite Fi-*
loteane , o vero Invettiva di Giovani
Filoteo d'Afti , contra la Ser. Rep. di
Venetia , confutata da Fulgentio To-
mafelli Filofofo Albanefe. In Padoua
1607. *in-4°.*

27. M. *Canaye* dans une Lettre
du 19 May 1607. dit qu'il étoit venu
de *Boulogne* à *Venife* un livre qu'on
difoit être du P. *Poffevin ,* fous le
nom de *Paulo Anafefto ,* contre celui
d'*Antonio Quirini ,* touchant l'Interdit.

V. *Alegambe & Sotwel Bibliothe-*
ca Scriptorum Soc. Jefu. Sa vie par le
P. *Jean Dorigny , Jefuite. Paris* 1712.
*in-*12. *Les Ouvrages de Poffevin.*

JEAN-FRANÇOIS-FOY
VAILLANT.

JEAN-*François-Foy Vaillant* naquit à *Rome* le 17 Fevrier 1665. de *Jean-Foy Vaillant*, qui y étoit occupé de la part de la Cour de France à la recherche des Monumens Antiques & des Medailles, & qui en même temps y pratiquoit la Medecine.

En 1669. il paſſa en France avec ſa mere, & fut conduit à *Beauvais*, d'où étoit ſon pere, & où demeuroient preſque tous ſes parens.

Il demeura dans cette ville juſqu'à l'âge de douze ans, c'eſt-à-dire juſqu'en 1677. qu'il vint trouver ſon pere à *Paris*.

Il fit ſes Humanités & ſa Philoſophie aux Jeſuites; mais afin de pouvoir être reçu Maître-ès-Arts, il fit après cela un nouveau Cours de Philoſophie au College de *la Marche*.

Ce dernier Cours achevé, ſon pere, qui tenoit déja le premier rang entre les Antiquaires, crut

qu'il étoit temps de l'initier dans la J. F.
connoiſſance des Medailles. L'ordre V A I L-
qu'il reçut alors d'arranger les Me- L A N T.
dailles du Roy, & d'en faire le Catalogue, lui en fournit l'occaſion.
Par-là le jeune *Vaillant* ſe vit introduit tout d'un coup dans le Sanctuai-
re de l'Antiquité, avec l'homme le
plus capable de lui en dévoiler les
myſteres.

Ce Catalogue fut à peine fini,
que l'on apprit qu'il pouvoit être
augmenté d'un grand nombre de
Medailles, qui étoient entre les
mains de quelques Curieux d'Angleterre. *Vaillant* le pere eut ordre
d'y paſſer, & ſon fils l'accompagna
dans ce voyage, qui fut des plus
heureux par les acquiſitions qu'ils y
firent pour la France.

Le jeune *Vaillant* au retour d'Angleterre commença ſon cours de Medecine ; & après avoir ſoutenu les
Theſes ordinaires & pris ſucceſſive-
ment les differens degrès, il fut reçu
Docteur Regent de la Faculté de
Paris, au mois de Fevrier 1691. âgé
de 25 ans.

Pendant qu'il étoit ſur les bancs,

J. F.
V A I L-
L A N T. il composa un Traité de la Nature &
de l'usage du Caffé, sujet qu'il s'étoit
rendu très-familier. L'envie qu'il
eut d'en perfectionner le stile, priva
le Public de cet Ouvrage. Il le donna à revoir à un de ses amis connu
par quelques Pieces de Theatre. Le
Manuscrit s'égara entre ses mains;
& comme c'étoit un joueur de profession, *Vaillant* s'en consola, en
disant qu'il avoit acquis le droit de
tout perdre.

Il fut reçu à l'Academie des Inscriptions en qualité d'Eleve au mois
de Juin 1702. Mais cette Academie
ne jouit pas longtemps de lui. Elle
le perdit presque en même temps
que son pere, qui mourut le 23 Octobre 1706. parce qu'il mena, pendant les deux années qu'il vêcut encore, une vie très-languissante. Une
fievre double tierce le consumoit
peu à peu, & l'emporta enfin le 17
Novembre 1708. dans sa 44e année.
On a cru que la veritable cause de sa
maladie étoit un abcès formé dans
la tête par quelque chute. Car il
étoit d'un temperament robuste, &
avoit un air de santé, qui sembloit
promettre une longue vie.

Il étoit bon & humain, au-delà J. F.
de ce qu'on peut dire, d'une fran- V A I L-
chife fans égale, veritablement át- L A N T.
taché à fes amis, tellement éloigné
de toute vue d'intereft, de fortune,
ou d'ambition, qu'après la mort de
fon pere, il rechercha quelques-uns
de fes emplois avec fi peu d'empref-
fement, qu'il parut moins les vouloir obtenir, qu'éviter le reproche
de les avoir meprifés.

Tout ce qu'on a de lui fe réduit
à peu de chofe.

1. A la premiere affemblée publique tenue après fa reception à l'Academie des Infcriptions, c'eft-à-dire
le 14 Novembre 1702. il lut une
differtation curieufe fur une Medaille d'*Acheus*, dont on trouve un
long extrait dans les *Memoires de
Trevoux* du mois de Janvier 1703. p.
129. Cet *Acheus*, Prince Syrien, avoit
acquis de fi bonne heure le titre de
grand Capitaine, qu'il le jugea à la
fleur de fon âge, un titre inutile, s'il
ne le conduifoit à la fouveraine
puiffance. Il fe fit proclamer Roy
dans les Provinces, dont *Antiochus
le Grand* lui avoit donné le Gouver-

J. F.
V A I L-
L A N T.

nement; & il paroiſſoit déja affermi
ſur le throne par des alliances, &
des conquêtes importantes, lorſqu'il
perit par la trahiſon de deux Cre-
tois.

2. Dans l'Aſſemblée publique du
14 Novembre 1704. il donna l'explication du revers d'une Medaille
de *Septime Severe*, où l'on voit des
particularités curieuſes ſur la vie
de cet Empereur. Les *Memoires de
Trevoux* en donnent un extrait dans
le mois de Fevrier 1705. p. 329.

3. " Il nous a donné auſſi, dit M.
" *de Boze*, une diſſertation ſur les
" Dieux Cabires, où l'on trouve dans
" un détail exact tout ce qui regarde
" leur origine, leur nombre & leur
" dénomination, les choſes aux-
" quelles ils preſidoient, leurs Tem-
" ples les plus celebres, & les cere-
" monies les plus particulieres de
" leur culte. Trois autres Auteurs
ont traité cette même matiere. *Jean
Antoine Aſtori*, Juriſconſulte Venitien dans ſa *Diſſertatio de Diis Cabi-
ris. Venetiis* 1703. *in-8°. Tobie Gut-
berleth*, Juriſconſulte & Bibliothecaire de l'Univerſité de *Franeker*

dans fa *Differtatio Philologica de My-* **J. F.**
fteriis Deorum Cabirorum, imprimée **V a i l-**
avec d'autres à *Franeker* en 1704. *in-* **l a n t.**
12. & *Adrien Reland* dans la 5e de
la premiere partie de fes differtations, imprimée à *Utrecht* en 1706.
in-12:

 V. *Son Eloge par M. de Boze dans*
le 1 vol. de *l'Hiſtoire de l'Académie*
des Inſcriptions.

NICOLAS CISNER.

NICOLAS *Ciſner* naquit le 24 **N. Cis-**
Mars 1529. à *Mosbach*, ville **ner.**
du Palatinat fur le Neckre, d'une
famille honorable de ce lieu.

 Il commença fes études dans fa
patrie, & alla les continuer à *Hei-*
delberg, où après avoir fait fa Philofophie, il fut reçu Maître-ès-Arts le
6 Juillet 1547.

 Il fe mit auſſi-tôt après à enfeigner
les autres, & à leur apprendre la
Philofophie d'Ariſtote & les Mathematiques. Mais comme il avoit lui-
même encore befoin d'inſtruction,
il alla au bout de quelque temps à

Strasbourg, où *Martin Bucer*, qui étoit son parent, lui inspira du goût pour la nouvelle Religion, & il y apprit la Theologie sous les Professeurs Lutheriens qui y enseignoient.

La reputation de *Melanchton* l'engagea ensuite à faire un voyage à *Wittemberg* pour avoir la satisfaction de le voir ; & il se rendit de là en 1552. à *Heidelberg* où l'Electeur *Frederic* le nomma premier Professeur extraordinaire en Morale, & lui donna des apointemens plus considerables que ceux des autres Professeurs de Philosophie.

Pour satisfaire aux obligations de sa charge il expliqua les Ethiques d'*Aristote* à *Nicomaque*, & les livres de *Ciceron de Finibus*; & il le fit avec beaucoup d'applaudissement jusqu'à l'année suivante 1553. que la peste qui desola le Pays, l'obligea à se retirer.

Il passa d'abord en France, où il étudia en Droit à *Bourges*, à *Angers* & à *Poitiers*, & ensuite en Italie, où il continua cette étude, à laquelle il employa plus de quatre années,

au

au bout deſquelles il ſe fit recevoir
Docteur en Droit à *Piſe* en 1559.

Il retourna à *Heidelberg* la même
année, & il y fut auſſitôt nommé
Profeſſeur des Pandectes, & Conſeiller de l'Electeur Palatin, *Frederic
III.* Peu de temps après il y ſucceda
à *François Baudoin* dans la chaire de
Droit Civil.

Il ſe maria vers ce temps-là, c'eſt-
à-dire en 1562. & épouſa *Anne Hart-
mann*, fille d'un fameux Juriſconſulte du Palatinat, dont il n'eut
point d'enfans.

Il fut Recteur de l'Univerſité
d'*Heidelberg* en 1563. & paſſa par
les autres charges, qu'il remplit
d'une maniere qui lui fit honneur.

En 1567. il fut nommé Conſeiller à la Chambre Imperiale de *Spire*,
& il conſerva cet emploi pendant
près de quatorze ans; après leſquels
l'Electeur Palatin, *Louis*, le rappella en 1580. à *Heidelberg*, pour
ſe ſervir de ſes conſeils dans pluſieurs affaires importantes.

Mais afin qu'il ne demeurât pas
auprès de lui ſans titre, il lui donna
les Charges de Lieutenant Civil du

Tome XXII. X

N. Cis-
NER.
fiege Electoral , & de Professeur éx-
traordinaire en Droit. Cependant
Cifner ne les remplit pas longtemps;
car il eut une attaque de Paralyfie ,
qui après l'avoir tourmenté pendant
deux ans , termina enfin fes jours.

Il mourut à *Heidelberg* le 6 Mars
1583. dans fa 54ᵉ année , & fut enterré dans l'Eglife du S. Efprit près
de fa femme , qui étoit morte quelque mois auparavant. *Jufte Reuber*
lui fit mettre cette Epitaphe.

Perpetuæ Memoriæ Nicolai Cifneri
Mosbacenfis J. C. *fua ætate clariffimi ,*
qui primum Heidelbergæ magna cum
laude docuit; Dein Spiræ Adfeffor, tan-
demque in fupremo Palatinatûs Judi-
cio Projudex cum omni admiratione jus
dixit: Hæredes grati , Curante Jufto
Reubero Jureconfulto , pofuerunt.

Vixit annos 53 *Menfes* 11. *dies* 6.
Obiit pridie Non. Martii, poft An-
nam Hartmannam conjugem Menf. 4.
dies 20. *& cum ea hoc fepulchrum fibi*
commune effe voluit.

Catalogue de fes Ouvrages.

Nic. Cifneri Jureconfulti , Polyhi-
ftoris , Oratoris , & Poetæ Celeberrimi
Opufcula Hiftorica & Politico-Philo-

loga, tributa in libros IV. *Edita Studio & Opera Quirini Reuteri D. Professoris in Academia Heidelbergensi. Præfixit idem Nic. Cisneri Vitam. Francofurti* 1611. *in*-8°. *pp.* 1031. Les pieces contenues dans ce Recueil font les suivantes.

1. *De Othone III. Imperatore, ejusque instituta Conciliorum Imperatoriorum; ac de Septemviris Electoribus Principibus Germaniæ Oratio habita in Academia Heidelbergensi. Francofurti ad Mœnum* 1570. *in*-4°. It. *Argentorati* 1608. *in*-8°. Il s'y est proposé de refuter le sentiment d'*Onuphre Panvini* sur l'Origine des Electeurs.

2. *De Friderico II. Imperatore Oratio, habita in Heydelbergensium Academia, in promotione aliquot Doctorum Juris, anno* 1562. *Basileæ* 1565. *in*-4°. It. *Argentorati* 1608. *in*-8°. avec le discours precedent. C'est une histoire fort ample de cet Empereur.

3. *De Conrado, quem Itali Corradinum vocant, ultimo Sueviæ gentis Principe, Oratio habita in Panegyri Academica Heidelbergæ, anno* 1565. *Argentorati* 1608. *in*-8°. Avec les

X ij

deux difcours précedens. C'eft encore une veritable hiftoire.

4. *De Henrici VII. Luzenburgenfis, & Ludovici Bavari, Cæfarum, geftis & certaminibus cum Papis Romanis.* C'eft la Préface que *Cifner* a mis à la tête de l'Edition des Oeuvres du Jurifconfulte *Cynus* qu'il a donnée en 1578. & dont je parlerai plus-bas. Ces quatre Ouvrages compofent le premier livre des Opufcules de *Cifner*. Le fecond contient les fix fuivans.

5. *Oratio in funere Ill. Principis Hermanni-Ludovici, Palatini Rheni, Bavariæ ducis, Comitis Simerenfis & Spanheimenfis, qui cum Præceptore fuo Nicolao Judice, Hieronymo Relhingo Patricio Auguftano, Joanne Bellovaco Parifienfi & nauta ipfo, in trajectu Avarici fluvii Biturigum inverfa navicula fubmerfus eft, anno ætatis fuæ XV. & à Chrifto Nato 1556. Calendis Julii poft horam fextam meridianam. Parif. 1557. in-4°.* Ce jeune Prince étudioit alors à *Bourges*.

6. *Carmina Memoria & honori Ill. Principum Palatinorum Friderici III. Electoris & Mariæ-Brandeburgicæ*

atque *Hermanni-Ludovici Pal. Chri-*
ſtophori Pal. Ludovici Elect. Pal. Jo-
hannis-Caſimiri Pal. Scripta à Nic.
Ciſnero, Anno 1576.

7. *Deſcriptio eorum quæ in nuptiis*
Generoſorum Comitum D. Philippi ab
Hanaw & Helenæ Palatinæ ; Item D.
Philippi à Leiningen & Amaliæ Co-
mit. à Zweybruck, acta ſunt Heidel-
bergæ, anno 1551. *Menſe Novembri.*
Heidelbergæ 1552. *in*-4°. Cette deſcription eſt en vers ; on y voit un
détail aſſez bien fait des fêtes & des
tournois qui accompagnerent ces
Mariages.

8. *De Hiſtoriæ laudibus & Joannis*
Aventini Annalibus Bojorum in Opera
ejus Præfatio. A la tête de l'Edition
d'*Aventin* qu'il donna en 1580. &
dont je parlerai plus bas.

9. *De Saxonibus, Cattis, Anglis,*
& priſcis incolis Germaniæ, ac migra-
tionibus populorum variis, & Alberti
Kranzii hiſtoria Saxonica Diſſertatio.
C'eſt la Préface de ſon édition d'*Al-*
bert Kranz.

10. *De Hiſtoricis Germaniæ, &*
opere Hiſtorico D. Simonis Schardii,
iiſque legitimo ordine diſponendis Epi-

N. Cis-
NER.

stola ad Henricum Petri Basileensem.
Simon Schardius avoit entrepris une
collection des Historiens d'Allemagne; mais comme il mourut pendant qu'il travailloit au quatriéme
volume, le Libraire *Henri Petri* pria
Cisner, qu'il savoit être très-versé
dans l'Histoire d'Allemagne, d'achever cet Ouvrage. *Cisner* le lui promit, & lui écrivit à cette occasion
le 16 Septembre 1573. la lettre,
dont il s'agit ici, & que *Reuter* a
publiée le premier dans ce Recueil;
mais cette promesse n'eut point d'effet, *Cisner* en ayant été detourné par
d'autres occupations, & enfin surpris par la mort. Il ne laissa pas
d'avoir inspection sur l'Edition du
livre de *Schardius*, & la Préface du
premier tome est de lui. On la voit
dans le Recueil de ses Opuscules.

11. *Oratio de Origine Juris, & illa*
nobili quæstione : Naturane Jus an
opinione constet? habita à Nic. Cisne-
ro, cum Professionis extraordinariæ
Heidelbergæ initium faceret Calend.
Quinctil. anno 1580.

12. *De Jurisprudentia dignitate &*
Franc. Duareni operibus Epistola.

Cette Lettre, qui eſt datée du 1 A-
vril 1578. ſe trouve à la tête de ſon NER.
Edition des Oeuvres de *François*
Duaren.

13. *De Jureconſultis præſtantibus,*
tum antiquis Romanis, tum poſteriori-
bus & Neotericis Interpretibus Juris,
ejuſque recta interpretandi ratione, mo-
doque emendandi Jus, & judicia fo-
renſia ſive practica. A la tête du 2ᵉ
volume des Oeuvres de *Duaren* imprimées à *Lyon* en 1578.

14. *De Obitu Johannis Mylæi Ju-*
reconſulti ad Jacobum Mycillum Epi-
ſtola. Lugduni. Seb. Gryphius 1555.
Cet éloge eſt un peu trop general.
Il le compoſa pendant ſon ſéjour en
France.

15. *Oratio Studioſorum nationis Ger-*
manicæ in Schola Biturigum, de cæde
& interitu Danielis Schleicheri, Ger-
mani, ad ampliſſimum Senatum Pari-
ſienſem, à Nic. Ciſnero ſcripta.

16. *Oratiuncula de Gradibus Juriſ-*
conſultorum, in promotione Doctorum,
habita Heidelbergæ, anno 1562.

17. *Oratio de Legibus, habita Hei-*
delbergæ in Academica Panegyri ante
promulgationem Legum, anno 1563.

N. Cis-
NER.

18. *Oratio de Legum autoritate re-*
tinenda, pronunciata cum Rectoris
Academiæ Heidelbergensis munere fun-
geretur. C'est-à-dire en 1563.

19. *Oratio habita in prælectione Le-*
gum Collegii Facultatisque Juridicæ
5 Maii anno 1561.

20. *De præstantia & utilitate Ethi-*
ces, in Aristotelis libros de Moribus,
Oratio, habita Heidelbergæ, anno
1552. *cum Professionem Philosophiæ*
Moralis in Academia primus auspica-
retur. Cette piece & les neuf précedentes forment le troisiéme livre des
opuscules de *Cisner*; le 4ᵉ & dernier
contient les suivantes.

21. *Hymnus de die Natali D. N.*
J. C. Wittembergæ 1551. *in-*4°. Cet
Ouvrage devroit plutôt être appellé
un Poëme; car il en est un effectivement.

22. *Declamatio de vocatione Gen-*
tium, habita die Epiphaniorum, anno
1549.

23. *Idyllion de Veris & Autumni*
comparatione; & de eodem argumento
Oratio. Vitteberga 1551. *in-*4°. Il
donne dans le discours la préference
au Printemps sur l'Automne.

24. *Poemata.* Quelques-uns avoient N. Cis-
déja été imprimés en feuilles volan- NER.
tes. L'Editeur y a joint pluſieurs Epi-
thalames ſur le Mariage de *Ciſner*
par differens Auteurs.

25. *Epiſtolæ.* Il y en a pluſieurs
curieuſes & intereſſantes, & l'on
y trouve quelques particularités de
la vie de *Ciſner.* On voit à la page
960. une Confeſſion de foy ſur l'Euchariſtie qu'il préſenta en 1580. à
l'Electeur Palatin, *Louis,* ſuivant
les ordres qu'il en avoit reçu de ce
Prince. Quelques Epitaphes en l'honneur de *Ciſner* terminent ce volume.
Les autres Ouvrages de cet Auteur,
qui n'y paroiſſent pas, ou ceux dont
il n'eſt que l'éditeur, ſont les ſuivans.

26. *Commentarius ad Tit. Pandec-*
tarum de Tranſactionibus. Baſileæ 1566.
in-4°.

27. *De Actionibus & exceptionibus.*
Spiræ 1588. *in-8°.*

28. *De Jure Romano Themata, &*
de Jure Uſucapionum Commentarius ad
Tit. Pandectarum de Uſurp. & Uſu-
cap. Francofurti 1611. *in-8°.*

29. *Commentarius ad L. ſi priuſ-*

N. Cis-
Ner.

quam, D. *de operis novi nuntiatione.*
Francofurti 1611. *in-8°.*

30. *Cyni Pistoriensis Commentarius in*
Codicem & aliquot Titulos Pandecta-
rum sive Digestorum veterum à Nic. Cis-
nero correctus. Francofurti ad Mœnœm
1578. *in-fol.* Je parlerai ailleurs de ce
Jurisconsulte, qui est peu connu.

31. *Joannis Aventini Annalium*
Boiorum libri VII. *ab Origine gentis*
ad annum 1460. *Cura Nic. Cisneri.*
Basileæ 1580. *in-fol.*

32. *Alberti Krantzii Saxonia, seu*
de Saxonicæ gentis vetusta origine,
expeditionibus, bellis &c. edita per N.
Cisnerum. Francofurti ad Mœnum.
1575. *in-fol.*

33. *Francisci Duareni Opera quæ*
extant. Lugduni 1578. *in-fol.* 2 *vol.*
Cette édition donnée par *Cisner* est
bien plus ample que les precedentes.

34. *Simonis Schardii Scriptores Re-*
rum Germanicarum. Basileæ 1574. *in-*
fol. 4 *vol.* Une Lettre de *Cisner* nous
apprend dans un grand détail la part
qu'il a eue à cette édition. J'en rap-
porterai ici une partie tant pour cette raison, que pour faire connoître

fon ftile. Elle eft datée de Spire le N. Cis-
21 Fevrier 1575. & adreffée à Jean NER.
Pofthius ; & il y parle ainfi.

*Grata mihi fuerunt littera tua, ex
quibus caufam tam diuturni filentii cog-
novi. Nam cum menfe Octobri patrono
noftro Domino Neuftettero miferim opus
hiftoricum in quatuor tomos à D. Schardio pia memoria, licet negligenter &
inordinate digeftum, cum meis Prafa-
tionibus, Catalogis & Appendice duorum annorum, & Epiftola fub nomine
Sinceri Calonii, tranfpofitione litterarum ex proprio meo & cognomine con-
fecto, ad ipfum fcripta, nomine proprio
ejus Graco in Latinum, & cognomine
Germanico in Gracum Amandi Nea-
politani converfis, per Andream Fro-
benium Eberfteinii apud nos Comitis
Prafectum miferim, litterafque addi-
derim, quibus inftituti mei rationem &
caufas expofui, quid effet, quamobrem
nihil mihi vel ab ipfo refponfum, vel
à te interea fcriptum fuerit, apud me
conftituere non potui. Notationem autem illam Annalium meorum ex iis litteris, qua ad nos ex Italia, Gallia,
Belgio, aliifque locis huc perfcripta
fuerunt collegi, & ex Epitome 74 anno-*

N. Cis-
NER.

*rum, initio facto ab anno D. 1500. à
me de iis, quæ in illis acciderunt, con-
fecta, ad finem hujus operis, id me
summopere Typographo rogante, conjeci.
Ante mortem Schardii opus fuit im-
pressum, quod cum nec cohærere argumentis (quid enim descriptionibus Germaniæ tum generalibus, tum specialibus,
quæ in primo tomo confuse collocatæ sunt,
cum rebus à Carolo V. Ferdinando I.
& Maximiliano II. Cæsaribus gestis
commune? de quibus in tribus posterio-
ribus tomis) nec via atque ratione dispo-
situm, nec plene collectum; sed male
coagmentatum, confusum, mutilum atque imperfectum esse vidi: suasi Typographo, ut quæ deessent (desunt autem
plurima) prius complere vellet, quam
exemplaria in Nundinis distrahere.
Cum is autem me obsecraret, ut, quod
à Schardio nondum præstitum erat, Præ-
fationes, Catalogos, & Indices scribe-
rem, monui publicationem differret. At
id fieri non posse mihi respondit: Neque
enim sine maxima sua jactura moram
hanc, donec addantur, quæ desunt,
interpositum iri, cum in id amplius
2500 florenorum sumptus fecerit. Ita-
que & in his ipsis rebus voluntati ejus*

morem gero, & in adjiciendo Chronico N. Cis-
duorum reliquorum annorum . . . ejuſ- NER.
dem ſtudio obſequor. Et cum opus per-
legendum eſſet, ſimul quæ in verbis in-
vidioſa & probroſa erant, & à re ipſa
aliena, pluſquam ducentis locis præ-
ſertim in Epitoma, ejuſdem Typographi
precibus adductus expunxi : quæ ei aliis
foliis ſubſtitutis iterum excudenda fue-
runt. Cum vero me urgeret de Appen-
dice ad ſe mittendo, quem dubitabam
adjungere Schardii Epitomæ, & Nun-
dinarum Francofurtenſium autumna-
lium tempus inſtaret; frequentibus ejus
interpellationibus victus tandem mea
manu ſcriptum Appendicem miſi. Verum
quod multa, qui corrigendis libris præ-
eſt, aſſequi legendo non poſſet, & alio-
qui negligens ſit, inde factum eſt, ut
cum in toto opere tum præſertim in Ap-
pendice plurima ſint errata & mendæ.

Il marque plus-bas qu'il avoit
deſſein de partager dans une nouvelle édition l'Ouvrage de *Schar-*
dius, en deux; dont l'un, diviſé en
deux parties, traiteroit de l'Allemagne en general & en particulier,
& l'autre ſeroit partagé en quatre,
dont chacune renfermeroit un des

Regnes des Empereurs *Maximilien
I. Charles V. Ferdinand I. & Maximilien II.* Mais ce deſſein n'a point
eu d'exécution.

35. *Les Actes de Viſites de la Chambre Imperiale, rangés ſous certains titres.* (en Allemand) *Francfort.*

V. *Son Eloge par Quirin Reuter,
qui étoit ſon parent, à la tête de ſes
Opuſcules. Melchioris Adami vita
Germanorum Jureconſultorum. p. 115.
Freheri Theatrum Virorum Doctorum
p. 890.* Ces deux Auteurs ont puiſé
dans la même ſource, & ne diſent
autre choſe que ce que *Reuter* avoit
dit avant eux.

ROBERT BURHILL.

ROBERT *Burhill*, ou *Burghill*
naquit le 2 Fevrier 1572. à *Dy-
mock* dans le Comté de *Gloceſter.*

Il fut reçu en 1587. dans le College du Corps de Chriſt à *Oxford*,
étant alors âgé de 15 ans, & après
y avoir paſſé par differens degrés, il
fut reçu Bachelier en Theologie en
1603.

Ayant été ensuite pourvû de la
Rectorerie de *Nortwold* près de
Thetford dans le Comté de *Nortfolk*,
& d'un benefice dans l'Eglise d'*Hereford*, il se fit recevoir Docteur en
Theologie.

Lorsque les guerres Civiles commencerent en Angleterre, il se retira à *Nortwold* pour y vivre dans la
tranquillité, & s'y occuper de l'étude, loin du bruit & du trouble.

Il mourut en ce lieu vers le mois
d'Octobre 1641. âgé de 69 ans.

C'étoit un homme d'une grande
litterature, & d'un bon jugement.
Il étoit fort versé dans les Peres &
dans les Scholastiques, il possedoit
parfaitement les Langues Gréque &
Hebraïque : il avoit cultivé beaucoup la Poesie Latine pendant sa
jeunesse, mais des études plus serieuses la lui firent abandonner dans la
suite.

Catalogue de ses Ouvrages.

1. *Invitatorius Panegyricus ad Regem optimum de Elizabetha nuper Regina posteriore ad Oxonium adventu.*
Oxonii 1603. *in-4°.*

2. *In controversiam inter Joannem*

R. Bur-
ßILL.

Howsonum, & Thomam Pyum S. T.
Doctores, de novis post divortium ob
adulterium nuptiis Tractatus, in sex
Commentationes & Elenchum monito-
rium distinctus. Ubi & ad excusam D.
Pyi ad D. Howsonum Epistolam, qua
libri Howsoniani refutationem molitur,
& ad ejusdem alteram manu scriptam
Epistolam ejusdem argumenti, qua con-
tra Albericum Gentilem disputat, dili-
genter respondetur. Oxonii 1606. *in-*4°.
It. avec la These du Docteur *How-*
son, sous ce titre abregé: *Theseos*
defensio contra reprehensionem Thomæ
Pyi S. T. Doctoris. Oxonii 1606. *in-*4°.
Jean *Howson,* qui fut depuis en
1618. Evêque d'*Oxford,* & dix ans
après Evêque de *Durham,* ayant publié une These, sous ce titre: *Uxo-*
re dimissa propter fornicationem, aliam
non licet superinducere. Oxonii 1602.
vit son sentiment attaqué par *Thomas*
Pye, qui publia l'année suivante un
Ecrit intitulé: *Epistola ad D. Joh.*
Howsonum, qua dogma ejus novum &
admirabile de Judæorum divortiis refu-
tatur, & suus sacræ Scripturæ nativus
sensus ab ejus glossematis vindicatur.
Londini 1603. *in-*4°. *Burhill* prit le
                                    parti

parti de *Howson*, & composa l'Ou- R. Bur-
vrage dont il s'agit ici, & que j'ai HILL.
mal à propos attribué à *Howson* même dans l'Article d'*Alberic Gentilis*
(Tom. 15. p. 30. de ces Memoires.)

3. *Responsio pro Tortura Torti, con-*
tra Martinum Becanum Jesuitam. Lon-
dini 1611. *in-*8°. Il faut remonter
un peu haut pour être instruit de
l'Origine de ce livre. La voici. Le
Roi d'Angleterre *Jacques I.* ayant
publié un livre sous ce titre : *Tri-*
plici nodo triplex cuneus, sive Apolo-
gia pro Juramento fidelitatis, adversus
duo Brevia Pontificis Pauli V. & re-
cèntes litteras Cardinalis Bellarmini
ad Georgium Blackvellum Angliæ Ar-
chi-Presbyterum scriptas. Londini 1609.
*in-*8°. *Bellarmin* y répondit sous le
nom de *Matthæus Tortus*, son Aumônier, par un livre intitulé : *Re-*
sponsio ad librum inscriptum : Triplici
nodo triplex cuneus. Coloniæ 1610.
*in-*8°. *Lancelot Andrews*, qui après
avoir été Chapelain du Roy *Jacques*,
fut successivement Evêque de *Chi-*
chester, d'*Ely*, & de *Winchester*,
voulant prendre la défense de ce
Prince, se joua dans le titre de son

Tome XXII. Y

R. Bur-
HILL.

Ouvrage du nom de *Tortus*, que *Bellarmin* avoit pris, & l'intitula : *Tortura Torti* 1609. *in*-4°. Quelques Jesuites entreprirent alors de venger *Bellarmin* des attaques de cet Anglois. *Martin Becan* publia *Refutatio Torturæ Torti*, *Moguntiæ* 1610. *in*-8°.& c'est contre son livre que *Burhill* composa l'Ouvrage dont on vient de rapporter le titre. *André Eudæmon-Jean* fit paroître peu de temps après *Parallelus Torti & Tortoris ejus Lanceloti Cicestriensis, sive Responsio ad Torturam Torti, pro Ill. Cardinali Bellarmino. Coloniæ* 1611. *in*-8°. C'est pour refuter ce dernier que *Burhill* publia le livre suivant.

4. *De potestate Regia, & usurpatione Papali, pro Tortura Torti, contra Parallelum Andreæ Eudæmon-Johannis, Jesuitæ. Oxonii* 1613. *in*-8°.

5. *Assertio pro Jure Regio contra Martini Becani Jesuitæ Controversiam Anglicanam. Londini* 1613. *in*-8°. Le livre que *Burhill* attaque ici est intitulé : *Controversia Anglicana de Potestate Regis & Pontificis, contra Lancelotum Andream. Moguntiæ* 1612. *in*-8°.

6. *Defenſio Reſponſionis Joannis* R. BUR-
Buckridgii ad Apologiam Roberti Car- HILL.
dinalis Bellarmini. À la ſuite du livre
précedent : *Jean Buckridge*, qui fut
fait Evêque d'*Ely* & de *Rocheſter*
vers l'an 1626. & qui mourut en
1631. avoit fait un Ouvrage intitulé:
De Poteſtate Papæ in rebus temporali-
bus, ſive in Regibus deponendis uſur-
pata, adverſus Robertum Cardinalem
Bellarminum libri duo. In quibus re-
ſpondetur Autoribus, ſcripturis, ratio-
nibus, exemplis, contra Gul. Bar-
claium allatis. Londini 1614. *in-*4°.
Cet Ouvrage ayant été attaqué,
Burhill jugea à propos de prendre
ſa défenſe, & compoſa pour cela
cette réponſe.
V. *Athenæ Oxonienſes tom.* 2. *p.* 10.

EDOUARD BREREWOOD.

EDOUARD *Brerewood* naquit E. BRE-
vers l'an 1565. à *Cheſter* en An- REWOOD
gleterre, de *Robert Brerewood*, qui
fut trois fois Major de cette ville.
Il commença ſes études dans ſa
patrie, & fut enſuite reçu à la fin de

E. BRE-l'année 1581. âgé d'environ 16 ans
REWOOD. dans le College du *Nés de Bronze à
Oxford*, où il prit le degré de Maî-
tre-ès-Arts.

En 1596. il fut choisi pour être
premier Professeur en Astronomie
dans le College de *Gresham* à *Londres*; & il vécut dans cette ville,
comme il avoit fait à *Oxford*, retiré
entierement du commerce du monde, & occupé seulement de ses études.

Il mourut dans le College de
Gresham le 4 Novembre 1613. âgé
de 48 ans.

Catalogue de ses Ouvrages.

1. *De ponderibus & pretiis veterum
Nummorum, eorumque cum recentiori-
bus collatione, liber. Londini* 1614.
in-4°. It. dans le 8ᵉ vol. des *Critici
Sacri* de l'Edition de *Londres* & dans
le 6ᵉ de celle de *Francfort.* It. A la
tête du premier vol. de la Polyglot-
te d'Angleterre. *Brerewood* n'a jamais voulu donner ses ouvrages au
public; ce n'est qu'après sa mort
qu'ils ont été publiés par les soins de
ses parens, ou de ses amis. Ce fut
Robert Brerewood son Neveu, qui fit
imprimer celui-ci.

2. *Recherches sur la diversité des* langues & *des Religions dans les Principales parties du Monde* (en Anglois) *Londres* 1614. 1623. 1635. &c. *in*-4°. & 1647. &c. *in*-8°. It. *traduites en François par* J. *de la Montagne.* *Paris* 1640. *in*-8°. & *Saumur* 1662. *in*-8°. It. traduites en Latin sous le titre de *Scrutinium Religionum & linguarum. Francofurti* 1650. *in*-16. & 1679. *in*-12. *Christophe Arnold* dans une Lettre à *Job Ludolf*, mise à la suite de la vie de ce dernier, se plaint de la mauvaise foy du traducteur Anonyme, qui a retranché les neuf chapitres qui précedent le 14e aussi bien que le dernier, & outre cela les deux savantes Préfaces de l'Editeur. Cet Editeur est encore *Robert Brerewood.*

3. *Elementa Logicæ , in gratiam studiosæ Juventutis in Academia Oxoniensi. Londini* 1614. 1615. 1628. &c. *in*-8°.

4. *Tractatus quidam Logici de Prædicabilibus & Prædicamentis. Oxonii* 1628. 1637. &c. *in*-8°.

5. *Traité du Sabbat.* (en Anglois) *Oxford* 1630. *in*-4°.

E. BREREWOOD.

6. *Second Traité du Sabbat.* (en Anglois) *Oxford* 1632. *in-4°.*

7. *Tractatus duo, quorum primus est de Meteoris, secundus de Oculo. Oxonii* 1631. *in-4°.*

8. *Commentarii in Ethica Aristotelis, Oxonii* 1640. *in-4°.*

9. *Le Gouvernement Patriarchal de l'ancienne Eglise établi dans une Reponse à quatre questions.* (en Anglois) *Oxford* 1641. *in-4°.* It. traduit en Latin & imprimé avec deux opuscules de Jacques *Usserius, de Episcoporum & Metropolitanorum Origine; & de Asia Proconsulari. Londini* 1687. *in-8°.*

V. *Athenæ Oxonienses* tom. 1. *p.* 390.

JEAN D'AUBRY.

JEAN *d'Aubry*, communement appellé l'Abbé *d'Aubry* naquit à *Montpellier*, & fut fils d'un Procureur de cette ville, si l'on en croit *Gui Patin*. Il prétendoit descendre de la famille de *S. Roch*, qu'il pouvoit, à ce qu'il dit, appeller son grand Oncle.

Gui Patin aſſure dans une Lettre à J. D'Au-Spon du 13 Juillet 1657. que d'*Au*-bry. bry fut d'abord compagnon Chi-rurgien, puis Moine, & qu'enfin s'étant défroqué, il demeura Prêtre ſeculier, & vécut d'une maniere fort derangée. Mais il n'eſt pas trop ſûr de s'arrêter à ce qu'il dit ſur cet ar-ticle; on ſait qu'il étoit fort credule par rapport au mal qu'on lui debi-toit de ceux qu'il n'aimoit pas. Il vaut mieux s'en rapporter à *d'Aubry* lui-même, qui nous apprend qu'il avoit été Chanoine de la Cathedra-le de *Montpellier*, & depuis Prêtre & Docteur en Droit Canon.

Il paroît que vers l'an 1638. il prê-cha un Avent & un Carême, & qu'il fit imprimer un livre pour l'inſtruc-tion des Prédicateurs. Il aſſure dans ſon *Abregé de l'Ordre* p. 4. qu'en ſe ſervant de la Rhetorique de *Ray-mond Lulle*, il s'étoit fait admirer dans ſa jeuneſſe par des diſcours ſub-tils & relevés.

Il paſſa enſuite en Orient, dans le deſſein, à ce qu'il paroît, de tra-vailler à la converſion des Infidel-les. Mais il a eu ſur ce ſujet des idées

J. D'AU-
BRY.

si singulieres qu'elles ne peuvent être bien exprimées qu'en se servant de ses propres termes.

» Etant, dit-il dans sa *Trompette*
» *de l'Evangile*, il y a quelques an-
» nées avec des Idolâtres, des A-
» thées, & des Infidelles, je voulus
» leur faire voir que la Religion
» Chrétienne étoit la seule verita-
» ble.... J'exposai les articles de
» notre Foy fort simplement, les-
» quels joints à la vie d'amour de
» mes compagnons, il se trouva
» quelques-uns de ces Idolâtres,
» Athées & Infidelles, lesquels fu-
» rent disposés à recevoir la grace
» de la Foy, que Dieu donne à
» ceux qu'il veut. Et comme je pour-
» suivois une si belle Mission, je
» rencontrai de leurs Docteurs, Sa-
» crificateurs, Bonzes, Imans, Tala-
» poins, & grand nombre de leurs
» Philosophes, qui me demande-
» rent, si la Religion Chrétienne
» étoit la seule veritable. Ce que leur
» aïant soutenu, je commençai les
» preuves de cette proposition par
» l'Ecriture Sainte, tant l'Ancien que
» le Nouveau Testament, & après
» que

» que j'eus raconté les merveilles J. D'Au-
» qui ſont depuis la Geneſe juſqu'à BRY.
» l'Apocalypſe, les Athées ſe rioient
» de ce que j'avois dit. Les Idolâtres
» enſuite me rapporterent la My-
» thologie faite par leurs Poetes, &
» dans ces Metamorphoſes me dirent
» mille folies de leurs Dieux. Les
» Infideles firent davantage ; ils diſ-
» coururent ſur l'Alcoran de *Maho-*
» *met*, & ayant fait des diſcours ſur
» chaque Azoare, il s'étendirent ſur
» le voyage au Ciel de leur Prophe-
» te *Mahomet*, & ſes Anges d'une
» grandeur ſi prodigieuſe, qu'il y
» avoit de chemin de ſeptante mille
» ans pour meſurer leurs dimen-
» ſions. ... Je leur rapportaï les mi-
» racles de nos Martyrs. ... Mais ils
» ſe mocquerent de mes preuves ; &
» cela me fit remarquer que toutes
» ces méthodes étoient inutiles. Je
» voulus leur prouver la verité de
» nôtre Religion par l'Hiſtoire,
» l'Antiquité, les Peres de l'Egliſe,
» & nos Docteurs en Theologie,
» qui ſont dans de celebres Univer-
» ſitez. ... Je m'étendis ſur la vie
» de quantité d'Evêques & de Doc-

Tome XXII.   Z

J. D'AU-
BRY.

» teurs, qui avoient fait des livres,
» où ils rapportent les Conciles &
» les Peres fort agréablement. Mais
» à tout cela ils me dirent qu'ils
» triomphoient de tout ce que je
» leur avois dit, parce que leurs
» Dieux étoient anciens, & avoient
» des facrificateurs, Bonzes, Tala-
» poins, & autres ordres de l'Anti-
» quité ; & parmi les Infideles, des
» Ordres Mendians, des Dervis,
» Geomaliers (*a*) Cadis, Imans,
» Santons, Alfaquis, Skeils, Ho-
» gis, Murdens, & autres perfon-
» nages fort estimés par leurs Mu-
» fulmans. Je rencontrai même des
» personnes, qui étoient les plus
» estimées de leur Loy, avec lesquels
» je disputai deux jours entiers, qui
» croyoient me persuader par leur
» Prophete *Aly* & leurs Philoso-
» phies de suivre leur Religion,

(*a*) Les Geomaliers, ou Germaliers se
disent Religieux d'Amour. Ils vont cou-
rant le Monde, portant quelques livres &
discours Amoureux qu'ils vont chantans,
& ne different gueres des autres en habits.
J. *Palerme p.* 113. Il est surprenant que M.
Ricault n'en parle point dans son *Etat de*
l'Empire Ottoman.

» étant furpris d'apprendre leur J. D'Au-
» maudite intention , puifque je BRY.
» n'avois traverfé les mers que pour
» les convertir. Ce qui m'étonna
» davantage , eft, qu'il ne fe trou-
» voit point de nos Prélats , Prêtres,
» & Religieux , qui font parmi eux,
» qui leur fiffent voir la verité de
» notre Religion ; puifque la liber-
» té de la difpute eft permife en Per-
» fe , dans le defir qu'ils ont de nous
» perfuader le Mahometifme ; ce qui
» me faifoit conclure une des deux
» confequences, ou que ces Reli-
» gieux Catholiques, qui font par-
» mi eux , étoient fort ignorans, ou
» qu'ils étoient des hypocrites. Après
» toutes ces conteftations, je me
» plongeai en une profonde melan-
» colie, voyant que notre Religion,
» qui eft la feule veritable , ne pou-
» voit être prouvée (utilement) aux
» Docteurs Payens, aux Athées &
» aux Infideles , foit par l'Ecriture
» Sainte , le rapport des Miracles,
» l'Hiftoire, les Peres de l'Eglife, &
» nos Docteurs.

Notre Miffionnaire s'en revint en
Europe fort mécontent , & après

J. D'AU-
BRY.

pluſieurs reflexions, il conclut qu'il ne devoit pas ſe décourager. » Je » me reſolus, ajoute-t-il, de quitter » la bigoterie, la devotion à la mode » & la belle hypocriſie, pour re- » tourner vers les Mecréans.... » En cette reſolution il me vint en » penſée qu'il n'y avoit que deux » moyens pour aſſurer ma propoſi- » tion (ſur la verité de la Religion » Chrétienne) envers les Mecréans » entendus. Le premier étoit par les » Miracles, leſquels étant attachés » à la Sainteté de l'amour, il eſt » inutile d'en écrire, & une teme- » rité que d'y prétendre. Le ſecond » étoit que Dieu nous avoit donné » la mémoire, l'entendement, & la » volonté, & que je ne m'étois ſervi » que de la mémoire; puiſque je » n'avois rapporté que des témoi- » gnages, des hiſtoires, & des cho- » ſes écrites, ne m'étant point ſervi » de la raiſon & du jugement, pour » perſuader la volonté à l'amour du » Bien-aimé. Alors je conçus en mon » entendement de faire une métho- » de pour prouver que la Religion Chrétienne étoit la ſeule veritable;

» aidé de ce raifonnement, que puif-
» qu'elle étoit la veritable, elle étoit
» la plus raifonnable, & par ainfi
» que la raifon, qui étoit commu-
» ne à nous & à eux, feroit le moyen
» & l'inftrument, pour faire voir la
» verité de ma propofition. Ce qui
» me confirma davantage en cela,
» fut ce qu'a écrit le très R. P. *Cauf-*
» *fin* de la Comp. de *Jefus* au 4ᵉ tome
» de la *Cour Sainte*, qu'il veut dé-
» couvrir en France un tréfor caché,
» dont on parle diverfement, qui
» eft la vie de S. *Raymond Lulle*,
» Martyr du tiers-ordre de *S. Fran-*
» *çois*, la Trompette des Miffions
» Evangeliques, que *S. Ignace* a ac-
» compli du depuis fort heureufé-
» ment, comme il a écrit ; & encore
» ce qu'un Portugais me dit que le
» livre des Articles de Foy de *S.*
» *Raymond Lulle*, Martyr, étoit celui
» que *S. François Xavier* emporta en
» fon voyage, pour s'en fervir en fes
» Miffions, avec le livre du même
» *S. Raymond Lulle*, qui a pour ti-
» tre *la Philofophie d'Amour*, le quel
» a été l'étude perpetuelle de *S.*
» *François de Sales*, & le Maître du

J. D'AU-
BRY.

„ Bienheureux *Vincent de Paul*, In-
„ stituteur des RR. PP. Mission-
„ naires … Toutes ces considéra-
„ tions m'ayant fait concevoir ma
„ méthode, alors plein d'amour
„ pour le Bien-aimé, j'ai traversé
„ les Mers & les Pays éloignés, &
„ ai commencé ma dispute avec vi-
„ gueur, en faisant voir par la rai-
„ son, dont je fis des demonstra-
„ tions si veritables & si admirables,
„ qu'ils confesserent librement &
„ de leur volonté, que la Religion
„ Chrétienne étoit la seule verita-
„ ble, leur étant impossible de rési-
„ ster à des raisons si puissantes & si
„ excellentes; ces raisons les ren-
„ dant si contens & leur donnant de
„ si grandes satisfactions, que les
„ plus subtils de ces Idolâtres, A-
„ thées, & Infideles, se mirent les
„ genoux en terre, les larmes aux
„ yeux, pour remercier l'Eternel
„ d'une connoissance qu'ils esti-
„ moient plus que tous les Empires
„ & tous les Trésors du Monde.
„ C'est ce qui est contenu en la suite
„ de ce livre, (c'est-à-dire de sa
Trompette de l'Evangile.)

,, Comme je me suis trouvé seul   J. D'Au-
,, & sans secours à faute d'être assi-   BRY.
,, sté, j'ai quitté l'Afrique , & suis
,, revenu en France, en attendant
,, que le Bien-aimé m'ait donné les
,, dispositions d'accomplir mon pre-
,, mier dessein , par l'aide de quel-
,, ques personnes , qui soient trans-
,, portées d'amour. Et ayant remar-
,, qué en tous mes Voyages que la
,, Medecine corporelle donnoit libre
,, entrée parmi les Infideles , à cause
,, de cela j'ai ramassé dans l'Afrique
,, ce que j'ai trouvé de plus beau de
,, ceux qu'on estime Medecins, parce
,, qu'un homme n'est Medecin que
,, lorsqu'il guerit , & qu'il fait des
,, merveilles ; ce qui rend les Me-
,, decins fort rares.

   L'Abbé d'*Aubry* pratiqua effectivement la Medecine à *Paris* , & s'y
fit beaucoup de réputation tant en
bien qu'en mal. Il dit dans son
Abregé de l'Ordre p. 6. qu'il donnoit
quelquefois par jour des remedes à
deux cens personnes , & qu'il lui
étoit quelquefois impossible d'aller
à la Messe ; & il assure dans sa *Trompette p. 7.* qu'il a donné des reme-

J. D'AU-
BRY.

des à plus de trois cens mille personnes de divers Pays. Son remede
étoit universel. C'étoit principalement une Quintessence, qui d'abord
étoit imparfaite : » mais, dit-il au
,, même endroit, après un travail de
,, dix années, nous sommes parve-
,, nus (en Novembre 1664.) à la
,, connoissance de la grande & in-
,, corruptible Quintessence, que S.
,, *Raymond Lulle* a publié assés ob-
,, scurément pour le même dessein
,, de la conversion des Infideles ;
,, laquelle guerit de toutes sortes
,, de maladies, étant de cause natu-
,, relle & sans vomissement . . . . ra-
,, fraîchissant les échauffés, & échauf-
,, fant les trop rafraîchis, de même
,, que le soleil qui desseche la terre,
,, & fond la cire ; la Quintessence
,, faisant tout en fortifiant le pre-
,, mier principe ou l'Archée, ce qui
,, est la plus haute merveille de la
,, Medecine, dont les effets sont ad-
,, mirables, pourvû que le Malade
,, ne soit arrivé à son terme ordon-
,, né, ou qu'il n'ait été perdu par
,, des remedes inutiles, ou que la
,, maladie ne soit de cause surna-

" turellé par punition de Dieu. Ce J. D'Au-
" font là de bonnes reffources, que bry.
d'*Aubry* avoit trouvées, pour jufti-
fier l'inutilité ou les mauvais effets
de fon remede.

Gui Patin, comme on a vû ci-
deffus, parle fort mal de l'Abbé
d'*Aubry*, qu'il nommé *Auberi*,
" C'eft un miferable Charlatan, dit-
" il à l'endroit que j'ai déja cité,
" qui eft ici decrié, & qui me fait
" plus de pitié que d'envie, com-
" bien que je ne l'aye jamais vû;
" mais je le connois d'ailleurs par fes
" propres faits. Car j'ai fouvent ici
" vû de fa befogne. *Eft merus &*
" *ignarus nebulo, qui artem, quam*
" *profitetur, neutiquam intelligit.* Et
" plus bas: Il y a ici deux Charla-
" tans fort decriés; favoir, un Gafcon,
" qui fe fait nommer le Chevalier
" de *la Riviere*. . . . L'autre eft le fils
" d'un Procureur de *Montpellier*,
" nommé l'Abbé *Auberi*, qui n'a
" pas d'Abbaye, mais qui eft un
" infame & très-ignorant Charla-
" tan, qui a déja plufieurs fois été
" prifonnier ici & ailleurs, tant
" pour fauffe monnoye, que pour

J. D'AU-
BRY.

,, avoir vendu des benefices, qui ne
,, furent jamais en nature, comme
,, un grand fourbe & imposteur pu-
,, blic: il a jadis été compagnon
,, Chirurgien, & puis Moine, &
,, enfin s'étant défroqué, il est de-
,, meuré Prêtre seculier fort debauché.

L'Abbé *d'Aubry* avoue lui-même
dans sa *Trompette* p. 7. qu'il a demeuré quinze mois dans les prisons,
mais il dit que ç'a été sous prétexte
de magie, & que cela n'a point empêché qu'après en être sorti il n'ait
été visité dans sa maison par des Princes Souverains, des Nonces, des
Ambassadeurs, des Archevêques,
Evêques, & autres personnes considerables.

Le 1 Juillet 1660. il eut un bref
du Pape *Alexandre VII*. qui lui permettoit d'exercer la medecine, quoiqu'il fut Prêtre, sans encourir aucune censure. La même année il reçut
deux livres fort rares de *Raymond
Lulle* du P. *Mascal* premier Professeur de la Doctrine de *Raymond Lulle* à *Maiorque*. Il assuroit qu'il n'y
avoit que quatre personnes dans l'Europe, & un Pelerin qu'il avoit trou-

vé à *Rome*, qui euffent les veritables J. D'Au-
lumieres de l'art de *Raymond Lulle*, BRY.
& fa clef, & que ce faint homme
y avoit employé les 145 années qu'il
avoit vécu.

Le fameux Cavalier *Borri*, qui
étoit alors à *la Haye*, & qui y avoit
un train de Prince, eftimoit beaucoup les livres de *d'Aubry*, & fur
tout *la Roue*, qu'il y avoit inferée,
difant qu'il y avoit dans cette Roue
de quoi faire dix volumes, comme
celui ou elle étoit. C'eft ce qu'il dit
à *la Riviere* Chirurgien de *Calais*,
qui l'écrivit à l'Abbé d'*Aubry* le 22
May 1663.

Sorbiere parle de lui fans le nommer dans la Relation de fon voyage
d'Angleterre, à l'occafion du Cavalier *Borri*. ,, Pour fes Cures des ma-
,, ladies, dit il en parlant de ce der-
,, nier, on ne s'en prévaut non plus
,, là où il eft, qu'en cette ville (de
,, *Paris*) on fe prévaut des remedes
,, d'un celebre faifeur d'Affiches,
,, qui a prefque autant de réputation
,, au Pays de *Liege* & en Hollande,
,, que *Borri* en a à *Paris*. Le nôtre
,, pourtant s'eft établi à durer davan-

J. D'Au-
BRY.

,, tage que le Milanois. Il ne l'a pas
,, pris sur un si haut ton, & ne se
,, lassant point de prêcher la Quin-
,, tessence de *Raymond Lulle*, il lui
,, trouve enfin des Marchands & en
,, fait ses affaires, & peut-être même
,, au grand soulagement des mala-
,, des, qui ajoutent foy à ses reme-
,, des. . . . Car la forte imagination
,, avance bien souvent les affaires des
,, Malades & celles du Medecin.
Dans la traduction Latine de son
Triomphe de l'Archée de l'Edition de
Francfort de 1660. in-4°. on lit ces
mots : *Quatuor Arcana, quæ sine omni
sanant vomitu, non citius erunt confe-
Eta quam mense Augusti anni præsentis*
1659. Comme ces secrets n'étoient
point encore trouvés dans le temps
marqué, on a corrigé à la main dans
un exemplaire que j'ai vû, les premiers chiffres, en mettant d'abord
1663. & ensuite 1665. J'en ai vû
aussi un autre, où l'on a mis de même avec la plume 1667. Cela fait
voir que l'Abbé *d'Aubry* vivoit encore en cette derniere année, &
qu'on esperoit qu'il trouveroit enfin
les secrets dont il avoit flatté le Pu-

blic. Comme on n'entend plus parler J. D'Au-
de lui depuis cette année, il est à BRY.
présumer qu'il mourut quelque
temps après.

Catalogue de ses Ouvrages.

1. Il fit imprimer vers l'an 1638.
son *Instruction des Prédicateurs*, comme nous l'apprenons de sa *Trompette*.
p. 3. 4.

2. *Apologie*, dediée à M. le Chancelier. *In-4°*.

3. *La Merveille du Monde ou la
Medecine veritable nouvellement re-
fuscitée. Dediée au Cardinal Mazarin. in-4°*. Gui Patin parle de ces
deux ouvrages, dans une Lettre du
17 Juillet 1657. à *Charles Spon*, &
dit que dans ces deux miserables li-
vrets, il n'y a ni sel ni sens.

4. *Le Triomphe de l'Archée. Paris
1659. in-4°*. It. traduit en Latin.
*Triumphus Archei. Editio 4ª. Franco-
furti 1660. in-4°. pp. 15*. C'est la
seule édition que j'aye vûe. *D'Aubry*
assure que six ans après, cet ouvrage
avoit été aussi traduit en Allemand,
en Anglois, en Espagnol & en Italien. Il y promet la Medecine uni-
verselle & veritable contre toutes

J. D'AU-
BRY.

fortes de maladies, même defefpe-
rées, par les rafraîchiffemens, les
fueurs, & les tranfpirations infen-
fibles, fans aucune incommodité,
fans vomiffement & nullement par
magie, comme quelques-uns l'ont
cru. Il prétend auffi y donner les premiers principes de toutes les fcien-
ces, & le moyen de favoir tout ce
qu'on en peut favoir, jufqu'à l'ave-
nir; & même il affure pag. 8. avoir
prédit à trois Recollets Irlandois re-
fugiés à *Paris* le Rétabliffement du
Roy *Charles II.* fur le thrône d'Angleterre 18 mois avant qu'il arrivât,
& dans le temps que toutes les apparences y étoient contraires, &
ajoute qu'il a douze témoins incon-
teftables de ce fait. Il prend dans ce
livre la qualité de *Jean d'Aubry de
Montpellier, Prêtre & Docteur de la
Science, Abbé de l'Affomption de la
Vierge.* (Abbaye imaginaire) *Con-
feiller & Medecin ordinaire du Roy.*

Le livre, petit dans fon origine, devint un gros volume dans la derniere
édition, à ce qu'il affure dans un
carton collé à la marge de l'*Abregé
de l'Ordre* p. 41.

5. *La Medecine univerſelle des* J. D'AU-
Ames. Il dit à la p. 6. de ſa *Trompette* BRY.
avoir publié cet Ouvrage en 1661.

6. *Abregé de l'ordre admirable &*
des beaux Secrets de S. Raymond Lul-
le, Martyr, le plus ſavant de tous les
hommes. Avec l'Abregé des Conſulta-
tions & remerciemens écrits en diverſes
langues, ſignées, & envoyées à l'Abbé
d'Aubry, qui demeure à Paris au
Faubourg S. Germain, au Cherche-
Midy, en ſa Maiſon nommée Gomer-
fontaine (à cauſe que c'étoit un Cou-
vent de Religieuſes) *par les plus ſa-*
vans & les plus doctes de l'Europe &c.
Paris 1665. *in-*4°. *pp.* 52.

7. L'année ſuivante 1666. il publia une Brochure de 8 pages *in-*4°.
avec ce titre.

Au Public.

A l'honneur & gloire de Dieu, à
l'exaltation de la Sainte Vierge, & de
toute la Cour celeſte, qui ſont dans le
monde de paix, de répos, de joye,
d'amour, & de contentemens éternels;
Je commencerai la Trompette de l'E-
vangile ou le Livre des Livres (Après
l'Ecriture Sainte.)

On voit par tous ces ouvrages,

J. D'Au-que c'étoit un Visionnaire, qui al-
BRY.   loit à ses fins, & qui cherchoit à en
imposer aux simples par des apparences de Pieté & de Religion.

Il ne faut pas le confondre avec
Jean Aubery, qui avoit étudié à
Montpellier sous le fameux *André du
Laurent*, & qui lui dédia un livre
intitulé : *l'Antidote d'Amour*. Ce
dernier prenoit la qualité de Méde-
cin du Roy dès l'année 1608. qu'il
publia un autre livre Latin, dont
je vais rapporter le titre. Qualité que
l'Abbé *d'Aubry* ne pouvoit avoir en
ce temps-là. Voici les deux Ouvrages qui sont du Disciple de *Du Laurent.*

*De restituenda & vindicanda Me-
dicinæ dignitate Apologeticus.* Paris.
1608. *in-*8°.

*L'Antidote d'amour, avec un ample
discours contenant la nature & les causes d'icelui; ensemble les remedes les
plus singuliers pour se préserver & gue-
rir des passions amoureuses. Delft* 1663.
*in-*12. Il faut qu'il y ait eu une édition plus ancienne de ce livre, puisqu'il est dedié à *André du Laurent.*
Au reste il est curieux & savant tout
ensem-

enſemble; il eſt même plus utile & plus agréable que le titre ne le pro-met. Il contient 253 pages, parta-gées en 22 chapitres, dans leſquels l'Auteur traite fort judicieuſement & fort ſolidement pluſieurs que-ſtions, qui ont du rapport à ſon ſu-jet. C'eſt le jugement que *Charles Ancillon* en porte dans ſes *Mémoi-res.*

Cet Article eſt tiré d'un Memoire Manuſcrit.

J. D'AU-BRY.

ANTOINE DE CHANDIEU.

ANTOINE *de Chandieu* naquit vers l'an 1534. (*a*) à *Chabot*, Château du Diocèſe de *Macon*, qui appartenoit à ſa famille du côté ma-ternel, de *Gui de Chandieu*, ſorti des Barons de ce nom, dont il eſt parlé dans l'hiſtoire de France, & de *Claudine Chabot.*

A. DE CHAN-DIEU.

Il s'eſt fait connoître dans le pu-blic ſous deux noms Hebreux; ſavoir,

(*a*) C'eſt par une tranſpoſition de Chif-fres qu'on a mis 1543. dans le Théatre de *Freher.*

Tome XXII. A a

A. DE
CHAN-
DIEU.

de sous ceux de *Sadeel*, & de *Zama-riel*, qui répondent à son veritable nom, l'un signifiant *Chant de Dieu*, & l'autre *Champ de Dieu*. C'est ce qui a occasionné l'erreur de *Mezeray*, qui a fait deux personnes de *Chandieu*, & de *Sadeel*, & qui apparemment en auroit fait trois du même homme, s'il avoit trouvé quelque part le nom de *Zamariel*.

Ayant perdu son pere dès l'âge de quatre ans, sa mere chargée de deux fils qui promettoient beaucoup, destina l'aîné aux Armes, & envoya le cadet, qui est celui dont il s'agit ici, à *Paris*, pour y étudier.

Il eut le malheur d'y avoir un précepteur, qui lui inspira du goût pour la nouvelle Religion, qu'il embrassa dans la suite.

Lorsqu'il eut fait ses humanités, il alla étudier en Droit à *Toulouse*, & ce fut dans cette ville que le commerce des Ecoliers Protestans qu'il y trouva, acheva de le gâter, & qu'il résolut d'abandonner la Religion Catholique, pour embrasser le Calvinisme.

Pour s'y disposer, il se transporta

à *Geneve*, où il fut confirmé dans A. DE
la créance des Prétendus Refor- CHAN-
més par les ſoins de *Calvin* & de DIEU.
Beze, qui le prirent en affection,
le regardant comme un homme qui
pouvoit faire honneur à leur parti.

La mort d'un de ſes Oncles pa-
ternels, & un procès qu'elle occa-
ſionna, engagerent ſes parens à le
rappeller, & à l'envoyer à *Paris* pour
le ſolliciter.

Pendant ſon ſéjour en cette ville,
les Calviniſtes, qui commençoient
à y faire des Aſſemblées, l'y reçu-
rent; & ce fut alors que les diſcours
de *Colonge*, Miniſtre de *Geneve*,
qu'on y avoit appellé, lui perſua-
derent de s'appliquer à l'étude de la
Theologie. Ce qu'il fit avec tant
d'ardeur & d'aſſiduité, qu'à l'âge de
vingt ans il fut fait Miniſtre, & attaché au ſervice de l'Egliſe Calvi-
niſte de *Paris*.

Il n'y avoit qu'un an qu'il exer-
çoit le miniſtere, lorſqu'il fut ſurpris avec ſes Collegues tenant de
nuit une aſſemblée dans la ruë S.
Jâques, pour la celebration de la
Cêne. Plus de cent cinquante per-

A. DE
CHAN-
DIEU.

fonnes furent arrêtés pour ce fujet ;
mais il eut le bonheur de fe fauver
avec les autres Miniftres. Cette Affemblée nocturne ayant donné occafion de repandre dans le public,
qu'on y commettoit des crimes hor-
ribles, *Chandieu* fut chargé de réfuter cette calomnie, & il le fit par
un écrit, qui fut fon premier ouvrage. Je ne fai s'il a été imprimé ;
du moins il n'eft pas dans le Recueil
de fes Oeuvres.

Au commencement de l'année
fuivante, un Exempt, qui cherchoit un homme qui étoit dans la
même maifon que *Chandieu*, ayant
été dans la chambre de ce dernier,
& y ayant vû quelques écrits, qu'il
reconnut pour herétiques, l'arrêta
& le mena en prifon ; mais il en fut
bientôt retiré par *Antoine de Bourbon*,
Roi de Navarre, qui l'arracha de fa
propre autorité d'entre les mains de
ceux qui le gardoient.

Chandieu, après être forti, jugea
à propos de s'abfenter quelque
temps, & alla fervir pendant quelques mois l'Eglife Calvinifte d'*Orleans*, & d'autres voifines de *Paris*.

De retour en cette ville, il préſi- A. DE
da au premier Synode des Egliſes CHAN-
P. Reformées de France, qui y fut DIEU.
convoqué, & où l'on dreſſa une
Confeſſion de foy, qui fut preſen-
tée au Roy par l'Amiral de *Coligni*,
avec une Préface de *Chandieu*.

Le Roi Henri II. étant mort en
1559. *Chandieu* fut chargé par ſes
Collegues d'écrire au Roy de Navarre, pour l'exhorter à revenir à *Paris*,
d'où il étoit parti quelques mois auparavant ; & ce Prince défera à ſes
conſeils.

On eſperoit que ſa préſence arrê-
teroit les entrepriſes que l'on pourroit former contre les Religionnaires ; mais elle n'empêcha pas qu'il
ne s'élevât contre eux une violente
tempête, qui obligea *Chandieu* à s'ab-
ſenter de nouveau. Depuis ce temps-
là il fut toujours errant de côté &
d'autre, juſqu'à ce qu'il ſortît tout-
à-fait du Royaume.

Il ne laiſſa pas d'aſſiſter à pluſieurs
Synodes de France, & principalement à celui d'*Orleans* de l'an 1562.
auquel il préſida.

Voyant enfin qu'il ne pouvoit
eſperer de vivre tranquille en Fran-

A. DE CHAN-DIEU. ce, il se détermina à en sortir, & se retira d'abord à *Berne*, & de-là à *Geneve*, où il fut reçu au nombre des Ministres ordinaires.

Appellé depuis par *Henri* Roy de Navarre qui l'aimoit & le confide-roit, il demeura trois ans à sa Cour. Il se trouva avec ce Prince à la bataille de *Coutras* en 1587. & il y fit la priere en sa présence. Mais sa mauvaise santé ne lui permettant pas de supporter les fatigues de la guerre, il retourna quelque temps après à *Geneve*.

Il n'y fit pas cependant un long séjour ; car le Roy de Navarre l'envoya aussitôt après avec quelques ordres vers les Princes d'Allemagne, qui lui firent de grands honneurs ; principalement *Casimir* Electeur Palatin, & le Landgrave de Hesse. Le premier voulut même que *Daniel Chandieu*, fils de notre Auteur, fût élevé à *Heidelberg*, avec la jeune noblesse de ses Etats.

Après s'être acquité avec succès de cette deputation, il retourna à *Geneve* en 1589. & continua à y remplir les fonctions du Ministere.

Il y mourut d'une peripneumonie A. DE
le 23 Fevrier 1591. âgé de 57 ans. CHAN-

Il étoit un des plus zelés Calvi- DIEU.
niftes & des plus ardents Controver-
fiftes qu'il y eût de fon temps : mais
il n'étoit pas verfé dans l'Antiquité
Ecclefiaftique , & n'avoit pas beaucoup de fonds de Theologie : cependant il avoit l'art de fe faire écouter
avec plaifir , & de prêcher avec agrément , quoique fans beaucoup de
mouvement. C'eft le Jugement que
M. *Du Pin* porte de cet Auteur.

Catalogue de fes Ouvrages.

Antonii Sadeelis Chandei , nobilif-
fimi viri , Opera Theologica , volumine
uno comprehenfa , & ordine commo-
diffimo digefta : In queis omnes Adver-
fariorum tractatus adverfus fuperftitem
illum editi refelluntur. Acceffit J. Lectii
J. C. de vita Antonii Sadeelis & fcrip-
tis Epiftola. Geneva 1592. in-fol. It.
Ibid. 1593. in-4°. It. *Ibid. 1599. in-*
fol. It. *Editio quarta. Ibid. 1615. in-*
fol. Ce Recueil a été dedié au Roy
Henri IV. par un des fils de *Chan-*
dieu. Voici les pieces qui y font contenues , avec la date des éditions qui
en avoient déja paru.

A. DE CHAN-DIEU.

1. *De Verbo Dei scripto adversus humanas traditiones Theologica & Scholastica Tractatio. Genevæ* 1580. *in-8°.* It. *trad. en Allemand. Zurich* 1604. *in-8°.*

2. *De unico Christi Sacerdotio & Sacrificio, adversus commentitium Missæ Sacrificium, Theologica & Scholastica Tractatio. Genevæ* 1581. *&* 1588. *in-8°.* It. en François sous ce titre : *Traité Theologique & Scholastique de l'Unique Sacrificature & Sacrifice de Jesus-Christ, contre le controuvé Sacrifice de la Messe, écrit en Latin par Antoine de Chandieu, & mis en François par Simon Goulard. S. Geneve* 1595. *in-8°.*

3. *De vera peccatorum remissione, adversus humanas satisfactiones, & commentitium Ecclesiæ Romanæ Purgatorium, Theologica & Scholastica Tractatio. Genevæ* 1588. *in-8°.* It. en François sous ce titre : *Traité Theologique & Scholastique de la vraye remission des pechés, contre les satisfactions humaines, & le controuvé Purgatoire de l'Eglise Romaine. Geneve* 1595. *in-8°.* Cette traduction est encore apparemment de *Simon Goulard.*

4. *De*

4. *De veritate humanæ Naturæ Jeſu-Chriſti Theologica & Scholaſtica Tractatio.* Genevæ 1585. *in*-8°.

5. *De Spirituali Manducatione corporis Chriſti, & ſpirituali potu ſanguinis ipſius in ſacra Domini Cœna.* Genevæ 1589. *in*-8°.

6. *De Sacramentali Manducatione corporis Chriſti & Sacramentali potu ſanguinis ipſius in ſacra Domini Cœna.* Genevæ 1589. *in*-8°.

7. *Refutatio libelli quem Claudius de Sainctes, Monachus, edidit cum hac inſcriptione:* Examen doctrinæ Calvinianæ & Bezanæ de Cœna Domini, Anno 1567. Je ne ſai ſi cet Ouvrage a été imprimé ſeparément.

8. *Index Errorum Gregorii de Valentia Monachi Blaſphemæ Societatis, ex eo libro quem inſcripſit:* Examen præcipui Myſterii doctrinæ Calviniſtarum &c. *Confectus à nonnullis Theologiæ & Philoſophiæ Candidatis, & ab ipſo D. Sadeele recognitus.* Genevæ 1590. *in*-8°. Cet Ouvrage roule ſur l'Euchariſtie, ſur laquelle *Gregoire de Valentia* avoit répondu aux objections de *Chandieu,* dans le livre que ce Miniſtre a voulu combattre

Tome XXII. B b

A. DE ici. Ce savant Jesuite repliqua quelque temps après à *Chandieu* par un
nouveau livre, qu'il intitula : *Redar-*
gutio inscitiarum & fraudum &c. Ingol-
stadii 1590. *in-4°.* La mort de *Chan-*
dieu arrivée au commencement de
l'année suivante ne lui permit pas de
continuer davantage cette dispute;
mais un Calviniste nommé *Gaspar*
Laurent le fit pour lui, & publia une
défense sous le titre de *Tractatus de*
nostra in Sacramentis cum Domino Je-
su-Christo conjunctione. On la trouve
dans le Recueil des Oeuvres de
Chandieu.

9. *Responsio ad Fidei (quam vocant)*
Professionem, à Monachis Burdegalen-
sibus editam in Aquitania anno 1585,
ut esset veræ Religionis abjurandæ for-
mula. Hic non solum calumniæ illorum
Monachorum, sed in genere etiam er-
rores Pontificii breviter, dilucide, so-
lideque refutantur. Cet ouvrage a été
composé en François par *Chandieu*,
& il a paru en cette langue en 1590.
in-8°. Il a été ensuite traduit en Latin par *Thierri Gautier*, & imprimé
ainsi à *Geneve* l'an 1591. *in-8°.*

10. *De Legitima vocatione Pasto-*

rum Ecclefiæ Reformatæ. A la fuite de
l'Ouvrage qui fuit & de quelques
autres de *Chandieu.*

11. *Sophifmata F. Turriani Monachi, ex eorum fodalitate, qui facro-
fancto Jefu nomine ad fuæ Sectæ infcrip-
tionem abutuntur, collecta ex ejus libro de Ecclefia, & ordinationibus Miniftrorum Ecclefiæ, adverfus capita
difputationis Lipficæ; quibus fingulis
fubjecta eft perfpicua & vera folutio ex
præceptis recte & Theologice difputandi
petita. Genevæ* 1577. *in*-8°.

12. *Ad omnia repetita F. Turriani
Monachi Jefuitæ Sophifmata de Ecclefia & ordinationibus Miniftrorum Ecclefiæ Refponfio. In qua refelluntur
omnes tum Refponfiones, tum objectio-
nes à Turriano propofitæ in libro defenfionis fophifmatum, quem ille perperam
defenfionem locorum fcripturæ infcripfit. Genevæ* 1580. *in*-8°.

13. *Centum Flofculi Turrianicæ difputationis ex utroque ejus libro, nempe
quem defenfionem locorum, & bipartitum infcripfit, decerpti, & in
Jefuitarum gratiam collecti.* A la fuite
de l'Ouvrage precedent.

14. *Index elencticus repetitionum &*

Bb ij

A. DE
CHAN-
DIEU.

tautologiarum Turriani, ex tertio ejus libro quem bipartitum *inscripsit, collectus.* A la suite du Traité precedent.

15. *Analysis & refutatio Assertionum de Christi in terris Ecclesia, quænam & penes quos existat, propositarum ịu Collegio Posnaniensi à Monachis novæ sodalitatis. Geneva* 1583. *in-8°.*

16. *Ad tres libros Laurentii Arturi, quos inscripsit* de Ecclesia Christi in terris, *brevis & perspicua Responsio. Geneva* 1585. *in-8°.* C'est une suite du livre precedent.

17. *Meditationes in Psalmum* 32. *Lausannæ* 1587. *in-8°.*

Ce font là tous les Ouvrages Theologiques de *Chandieu*, qui se trouvent dans le Recueil; il a fait outre cela les suivans, qui roulent sur d'autres matieres.

18. *Histoire des Persecutions & des Martyrs de l'Eglise de Paris depuis l'an* 1557. *jusqu'au regne de Charles IX. par A. Zamariel. Lyon* 1563. *in-8°.*

19. Il parut en 1563. un Ecrit *in* 4°. sous le titre de *La Metamorphose de Ronsard en Prêtre, ou le Temple de Ronsard*, contenant trois réponses

en vers à *Ronſard* ; la premiere par *A.* A. DE
Zamariel , les deux autres par *B. de* CHAN-
Montdieu. On ne doute point que DIEU.
Zamariel ne ſoit le Miniſtre *Chan-*
dieu ; Mais *Bayle* , qui prétend que *de*
Montdieu n'eſt autre que le même
Chandieu, l'avance ſans preuve. *Clau-*
de Binet , qui a écrit la vie de *Ron-*
ſard , en fait deux perſonnes differentes. Au reſte le Poeme de *Chan-*
dieu n'a de remarquable que la paſſion
viſible de cet Auteur.

V. *Sa vie par Jacques Lectius à la*
tête de ſes Oeuvres & ſeparément. Ge-
neve 1593. *in-*8°. *Melchioris Adami*
Vitæ Theologorum exterorum. Les Elo-
ges du M. de Thou & les additions de
Teiſſier.

ARNAUD DE PONTAC.

ARNAUD *de Pontac* naquit à A. DE
Bourdeaux d'une famille très-PONTAC.
illuſtre : ſon pere étoit Greffier en
Chef au Parlement de cette ville, &
ſa famille lui a donné depuis des
premiers Preſidens.

Deſtiné à l'état Eccleſiaſtique, il

A. DE
PONTAC.
S'appliqua avec beaucoup d'ardeur à l'étude. Il ne se contenta pas même de ce qu'on apprend ordinairement dans les Ecoles, il voulut avoir une connoissance parfaite des Langues Gréque & Hebraïque, & il apprit cette derniere de *Gilbert Genebrard*, qu'il reconnoît dans ses écrits pour son Maître.

Il fut nommé en 1572. Evêque de *Bazas* après la mort de *François de Balaguier*, & il fut depuis ce temps-là employé dans des affaires considerables.

Il assista à l'assemblée du Clergé tenue en 1577. à *Blois*, & fut député par celle de *Melun* de l'an 1579. pour faire des Remontrances au Roi *Henri III.* sur le rétablissement de la discipline Ecclesiastique, & l'Election Canonique des Evêques; son discours fort & éloquent se trouve dans les Procès verbaux & les Memoires du Clergé.

L'application qu'il donna aux fonctions de l'Episcopat ne l'empêcha de se ménager du temps pour ses études favorites, & c'est à ce menagement que nous sommes redevables des Ouvrages qu'il nous a laiffés.

Il mourut le 4 Fevrier 1605. dans fon Château de *Jauberies*, près de *Bazas*. *Gui du Puy* Archidiacre & Chanoine de *Bazas*, fon Aumônier, prononça fon Oraifon funebre, qu'il fit imprimer à *Bourdeaux* par *Millanges*, mais qu'il fupprima enfuite le plus qu'il put, fans qu'on en fache la raifon.

Arnaul de Pontac laiffa par fon teftament douze mille livres à fon Eglife, pour en reparer le bâtiment.

Catalogue de fes Ouvrages.

1. *Abdias, Jonas & Sophonias, cum Chaldæa Paraphrafi, & Commentariis Salomonis Jarhii, Aben-Efræ, & David Kimhii, Latine, & acceffionibus ex Theologis Chriftianis ab Arn. Pontaco. Parif.* 1566. in-4°. Il avoit deffein de donner un femblable ouvrage fur les autres petits Prophetes, mais d'autres occupations l'en ont apparemment empêché.

2. *Chronographia à Chrifto Nato ad annum* 1566. *Parif.* 1566. *in-fol.* It. *Lovanii* 1570. *in-*12. It. augmentée par *Genebrard* à la prière de *Pontac*. Pa-

B b iiij

'A. DE rif. 1585. *in-fol.* & d'autres fois de-
PONTAC. puis.

3. *Eusebii Pamphili Episcopi Cæ-*
sariensis, S. Hieronymi, & S. Prosperi
Episc. Aquitanici Chronica, ab Abra-
ham ad ann. Christi 449. quorum illud
Eusebii Latine tantum ex S. Hierony-
mi versione prodit; edente cum notis
Arnaldo Pontaco. Burdigalæ 1604.
in-fol.

4. *Découverte des faussetés & er-*
reurs de Du-Plessis. Bourdeaux 1599.
in-8°. Il publia cet ouvrage sous le
nom de *Gui du Puy,* son Aumônier,
aussi bien que les deux suivans, que
je trouve marqués dans un Catalogue des *De Tournes* Libraires de *Ge-*
neve, imprimé en l'an 1667. sous le
même nom de *Gui Du-Puy.*

5. *Merveilles de 440. faussetés;*
avec la Manifestation de la nouvelle
Secte de Du-Plessis. Bourdeaux 1600.
in-8°.

6. *Desaveu de ceux de la Religion*
Reformée contre Du-Plessis. Bourdeaux
1601. in-8°.

7. *Lettre à M. de l'Ange, Conseil-*
ler de Bourdeaux, écrite de Rome
contre les Jésuites. Elle se trouve à

la p. 61. du Plaidoyer de *Du-Mesnil*   A. DE
pour l'Université.   PONTAC.

8. *Remontrance du Clergé du France
prononcée devant le Roy le 3 Juillet*
1579.

V. *Gallia Christiana. Colomesii Gallia Orientalis. Du-Pin, Bibliotheque
des Auteurs Ecclesiastiques.*

JOSEPH MARIE SUARE'S.

JOSEPH *Marie Suarés* naquit à   J. M.
Avignon, de Joseph Suarés, Audi-   SUARE'S.
teur de la Rotte d'*Avignon.* Ayant
embrassé l'état Ecclesiastique, il
passa bientôt par les dignités de l'E-
glise.

Il fut d'abord Prevôt de la Cathedrale d'*Avignon* & Vicegerent, &
devint ensuite Camerier du Pape
Urbain VIII. Le Cardinal *François
Barberin,* qui étoit son protecteur,
lui voyant du goût pour les sciences,
le fit son Bibliothecaire, & le poussa
dans la voye des honneurs.

Après avoir été choisi pour être
Evêque Assistant du Pape, il fut
nommé Evêque de *Vaison,* à la place

J. M.
SUARE's.

de *Michel Dalmeras* l'an 1633. & fut
sacré le 31. Juillet à *Rome* dans l'E-
glise de *S. Silvestre in monte Cavallo.*

Les fonctions Episcopales ne l'empêcherent point de cultiver les Belles Lettres, & de composer plusieurs
Ouvrages, qui sont à la verité fort
courts pour la plûpart, mais qui ne
laissent pas de donner une idée avan-
tageuse de sa capacité & de son merite.

Il ne conserva son Evêché, que
jusqu'à l'an 1666. qu'il s'en démit en
faveur de *Charles-Joseph Suarés* son
frere. Après cette démission, il se
retira à *Rome*, où le Pape le nomma
Vicaire de la Basilique de *S. Pierre*,
& lui donna le titre de Garde de la
Bibliotheque du Vatican.

Il mourut dans cette ville le 8.
Decembre 1677. comme il est marqué dans le Journal de Rome de
cette année, qu'il est plus juste d'en
croire sur cet article, que le Journal
de *Venise* de l'an 1714. qui met
(tom. 19. p. 6.) sa mort au 7 Septembre de la même année 1677.

Catalogue de ses Ouvrages.

1. *Echo de Ecclesia Metropolitana
Avenionensi, Elegia. Antuerpiæ* 1622.

*in-*4°. Il étoit dans fa premiere jeû-   J. M.
neffe, lorfqu'il compofa cette piece. SUARE's.

2. *De Chrifti in cœlum afcenfu Oratio habita in Bafilica Lateranenfi. Romæ* 1628. *in-*4°.

3. *Onuphrii Panvinii de Baptifmate
Pafchali, & origine ac ritu confecrandi
Agnos Dei, cum Corollario J. M. Sua-
refii. Romæ* 1630. *in-*8°.

4. *Ex libris Tertulliani de Execran-
dis Gentilium Diis Fragmentum erutum è Bibliotheca Vaticana à J. M.
Suarefio. Romæ* 1630. *in-*4°. It. *Parif.*
1630. *in-*8°. *pp.* 6.

5. *Charta donationis anno à Chrifto
nato* 471. *fubfcriptæ vindicata prolata-
que à Jofepho-Maria Suarefio.* A la
fuite du fragment precedent dans
les deux Editions *pp.* 8. *in-*8°.

6. *De S. Joanne Evangelifta Oratio
habita in Sacello Vaticano. Romæ* 1631.
*in-*4°.

7. *De Deo Trino & Uno oratio habita in Sacello Pontificio Montis Quiri-
nalis. Romæ* 1632. *in-*4°.

8. Le 31. Juillet 1633. jour de
fon facre, il écrivit au Clergé & au
peuple du Diocefe de *Vaifon,* une
longue lettre, pour le fortifier con-

J. M. tre la seduction des heretiques du
SUARE's. voisinage, & pour l'exhorter à demeurer soûmis au S. Siege. Elle a
été apparemment imprimée dans ce
temps-là.

9. *Notitia Librorum Basilicorum.*
Cette Notice qui est de l'an 1637.
& que *Suarés* composa à *Rome*, se
trouve à la tête de l'Edition des Ba-
siliques de *Fabrot* de l'an 1647. dans
l'Edition du Corps de Droit fait en
Hollande en 1663. & dans le 12 tome de la Bibliotheque Gréque de
Fabricius, p. 467.

10. *Diatribæ duæ, quarum primæ*
universalis historiæ Syntaxin, ex Au-
toribus nondum editis: altera diverso-
rum locorum & fluminum synonyma
exhibet. Paris. 1650. *in-8°.* Il est parlé dans ce petit livre de plusieurs
Chroniques Gréques, comme celles
de *Syncelle*, de *Theophanes*, de *Ce-*
drenus, & de quelques autres, qui
étoient alors seulement manuscrites,
mais dont la plûpart ont été imprimées depuis au Louvre parmi les
Auteurs de l'Histoire Byzantine.

11. *Diatriba de foraminibus in pris-*
cis ædificiis. Lugduni 1652. *in-8°.* It.

dans le premier volume du *Novus*   J. M.
Thefaurus Antiquitatum Romanarum S U A R E'S.
congeftus ab Alb. Henrico de Sallen-
gre. Hagæ Com. 1716. *in-fol.* On voit
dans les anciens édifices de *Rome* de
grandes pierres taillées avec foin,
qui pourtant font percées dans leur
furface exterieure de divers trous.
Les Antiquaires ont beaucoup raifonné fur ces trous, & ont propofé,
fuivant *Suarés*, fix fentimens differens, dont il croit que chacun peut-
être veritable à quelque égard. Mais
ils font tous moins vraifemblables
que celui de M. *de Peirefc*, qui prétendoit que ces trous étoient defti-
nés à recevoir des clous de métal,
dont la fuite formoit des Infcriptions, avant qu'ils fuffent tombés,
ou qu'on les eût arrachés.

12. *De Veftibus Liiteratis, five qui-*
bus nomina intexta funt, Diatriba.
Vafione 1652. *in-*4°.

13. *Præneftes antiquæ libri duo. Ro-*
mæ 1655. *in-*4°. Le premier livre
avoit paru feul auparavant, mais
on y avoit oublié plufieurs feuillets
dans l'impreffion.

14. *Vindiciæ Sylveftri II. Pontificis*

J. M.
SUARE'S.

Max. Lugduni 1658. *in-*4°.

15. *Deſcriptiuncula Civitatis Ave-*
nionenſis & Comitatus Venaſcini. Lug-
duni 1658. *in-*4°. Le *P. le Long* en
parlant de cet Ouvrage a mis la
mort de *Suarés* en 1668. c'eſt-à-dire
neuf ans trop-tôt ; faute qui a été
copiée par M. l'Abbé *Lenglet* dans
ſon *Catalogue des Hiſtoriens.*

16. *Diſſertatio de Tracala. Roma*
1667 *in-*4°. *Suarés* cherche dans
cette diſſertation la ſignification du
nom *Tracala*, qu'on a donné à l'Empereur *Conſtantin.*

17. *Epiſtola de Nummis duobus Le-*
pidi & Auguſti inſcriptis COL. CABE.
Inſerée parmi les *Lettere Memorabili*
dell' Abbate Michele Giuſtiniani, e
d'Altri. In Roma 1667. *in-*12. *Suarés*
y prétend que cette inſcription ſignifie *Colonia Cabellio*, ou *Cavail-*
lon.

18. *De Numiſmatis & Nummis An-*
tiquis Diſſertatio. Roma 1668. *in-*4°.
It. *Amſtelodami* 1683. *in-*16. *pp.* 49.
Avec l'introduction à l'Hiſtoire des
Medailles de *Patin*, traduite en Latin. La diſſertation de *Suarés* eſt peu
de choſe, & on n'y trouve rien qui

n'ait été mieux traité par *Patin*. J. M.

19. *Conjectura de libris de Imitatio-* SUARE'S.
ne Chrifti, eorumque Authoribus. Ro-
mæ 1668. *in-*4°. *Suarés*, qui cherche
toujours à concilier les fentimens
differens des Auteurs, prétend ici
que tous ceux à qui on a attribué les
livres de l'Imitation y ont eu quelque part ; que les trois premiers ont
été compofés originairement par
Jean Abbé de *Verceil*, *Ubertino d'I-*
lia de Cafal, qui paffa en 1325. de
l'Ordre de *S. François*, à celui de
S. Benoift, & enfuite à celui des
Chartreux, & *Pierre Renalutio* de
l'Ordre de *S. François*, qui fut enfuite Anti-Pape fous le nom de *Ni-*
colas V. que *Thomas à Kempis* les mit
en ordre & leur donna la forme, &
que le quatriéme livre eft de *Jean*
Gerfon.

20. Dans les *Illuftrium & Erudito-*
rum virorum Epiftolæ. Paris. 1669. *in-*
12. qui font des Lettres adreffées à
Samuel Sorbiere, on trouve p. 444.
& fuiv. quatre Lettres de *Suarés*,
& une piéce de vers affez mauvais.
Cette piéce eft intitulée : *In Samuelis*
Sorberii iter in Hollandiam fimulan-

tis, *Vasionem Arausione secessum; quo
se in Ecclesiam Catholicam reciperet.*
Pour les Lettres, qui sont de l'an
1653. & 1654. elles roulent sur la
conversion de *Sorbiere* & sur les mouvemens que *Suarés* se donnoit à la
Cour de *Rome*, où il étoit alors,
pour lui acquerir des Protecteurs.

21. *Dissertationes IV.* 1ª *de Chronologia operum S. Augustini.* 2ª *Testi-
monia de illius opere perfecto adversus
Julianum Pelagianistam, è conciliis de-
prompta.* 3ª. *De Crocea veste S. R. E.
Cardinalium in Conclavi.* 4ª *De M.
Laborante S. R. E. Cardinali Floren-
tino. Roma* 1670. *in-*4º.

22. *Dissertatio de Origenis Hexa-
plis & Octaplis à P. Dionysio de Rivis,
Ord. Capuccinorum; cum Corollario J.
M. Suaresii: Roma* 1673. *in-*8º.

23. *S. Nili Abbatis Tractatus seu
Opuscula, ex Codd. MSS. eruta. J.
M. Suaresius Grace primum edidit,
Latine vertit, & notis illustravit. Ro-
ma* 1673. *in-fol.*

24. *Notitia musivo expressa opere
Navicula in Basilica S. Petri. Roma*
1675. *in-*4º.

25. *Ritus annua ablutionis Altaris
majoris*

majoris Sacro-Sꝛꝛta Baſilica Vaticanæ in die Cœnæ Domini. Roma 1676. *in*-4°. It. Avec un Traité ſemblable de *Jean-Chriſtophe Battelli. Roma* 1702. *in*-8°.

26. *Arcus L. Septimi Severi Auguſti, æri inciſus, cum Anaglypha explicatione. Romæ* 1676. *in-fol.*

27. *Epiſtolæ tres ad Picturæ, Pictorumque hiſtoriam pertinentes ; Autoribus J. M. Suareſio, & D. Antonio Maria Salvino. Florentiæ* 1677. *in-fol.* La 1ᵉ eſt de *Salvini ;* les deux autres ſont de *Suarés,* & de ces deux la premiere eſt une nouvelle édition de l'Ouvrage marqué ci-deſſus au *N°.* 24.

28. *Diſcorſo ſopra d'una Medaglia, trovata nuovamente nel Palazzo de' Signori Barberini.* Inſeré dans le Journal de Rome, imprimé chez *Tinaſſi* an. 1677. p. 173.

29. A la tête de l'*Hiſtoria di Tivoli Scritta dal Canonico Franceſco Martii. In Roma* 1665. *in*-4°. on trouve une piece de 34 vers de Joſeph-Marie *Suarés* à la louange du Livre.

Outre *Charles-Joſeph Suarés,* qui

Tome XII. C c

J. M. SUARE's.

succeda à notre Auteur dans l'Evêché de *Vaison* l'an 1666. & qui mourut dans cette ville le 7 Novembre 1670. il eut encore un frere, nommé *François Suarés*, sous le nom duquel je trouve cet Ouvrage dans la 13e partie de la *Bibliotheca volante di Cinelli.*

Oratio de B. Petro Luxemburgo, Civitatis Avenionis Patrono, miraculis celeberrimo, habita à Francisco Suaresio, Josephi in Apostolica Rota Avenionensi Auditoris, & in suprema Parlamenti Arausiensis Curia Consiliarii, filio; Josephi dudum Rotæ ejusdem & inclyti Collegii Doctorum Avenion. Decani nepote; Ætatis suæ decimo tertio. Avenioni 1621. in-4°.

V. *Gallia Christiana. Leon. Allatii Apes Urbanæ.*

NICOLAS DURAND DE VIL-
LEGAIGNON.

N. D. DE VILLE-GAIGNON.

NICOLAS *Durand de Villegaignon* naquit à *Provins* en Brie, comme le dit *la Croix du Maine*, ou peut-être à *Villegaignon*, qui n'en est qu'à trois lieues, & dont il a été

Seigneur, de *Philippe Durand* Seigneur de ce lieu, & de *Jeanne Gal-*
lope.

D'autres, comme *du Verdier*,
l'ont fait naître à Sens ; & la reſſem-
blance des noms de Provins & Provence, a fait dire à la Popeliniere
dans ſon *Hiſtoire des Hiſtoires* p. 450.
qu'il étoit Provençal. Ce qui eſt d'autant plus ſurprenant, qu'il ajoute
qu'il mettra bientôt par écrit les
Memoires qu'il a de ſa vie & de ſes
principaux parens ; deſſein qu'il n'a
pas executé.

Etant entré dans l'ordre de *Mal-*
the, & y ayant été reçu Chevalier,
il ſe trouva à pluſieurs expeditions,
où il donna des marques de ſa Valeur.

Il accompagna en 1541. l'Empereur *Charles-Quint* à ſa malheureuſe
expedition d'*Alger*, & y ayant été
bleſſé, il ſe retira à *Rome*, où, pendant que ſa ſanté ſe rétabliſſoit, il
écrivit la Relation de cette expedition.

Il ſe diſtingua dans la ſuite entre
les Chevaliers, qui paſſerent en E-
coſſe en 1548. pour arrêter les pro-

Cc ij

N. D.
DE VILLE-
GAIGNON.

grès des Armes des Anglois. Il eut
même l'honneur d'accompagner la
jeune Reine d'Ecosse en France, où
elle épousa dans la suite le Dauphin,
qui regna sous le nom de *François
II*.

L'expedition, où il fit paroître le
plus de zele & de courage pour l'honneur de son Ordre, fut la défense de
Malthe. Cette Isle avoit été donnée
par l'Empereur *Charle-Quint* en 1530.
aux Chevaliers de *S. Jean de Jérusa-
lem*; mais les Turcs entreprirent de
les en chasser en 1551. Leur dessein
fut quelque temps si bien caché,
que le grand Maître *Jean de Home-
dez*, Espagnol, ne s'en douta point.
Villegaignon l'ayant appris par *Anne
de Montmorency*, Connetable de
France, se transporta à *Malthe*, pour
en informer le grand Maître, auquel il eut bien de la peine à le faire
croire. Cependant les Turcs ayant
paru, il fallut songer à se défendre;
ce qu'on fit avec tant d'ardeur & de
succès, que les Turcs furent obligés
de lever le siege. *Villegaignon* composa la relation de cette guerre, lorsqu'il fut de retour en France.

Ayant été vers ce temps nommé N. D. Vice-Amiral de Brétagne, il fe DE VILLE-brouilla avec le Capitaine du Châ-GAIGNON. teau de *Breft*, à l'occafion des Fortifications, & leur difpute alla juf-qu'aux oreilles du Roi *Henri II.* qui parut prendre le parti du Capitaine. Le chagrin que lui caufa cette affaire, fon amour pour la gloire, l'envie de s'enrichir, & de fe faire une efpece de fouveraineté, lui firent naître la penfée de paffer en Amerique & de s'y établir en quelque endroit.

Quelques-uns veulent qu'il ait été porté à cette refolution par zele pour le Calvinifme qu'il avoit embraffé, & pour menager une retraite fure à ceux de cette Religion, mais il protefta depuis qu'il étoit toujours demeuré Catholique dans l'ame, puifqu'il fe confeffa & communia avant que de partir, & qu'après fon arrivée au Brefil, il pria *André Thevet* de dire la Meffe le jour de Noël & de le communier; ce qu'il auroit fait, fi une maladie, qui lui furvint, ne l'en eût empêché.

Il n'eft pas poffible de favoir quel-

N. D.
DE VILLE-
GAIGNON.

les étoient à son départ ses veritables dispositions ; peut-être biaisoit-il entre les deux Religions, prêt à embrasser celle qu'il trouveroit la plus favorable à ses interêts & à son ambition. Quoiqu'il en soit, il est sûr qu'il fit semblant d'être dans les sentimens des Calvinistes, pour mieux réussir dans son dessein auprès de *Gaspar de Coligny,* Amiral de France, qui favorisoit secrétement les Religionnaires, & dont il avoit besoin en ces circonstances.

Il fit entendre à ce Seigneur, que son but étoit d'établir dans le nouveau Monde la Religion de *Geneve,* & d'y procurer un asyle à ceux de cette Religion, qu'on persecutoit en France ; & l'Amiral l'ayant approuvé, persuada au Roy *Henri II.* de favoriser cette entreprise, à l'exemple des Espagnols, qui tiroient tant de richesses du Nouveau Monde.

Villegaignon ayant obtenu deux grands Vaisseaux bien équipés, & la somme de dix mille livres pour les premiers frais, partit du *Havre*

de Grace le 12 Juillet 1555. (*a*) Mais
la tempête l'obligea à gagner *Diep-*
pe, où il demeura jusqu'au 14 Août.
S'étant ensuite remis en route, il
débarqua le 10 Novembre suivant à
l'embouchure de la Riviere de *Ga-*
nabara, ou *Rio Janeiro* au Bresil.

N. D.
DE VILLE-
GAIGNON.

André Thevet, qui étoit de ce
voyage, en a donné une Rélation,
qui ne lui a pas fait honneur, à cause
des faussetés dont elle est remplie.
On en a une autre plus exacte, écrite
par un des gens de *Villegaignon,*
nommé *Nicolas Barré,* qui se trouve
à la 147. de l'*Histoire de la Nouvelle*
France de *Marc Lescarbot.*

Villegaignon voulut d'abord s'établir sur un Rocher, qui fut appellé
le Ratier, mais la marée l'en chassa.
Il trouva mieux son compte dans
une petite Isle, à une lieue au des-
sus, où il bâtit un Fort, qu'il nom-

(*a*) *Beze* s'est trompé dans son *Histoire*
Ecclesiastique liv. 1. en le faisant partir le
15 Juillet ; & dans ses Portraits, en disant
qu'il étoit arrivé ce jour-là en Amerique.
Jean de Leri n'a pas fait une moindre faute, lorsqu'il a mis son départ au mois de
May.

N. D. ma de *Coligni*, & appella le Pays
DE VILLE- *France Antarctique.*
GAIGNON. Il fit d'abord paroître un grand
zele pour la Religion P. Reformée;
parce que la plûpart de ceux qui
l'avoient suivi, en étoient, & n'a-
voient fait ce voyage que dans l'e-
sperance qu'il leur avoit donnée de
jouir dans le nouveau Monde de la
liberté de conscience, qu'ils n'a-
voient point en France.

En renvoyant les Vaisseaux qui
l'avoient amené, il écrivit à l'Eglise de *Geneve* & à l'Amiral, de lui
envoyer des Ministres & des personnes qui pussent travailler à l'instruction des sauvages. Les Vaisseaux
repartirent le 4 Fevrier 1556. & deux
jours après les trente Artisans que
Villegaignon avoit amenés, conspi-
rerent contre lui; mais leur com-
plot ayant été découvert, un d'eux
se noya lui-même, & un autre fut
étranglé.

L'Eglise de *Geneve* ayant reçu la
lettre de *Villegaignon*, choisit deux
Ministres, *Pierre Richer*, où *Ri-
chier*, & *Guillaume Chartier* de *Vitré*,
qui lui furent envoyés avec quelques
autres

autres perfonnes propres à répondre
à fes intentions.

Ils partirent de *Geneve* le 10 Septembre 1556. avec *Jean de Leri*,
d'*Autun*, qui a décrit ce voyage, &
s'embarquerent à *Honfleur* le 19 Novembre fuivant fur trois vaiffeaux,
dont *Bois-le-Comte*, neveu de *Villegaignon* fut fait Vice-Amiral.

Ils arriverent au fort de *Coligni* le
Mercredi 10 Mars 1557. & dès le
même jour *Richer* prêcha, & fut
écouté par *Villegaignon* avec des
marques d'un zele extraordinaire.
On celebra la Cêne le Dimanche
fuivant, & on le vit communier très-
devotement, après qu'il eut recité
deux longues prieres, que *de Leri* a
inferé dans fa *Relation* p. 70. & *Lef-
carbot* dans fon *Hiftoire de la Nouvelle France.* p. 189.

Mais il étoit arrivé avec les Miniftres un Etudiant de Sorbonne, dont
Leri dit même qu'il étoit Docteur,
nommé *Jean Cointat*, & qui fe faifoit appeller *Mr. Hector*, lequel
afpirant fecrétement, à ce qu'on prétend, à être Evêque de la Colonie,
comme *Villegaignon* penfoit à s'en

N. D.
DE VILLE-
GAIGNON.

rendre souverain, troubla un peu la
Ceremonie, en demandant, où
étoient les Ornemens Ecclesiastiques, & en prétendant qu'on devoit
faire la Cêne avec du pain sans le-
vain, & mettre de l'eau dans le vin.

Villegaignon qui étoit dans les mêmes sentimens que *Cointat*, le satisfit sur ce dernier article, & fit mettre secrétement de l'eau dans le vin
qui servit à la Cêne. Il s'amusa depuis à faire le controversiste avec lui,
en soutenant l'un & l'autre, que
quoique la Transubstantiation & la
Consubstantiation fussent des doctri-
nes absurdes, il étoit vrai néanmoins
que le corps de Jesus-Christ étoit
réellement sous les Symboles de
l'Eucharistie. Comme les Ministres
étoient dans des sentimens opposés,
on convint que l'on consulteroit sur
ce point les Eglises Protestantes
d'Allemagne & de France, & que
le Ministre *Chartier* seroit renvoyé
en Europe pour ce sujet.

Villegaignon s'engagea à se sou-
mettre à leur decision, & nommé-
ment à l'avis de *Calvin*, pour qui
il faisoit paroître beaucoup de res-

pect. Il lui écrivit même une lon- N. D.
gue Lettre datée du 31 Mars 1557. DE VILLE-
fur les grands biens qu'il faifoit au GAIGNON.
Brefil pour la Religion , & fur la
confpiration dont j'ai parlé.

Chartier partit le 4 Juin avec les
vaiffeaux qui revenoient en Europe , & *Villegaignon* y fit embarquer
dix jeunes garçons fauvages, qu'*Henri II.* diftribua aux Seigneurs de fa
Cour.

Parmi les ordonnances que *Villegaignon* fit pour entretenir le bon
ordre dans fa Colonie , il y en eut
une très fevere contre les débauches
avec les femmes fauvages , & quoique lui-même en ait été accufé depuis, dit *de Leri* , il n'en fut point
alors foupçonné.

Quand il fallut faire pour la feconde fois la Cêne à la Pentecôte ,
il voulut qu'on mît de l'eau dans le
vin , en prouvant par S. *Cyprien* que
cela devoit être ainfi. Il déclara même quelques jours après qu'il avoit
abandonné le fentiment de *Calvin*
fur l'Euchariftie, que cet homme
étoit un mechant heretique , & qu'il
ne s'en rapporteroit plus qu'à la Sor-

D d ij

N. D.
DE VILLE-
GAIGNON.

bonne. Ainsi sans s'embarasser de ce qu'il répondroit aux Lettres qu'il lui avoit écrites, il n'assista presque plus au prêche depuis la fin de May.

De Leri remarque qu'il se laissa alors aller à une severité excessive à l'égard des François, mais encore plus à l'égard des Sauvages. Il changeoit tous les jours d'habits, & on jugeoit le matin par leur couleur de quelle humeur il seroit pendant le jour. Quand on lui en voyoit un jaune ou un verd, on pouvoit s'assurer qu'il ne faisoit pas bon à se jouer à lui; mais il y avoit principalement à craindre, quand il portoit une Robe de Camelot jaune avec des bandes de velours noir.

Enfin les François venus de *Geneve* se voyant frustrés de leurs esperances, lui déclarerent par leur Capitaine *Philippe de Corguilleray, Sieur du Pont*, que puisqu'il avoit rejetté ce qu'ils appelloient l'Evangile, ils ne vouloient plus lui obéir ni travailler à son Fort. Sur cette déclaration, il leur refusa les vivres qu'on leur avoit donné jusques-là. Mais ils s'en embarasserent peu, parce

qu'ils en avoient plus des Sauvages N. D.
pour une ferpe, ou deux couteaux, DE VILLE.
qu'on ne leur en donnoit en fix GAIGNON.
mois.

Pendant ces brouilleries il arriva
un Navire François du *Havre de Gra-*
cé, qui fournit aux Mécontens une
occafion de revenir en France. Ils
s'accorderent donc avec le Capitaine
du Vaiffeau, nommé *Martin Bau-*
doin, Breton, & lui promirent fix
cent livres pour leur tranfport.

Villegaignon mécontent de leur
refolution, leur refufa d'abord la
permiffion de fe retirer ; mais fur ce
qu'ils luid'clarerent qu'ils partiroient
bien fans cela, il permit au Capitaine de les tranfporter en France, &
les chaffa de fon Fort en attendant le
départ.

Ils s'embarquerent au nombre de
quinze ou feize le 4 Janvier 1558.
Cinq d'entre eux rétournerent prefque auffitôt au Brefil, & *Villegaignon*
en fit noyer trois, comme feditieux ;
pour les autres, ils arriverent en
France le 26 Mai fuivant, après avoir
fouffert une famine horrible & avoir
eu les plus triftes avantures, comme

D d iij

N. D.
DE VILLE-
GAIGNON.

on peut le voir dans la Rélation que *de Leri* en a donnée.

Beze dans son *Histoire Ecclesiastique*, & *Jurien* dans son *Apologie pour la Reformation* prétendent que *Villegaignon* fut la cause de la famine qu'ils souffrirent, en faisant en sorte que le Maître de leur Vaisseau n'eût pas le quart des vivres necessaires pour leur voyage ; mais *de Leri*, qui étoit mieux instruit qu'eux, puisqu'il étoit de ce voyage, & qui n'étoit pas homme à ménager *Villegaignon*, ne dit rien de ce fait, qui doit par conséquent passer pour faux.

Mais s'il n'eut point de part à cette disgrace, il brassa à ceux qui l'abandonnoient une trahison, dont ils échapperent heureusement. Il leur avoit fait leur procès à leur insçû, & l'avoit mis dans un petit coffret enveloppé de toile cirée avec plusieurs Lettres, dont il avoit chargé le Maître du Vaisseau. Il y enjoignoit au premier Juge de France auquel il seroit donné, de les arrêter & de les faire brûler comme héretiques. Mais heureusement le coffret fut remis à des personnes de la Religion

P. Reformée, qui rendirent l'artifice N. D.
de *Villegaignon* inutile.

Les nouvelles que ces nouveaux
venus donnerent en France de la conduite de *Villegaignon*, furent caufe
qu'on ne lui envoya aucun fecours.
Dans ces entrefaites les Portugais
inftruits de fa foiblesse, & du peu
d'attachement que la Colonie avoit
pour lui, refolurent de lui enlever
fon Fort. Il prevint la perte que cela
auroit pu lui caufer, en l'abandon-
nant lui-même, & en s'en retournant en France avec fes meilleurs
effets.

Il y laiffa pourtant quelques Soldats, à qui il promit de leur amener
du fecours dans deux mois; mais ils
le livrerent bientôt aux Portugais,
foit par la trahifon de *Cointat*, comme quelques-uns l'ont prétendu,
foit parce qu'ils étoient trop foibles
pour fe défendre, comme il paroît
vraifemblable.

Villegaignon étant de retour en
France, apprit que *Calvin* fe déchaî-
noit contre lui, & l'accufoit d'A-
théifme, que le fieur *Du-Pont* vouloit le voir l'épée à la main, & que

D d iiij

N. D.
DE VILLE
GAIGNON.
le Connetable *Anne de Montmorenci* ajoutoit foi aux mauvais bruits qu'on répandoit à son sujet, & le regardoit comme héretique. On ne sait comment il se tira d'affaire avec ces deux derniers. Pour ce qui est de *Calvin*, il se défendit contre lui par plusieurs Ouvrages de Controverse qu'il publia, & dont je parlerai plus bas.

Il fut choisi en 1568. pour être Ambassadeur de Malthe à la Cour de France, & il s'acquita de cet emploi jusqu'à l'an 1570. que ses indispositions lui firent demander d'en être déchargé.

Il mourut le 9 Janvier 1571. (& non pas au mois de Decembre, comme le dit *de Leri*, dans sa Commanderie de *Beauvais* à une demie lieue de *Nemours*, où l'on voit son Epitaphe.

Les Auteurs Protestans ont dit bien du mal de lui; *Beze* dans son Histoire Ecclesiastique dit qu'il étoit *présomptueux jusques au bout, & fantastiqué, s'il en fut oncques, ce qu'il tenoit de race.* La Popeliniere dans son *Histoire des Histoires* prétend qu'il

eſt plus renommé par les Ecrits des N. D.
Reformés, qui l'ont aigrement pourſui- DE VILLE-
vi par divers Ecrits, pour le tort qu'il GAIGNON.
leur fit au Brezil, que pour autre choſe; & qu'il laiſſa quelques livres qui
l'ont fait connoître mauvais Theologien,
& pauvre guerrier.

Quoiqu'il y ait quelque choſe de
vrai dans tout cela, il faut cepend-
dant avouer que *Villegaignon* avoit
du courage, & en avoit donné des
preuves en differentes occaſions; &
qu'il avoit de l'étude & de la ſcience; mais non pas aſſez néanmoins,
pour remplir dignement le perſon-
nage de Controverſiſte, qu'il prenoit ſi volontiers.

Catalogue de ſes Ouvrages.

1. *Caroli V. Imperatoris expeditio
in Africam ad Argieram. Pariſ. Car.
Stephanus* 1542. *in-8°.* It. *Argentorati*
1542. *in-8°.* It. dans le ſecond vol.
dès Hiſtoriens de *Schardius.* p. 1419.

2. *De bella Meliteuſi, & ejus even-
tu Francis impoſito, ad Carolum V.
Commentarius. Pariſ.* 1553. *in-4°.* It.
en François: *Diſcours de la guerre de
Malthe, contenant la perte de Tripoli
& autres forterreſſes, fauſſement impoſés*

N. D.
DE VILLE-
GAIGNON.

aux François, traduit du Latin du Chevalier de Villegaignon par *Nicolas
Edoart*, Champenois. Lyon 1553. *in-*
8°.

3. *Deux Oraisons avant la Cène.*
Inferées dans la Relation du voyage
de *Leri* p. 70. & dans l'*Histoire de
la Nouvelle France* de *Lescarbot.* pp.
189-195.

4. *Epistola ad Calvinum.* Cette
Lettre se trouve à la p. 49. de la *Topo-
graphia Ecclesiastica Orientalis Joannis Henri Hottingeri. Heidelbergæ*
1662. *in-*8°. Jean de *Leri* l'a mise en
François dans la Préface de sa Relation. Elle est du 31 Mars 1557. comme je l'ai dit ci-dessus.

5. *Ad Articulos Calvinianæ, de Sa-
cramento Eucharistiæ, traditionis, ab
ejus Ministris in Francia Antarctica
evulgatæ responsiones, per Nicolaum
Villagagnonem; ad Ecclesiam Christia-
nam. Parisiis* 1560. *in-*4°. Ce fut là
le premier Ouvrage qu'il composa
à son retour du Bresil, pour refuter
les erreurs de *Calvin* & de *Richer.*
Il y commence par justifier dans
une Epitre, qu'il adresse à l'Eglise
Chrétienne, la conduite qu'il avoit

tenue au Breſil. Il ſe lave enſuite N. D.
dans une ſeconde Epître adreſſée au DE VILLE-
Connetable de *Montmorenci* de l'ac-GAIGNON.
cuſation d'Athéiſme. Dans une troiſiéme adreſſée à l'Egliſe & aux Ma-
giſtrats de *Geneve*, il leur propoſe de
conferer avec *Calvin* & tels autres
qu'ils voudront, dans un lieu ſûr;
& finit par dire qu'il attendra leur
réponſe pendant 40 jours à S. *Jean
de Latran* à *Paris*. Cette derniere eſt
datée du 8 Juillet 1560. Il rapporte
enſuite douze articles que *Pierre Richer* lui avoit donné au Breſil ſur la
matiere de l'Euchariſtie; & ce ſont
ces articles qu'il entreprend de refuter dans le premier livre de ſon
Ouvrage; les deux autres ſont contre
la Doctrine de *Calvin* ſur le même
ſujet. Cet Ouvrage ne demeura pas
ſans réponſe. *Pierre Richer* y oppoſa
peu de temps après les ſuivans.

*Petri Richerii Apologetici libri duo,
contra Nicolaum Durandum, qui ſe
Villagagnonem vocat, quibus illius in
pios Americanos tyrannidem exponit,
& negotium Sacramentarium tractat.
Genevæ* 1561. *in-*4°.

Reſutation des folles rêveries & men-

N. D.
DE VILLE-
GAIGNON.

songes de Nicolas Durand, dict le Che-valier de Villegaignon, divisée en deux livres 1562. *in-*8°. Je ne sai si c'est un Ouvrage different du precedent, ou sa traduction seulement. Au reste, quoiqu'il porte le nom de *Richer*, *Du Verdier* veut qu'il soit de *Jacques Spifame* ; mais c'est une chose avan-cée sans fondement.

D'autres publierent contre lui des Satyres sous ces titres: *La suffisance de Maître Colas Durand. L'Etrille. L'Epoussette de ses Armoiries.*

On y ajouta une Estampe Satyri-que, où l'on le representa, dit *de Leri* p. 91. tout nud comme un Sau-vage au-dessus du renversement de la grande Marmite, avec sa croix & son flageolet pendus au cou.

6. *De Cœnâ controversiâ Philippi Melanchtonis judicio. Paris.* 1561. *in-*4°.

7. *Paraphrase du Chevalier de Vil-legaignon sur la Resolution des Sacre-mens de Maître Jehan Calvin. Paris* 1561. *in-*8°.

8. *Lettre à la Reine Mere du Roi* sur les Remontrances faites à cette Princesse. *Paris.* 1561. *in-*4°. Cette

Lettre eſt datée du 10 May 1561.　N. D.

9. *Réponſe aux libelles d'injures pu-* DE VILLE-
bliés contre lui. Paris 1561. *in-4°.*　GAIGNON.

10. *Propoſitions contentieuſes entre le Chevalier de Villegaignon, & Jean Calvin, contenant la verité de la Sainte Euchariſtie. Paris* 1562. *in-4°.*

11. *De Conſecratione Myſtici Sacramenti, & duplici Chriſti oblatione adverſus Vannium Lutherologiæ Profeſſorem: de Judaici Paſchatis implemento adverſus Calvinologos: de poculo ſanguinis Chriſti & introitu in ſancta ſanctorum adverſus Bezam. Lutetiæ* 1569. *in-4°.*

V. *Les Relations dont il eſt parlé ci-deſſus. La Bibliotheque Françoiſe de du Verdier. Le Dictionnaire de Bayle.*

Cet article eſt tiré d'une Bibliotheque Manuſcrite des Voyageurs, & d'un Mémoire du P. le Pelletier, Chanoine Regulier de Provins.

LAURENT HUMPHREY.

LAURENT *Humphrey*, ou *Humfredus*, comme il s'appelloit quelquefois lui-même, naquit à *Newport Pagnell*, ville du Comté de *Buckingham* en Angleterre vers l'an 1527.

Après avoir fait ses études à *Cambridge*, & s'y être instruit des langues Latine & Gréque, il fut reçut en 1547. dans le College de la Madeleine à *Oxford*, auquel il fut aggregé en qualité de membre deux ans après. Il s'étoit fait recevoir auparavant Bachelier ès Arts, & il prit en 1552. le bonnet de Docteur en cette Faculté. Vers le même temps il fut fait Professeur en langue Gréque dans le College de la Madeleine, & reçut les Ordres.

En 1555. il obtint permission de voyager dans les pays étrangers, à condition cependant qu'il n'iroit dans aucun pays hérétique ou suspect d'heresie; il observa mal cette condition; car il alla à *Zurich*, où il fit connoissance avec quelques Anglois qui

s'y étoient retirés pour caufe de Reli- L. Hum-
gion. Il goûta leur créance, & ne fe PHREY.
preffa pas pour cette raifon de retourner en Angleterre, où la Reine Marie
pourfuivoit vivement les Proteftans.

Il n'y retourna qu'après la mort
de cette Princeffe, & il fut alors rétabli dans fa place de Membre du
College de la Madeleine, dont il
avoit été depoffedé, pour être demeuré abfent plus long temps que
ne le portoit fon Congé.

En 1560. il fut choifi pour être
Profeffeur en Theologie à *Oxford*,
& l'année fuivante on l'élut Chef
de fon College.

En 1562. il reçut le bonnet de
Docteur en Theologie; & en 1570.
il fut fait Doyen de *Glocefter* & dix
ans après, Doyen de *Winchefter* ; ce
font là les Benefices les plus confi-
derables qu'il ait poffedé. Ce qu'on
doit attribuer à l'éloignement qu'il
avoit pour les ceremonies & les fentimens de l'Eglife Anglicane; éloignement qu'il avoit apporté de *Zurich*, d'où il étoit retourné bon Calvinifte, mais cependant fage, mo-
deré, & tolerant.

Il mena toujours une vie affez

L. Hum-retirée, & mourut le 11 Fevrier
PHREY. 1590. fuivant le nouveau ftile, âgé
de 63 ans. & fut enterré dans la Chapelle de fon College avec cette Epitaphe.

M. S.

*Laurentio Humfredo SS. Theologiæ
in hac Academia Doctori & Profeffori
Regio per annos 28. P. M. hujus collegii Præfidi, Juftina Dormeria filia
natu maxima, Patri fuo venerabili
æviterni obfequii ergo.*

H. M.

*Mœrens pofuit. Obiit Kal. Februa-
rii anno falutis 1589. ætatis fuæ 63.*

Il s'étoit marié au commencement
du Regne d'*Elizabeth*, & avoit
époufé *Jeanne Inkfordby* d'*Ipfwich*
dans le Comté de *Suffolk*, qui mourut le 27 Août 1611. âgée de 74 ans,
après lui avoir donné 7 garçons &
cinq filles. L'aînée des filles nommée *Juftine*, mariée à *Gafpar Dor-
mer*, Ecuyer, lui fit mettre l'Epitaphe que je viens de rapporter.

Catalogue de fes Ouvrages.

1. *Epiftola de Græcis litteris, &
Homeri lectione, & imitatione.* Cette
Lettre fe trouve à la tête d'un livre
d'*Adrien*

d'Adrien Junius, intitulé : *Copiæ-* L. Hum-
Cornu. Bafilea 1558. *in-fol.* PHREY.

2. *De Religionis confervatione &*
reformatione, deque primatu Regum.
Bafilea 1559. *in-8°.*

3. *De ratione interpretandi Autores.*
Bafilea 1559. *in-8°.* Humphrey s'eft
voulu ériger en Maître, & a prétendu prefcrire aux autres les regles de
la traduction, qu'il ne favoit pas lui-
même, ou qu'il s'eft mis peu en
peine d'obferver ; car c'eft un traducteur un peu trop licentieux, qui
n'a fçu demeurer dans les bornes que
lui prefcrivoient fes Auteurs, & qui
dans cette liberté de ftile qu'il s'eft
donnée, n'avoit rien de naturel.
(*Baillet, Jugemens des Savans N°.*
880.)

4. *Obadias Propheta, Hebraice &*
Latine, & Philo de Judice, Grace &
Latine. A la fuite du Traité préce-
dent.

5. *Optimates, five de Nobilitate,*
ejufque antiqua origine, natura, offi-
ciis, difciplina, &c. libri tres. Baf-
lea 1560. *in-8°.* It. *traduit en Anglois*
par un Anonyme. Londres 1563. *in-8°.*

6. *Philo Judæus de Nobilitate; In-*

Tome XXII. E e

L. Hum- *terprete Laur. Humfredo.* A la suite
phrey. du Traité précedent. *Humphrey* publia tous ces Ouvrages pendant son
séjour en Suisse.

7. *Oratio Woodstochiæ habita ad
Ill. Reginam Elizabetham 31 Augusti
1572. Londini 1572. in-4°.*

8. *Johannis Juelli, Angli, Episcopi
Sarisberiensis, vita & mors, ejusque
veræ doctrinæ defensio. Londini 1573.
in-4°.*

9. *Oratio in Aula Woodstochiana
habita ad Ill. Reginam Elizabetham
anno 1575. Londini 1575. in-4°.*

10. *De fermento vitando; Concio in
Matt. 16. Marc. 8. Luc. 12. Jesus
dixit illis: Videte & cavete à fermento
Pharisæorum. Londini 1582. in-8°. It.
Rupellæ 1585. in-8°.*

11. *Jesuitismi Pars prima; sive pra-
xis Romanæ Curiæ contra Respublicas
& Principes. Londini 1582. in-8°.*

12. *Jesuitismi Pars secunda: Pu-
ritano-Papismi, seu doctrinæ Jesuiticæ
aliquot rationibus ab Edm. Campiano
comprehensæ, & à Joanne Duræo de-
fensæ, confutatio. Londini 1584. in-8°.*

13. *Apologetica Epistola ad Academiæ Oxoniensis Cancellarium. Rupellæ
1585. in-8°.*

14. *Sept Sermons contre les Trahi-* L. Hum-
ſons. (en Anglois) *Londres* 1588. PHREY.
*in-*8°.

15. *Concio in die Cinerum. in-*8°.

16. *Joannis Shepreve ſumma & ſy-*
nopſis Novi Teſtamenti diſtichis ducen-
tis ſexaginta, comprehenſa. Oxonii
1586. *in-*8°. Cet Ouvrage imprimé
pour la premiere fois à *Strasbourg*
vers l'an 1556. *in-*8°. a été revû &
corrigé dans cette édition d'*Oxford*
par *Humphrey.*

V. *Athenæ Oxonienſes Tom.* 2. *p.*
41. *& Hiſtoria Univerſitatis Oxo-*
nienſis,

GASPAR CONTARINI.

GASPAR *Contarini* naquit à *Ve-* G. CON-
niſe l'an 1483. de *Louis Conta-* TARINI.
rini, Noble Venitien, & de *Polixene*
Malipetri.

Les heureuſes diſpoſitions qu'il
fit paroître dès ſa premiere jeuneſſe
pour les ſciences, engagerent ſes parens à prendre un ſoin particulier
de ſon éducation.

Après avoir fait ſes Humanités à
E e ij

G. Con-
TARINI.
Venise, & y avoir étudié quelque temps en Philosophie sous *Antoine Justiniani*, & *Laurent Bragadeni*, il alla se perfectionner dans cette science à *Padoue* sous le fameux *Pierre Pompanace*, qui y enseignoit avec beaucoup de réputation.

Contarini fit de grands progrès sous lui, quoiqu'il n'employât jamais plus de trois heures par jour à l'étude. Le reste de son temps étoit destiné à converser avec ses amis ; mais comme leurs conversations rouloient presque toujours sur des matieres savantes, elles ne lui étoient pas moins utiles que le travail de son cabinet.

Il étoit occupé de ses études, lorsqu'il reçut la triste nouvelle de la mort de son pere arrivée en 1501. Il se vit par-là obligé de se rendre à *Venise*, pour mettre ordre aux affaires de sa famille, qui étoient assez embarassées d'elles-mêmes, & qui l'étoient encore plus par le nombre d'onze enfans qu'ils se trouvoient alors.

Ces affaires terminées, il se hâta de retourner à *Padoue*, où il reprit

avec une nouvelle ardeur fes études G. Con-
favorites. La guerre qui furvint dans ТАRINI
le Pays , & le fiége qu'on mit devant
Padoue , l'obligerent encore une feconde fois à fortir de cette ville plû-
tôt qu'il n'auroit fouhaitté , & à fe
retirer à *Venife* , où il fe partagea
entre l'étude & les affaires de l'Etat.

La capacité & la prudence qu'il
fit voir en plufieurs occafions , engagerent à le choifir en 1520. pour
aller en Ambaffade de la part de la
République de *Venife* , à la Cour de
l'Empereur *Charles-Quint*. Comme
ce Prince étoit alors en guerre avec
les Venetiens, *Contarini* fut d'abord
inquiet fur la maniere dont il en
feroit reçû ; mais *Charles-Quint* , qui
aimoit les gens de Lettres , & qui
avoit entendu parler avantageufe-
ment de fa capacité , calma bientôt
fes inquietudes par fes bons traite-
mens , & par fes manieres gracieu-
fes. Il étoit alors en Allemagne & fe
difpofoit à paffer en Efpagne ; *Contarini* le fuivit dans ce Voyage , &
demeura en tout cinq ans auprès de
lui.

De retour à *Venife* , il fut fait *Sage*

de *Terre ferme*. Quelque temps après, c'eſt-à-dire en 1527. on le nomma Gouverneur de *Breſcia*; mais ſur la nouvelle qui vint alors de la priſe de *Rome* par les troupes de l'Empereur, il refuſa cette place, perſuadé qu'il falloit pour la remplir dans ces temps de troubles, un homme plus verſé dans l'Art Militaire qu'il ne l'étoit.

La République l'envoya enſuite à *Ferrare*, pour aſſiſter à une Aſſemblée qui s'y tenoit, pour travailler à la délivrance du Pape *Clement VII.* qui étoit alors priſonnier dans le Château *S. Ange*; & lorſque ce Pape ſe fut ſauvé d'entre les mains de ſes ennemis, il fut envoyé auprès de lui en qualité d'Ambaſſadeur. On prétend qu'il contribua beaucoup à la paix qui ſe fit au mois de Juin 1529. entre ce Pontife & l'Empereur *Charles-Quint*.

A ſon arrivée à *Veniſe*, il fut élevé à la dignité de *Sage Grand*, & ſeroit parvenu dans la ſuite à de plus grands honneurs, ſi le Pape *Paul III.* ne l'eût nommé Cardinal le 30 Mai 1535. Il eut de la peine à

fe déterminer à accepter cette dig- G. CON-
nité , à laquelle il ne fongeoit pas; TARINI.
mais les Senateurs de fes amis le
prefferent fi fort de le faire , qu'il
fe rendit à leurs inftances.

Le même Pape l'envoya en 1541.
Legat en Allemagne pour y affifter
à la Diette de *Ratisbonne*, & le nomma pour préfider au Concile qu'il
vouloit affembler à *Mantoue* ou à
Vicence; mais ce deffein n'ayant pu
s'exécuter, *Contarini* eut la Legation
de *Boulogne*.

Il mourut dans cette ville le 24
Août de l'an 1542. d'une fievre qu'il
gagna pour avoir un jour d'été foupé
dans un falon , où l'air frais fe faifoit trop fentir. Il étoit alors âgé de
59 ans.

Son corps fut tranfporté à *Venife*,
& enterré dans l'Eglife de *Sainte
Marie dell' Orto* , avec cette Epitaphe.

*Gafparis Contareni S. R. E. Cardi-
nalis Offa; cujus admirandam integri-
tatem, doctrinam ac eloquentiam in
utraque Republica, & apud fummos
Reges, gefta & fcripta publica teftan-
tur. Bononiæ Legatus Pontifex Na-*

G. CON-
TARINI.

turæ ceffit anno 1542. *Vixit annos* 59.

Aloyfius Eques, & Gafpar, ex fratre Nepotes, mœfti tanto viro pofuere.

Ses Ouvrages imprimés d'abord féparement, ont été enfuite imprimés enfemble pour la plûpart à *Paris* l'an 1571. *in-fol.* Voici ce qui eft contenu dans ce Recueil avec la date des éditions.

1. *De Elementis & eorum Mixtionibus libri* v. *Parif.* 1548. *in* 8°. It. *Parif.* 1564. *in-*8°. *Contarini* étoit très-habile dans la Philofophie de fon temps, qui n'eft plus gueres d'ufage à prefent.

2. *Primæ Philofophiæ Compendium. Parif.* 1556. *in-*8°. Il compofa cet Ouvrage, qui eft partagé en fept livres, pendant fon féjour en Efpagne.

3. *De immortalitate Animæ adverfus Petrum Pomponatium. Venetiis* 1525. *in-*8°. Il prétend dans cet Ouvrage montrer par des raifons naturelles, que l'Ame eft immortelle, contre *Pomponace*, qui croioit que cela ne pouvoit fe démontrer par la raifon.

4. *Non*

4. *Non dari quartam figuram Syl-
logifmi fecundum opinionem Galeni.*
Piéce fort courte & fort peu confiderable.

5. *De Homocentricis ad Hierony-
mum Fracaftorium.* Il y dit fon fentiment touchant l'Ouvrage que *Fracaftor* avoit compofé fur ce fujet, &
y marque ce qu'il y trouve à redire.
L'Editeur a mis à la fuite une Lettre
de *Fracaftor* datée du 1 Juillet 1531.
où il tâche de répondre à la Critique
de *Contarini.*

6. *De ratione Anni Epiftola.* Lug-
duni 1561. *in-*8°. Il y a deux Lettres
de *Contarini* à *Jean Genes Sepulveda,*
qui avoit compofé un livre fur le
fujet dont il s'agit ici, l'une de l'an
1539. & l'autre de la fuivante, avec
une troifiéme de *Sepulveda,* en réponfe aux précedentes.

7. *De Magiftratibus & Republica
Venetorum* libri v. *Parif.* 1543. *in-*8°.
It. *Bafileæ* 1547. *in-*8°. It. *Venetiis*
1551. & 1592. *in-*8°. It. *Lugd. Bat.
Elzevir* 1626. *in-*16. It. *Ibid.* 1628.
*in-*16. Il y a deux éditions des *Elze-
virs* faites cette année, qui toutes les
deux font plus amples que celle de

G. CON-
TARINI.

1626. & auxquelles on a ajouté plusieurs articles importans, mais dont
on a retranché la dédicace de *Sigis-
mond Gelenius.* L'une a 447 pages &
l'autre 431. Cette derniere est pré-
ferable à l'autre, parce que le caractere en est plus net & le papier plus
beau, du reste il n'y a rien d'ajouté.
It. trad. en Italien : *La Republica &
i Magistrati di Vinegia trad. dal Latino. In Vinegia* 1545. 1551. 1563.
in-8°. Il y a plusieurs autres éditions
de cette traduction.

8. *De Sacramentis Christiana Legis
& Catholica Ecclesia libri quatuor.
Florentia* 1553. *in-8°. Contarini* étoit
plus profond dans la Philosophie
que dans la Theologie. Il ne fait
qu'effleurer la matiere des Sacremens,
dans cet Ouvrage, qui est plutôt
une belle instruction, qu'un Ouvrage de Theologie, ou de Controverse.

9. *De Officio Episcopi libri duo.*
Ces deux livres contiennent des préceptes & des maximes très-utiles
pour la conduite d'un Evêque.

10. *Scholia in Epistolas Divi Pauli.*
Contarini s'est renfermé dans un pe-

tit nombre de paffages, qu'il a éclair- G. CON-
cis fort judicieufement. Lorfque la TARINI.
Vulgate lui a paru ne pas faire un
fens affez net, il a eu recours à l'O-
riginal Grec. Il fuit les interpreta-
tions des Peres Grecs préferablement
à celles des Latins. Quoique fon deffein n'ait été que de donner de fimples fcholies, il touche, quand l'occafion s'en préfente, des queftions
de Theologie, à caufe des difputes
fréquentes, qui étoient alors entre
les Catholiques & les Proteftans. Il
n'oublie rien en ces endroits-là, pour
donner un bon fens à certaines ex-
preffions de *S. Paul*, dont *Luther*
avoit abufé (*Simon*, *Critique de la
Bibliotheque des Auteurs Ecclefiaftiques.*)

11. *Catechifmus.*

12. *Conciliorum magis illuftrium
Summa*, *ad Paulum III. Pont. Max.
Florentiæ* 1553. *in-8°.* & depuis en
plufieurs endroits. C'eft une des plus
anciennes Sommes des Conciles; elle
eft affez nette, quoique trop abregée, & l'on y trouve quelques remarques fort judicieufes. C'eft le
Jugement qu'en porte M. *Salmon*

G. CON-
TARINI. dans son *Traité de l'étude des Conciles.*

13. *Confutatio Articulorum seu Quæstionum Lutheri.*

14. *De Potestate Pontificis, quod divinitus sit tradita.* Il composa ce petit Traité en une nuit.

15. *De Justificatione.* Cet écrit est daté de *Ratisbone* le 25 May 1541. La Methode de *Contarini* dans ses Traités de Controverse, tel qu'est celui-ci, & les suivans, est d'exposer la doctrine de l'Eglise, & de faire voir qu'elle est conforme à l'Ecriture Sainte, & que les Novateurs ne l'attaquent que sur de fausses suppositions, ou par de mauvaises raisons.

16. *De libero Arbitrio.*

17. *De Prædestinatione.* *Contarini* suit les sentimens des Peres Grecs sur la Prédestination & la Grace. Au reste il marque beaucoup de moderation dans ses Ouvrages, comme il a toujours fait dans sa conduite; ne condamnant rien sans l'avoir examiné avec soin, pour demêler le bon d'avec le mauvais, le vrai d'avec le faux. Ces louables dispositions furent cause que pendant qu'il

étoit en Allemagne pour pacifier les
affaires de la Religion, on l'accusa à *Rome* de favoriser le Lutheranifme, & il fut même obligé d'écrire au Pape fur ce fujet, pour fe plaindre des faux bruits que fes ennemis avoient fait courir de lui, & pour fupplier fa Sainteté qu'au moins elle lui fit la grace de ne le pas condamner fans l'entendre. Il fe juftifia en effet fi bien devant le Pontife, à qui il rendit à fon retour un compte exact de ce qui s'étoit paffé dans fa Legation, que quoique prévenu contre lui, il lui témoigna être très-content de ce qu'il avoit fait.

18. *In Pfalmum, Ad te levavi oculos meos, Explanatio.* Ce font là tous les Ouvrages contenus dans le Récueil; on a encore de lui les fuivans.

19. *Gafparis Contareni & aliorum Confilium de emendanda Ecclefia Paulo III. jubenti oblatum anno 1538.* A la fuite de l'Ouvrage de *Guillaume Durants*, qui a pour titre : *Tractatus de modo Concilii generalis celebrandi. Paris 1671. in-8°.*

V. *Sa vie par Jean de la Cafa*, à la tête du Recueil dont je viens de

G. CON-
TARINI.
parler. Elle est extrémement diffuse, mais les dates y manquent. *Georgi Josephi Eggs Purpura docta Lib. 4. p. 503.* Il n'y est gueres parlé que des Ouvrages de Contarini, & on y omis presque toutes les particularités de sa vie. *Jovii Elogia, N°. 100. Du Pin, Bibliotheque des Auteurs Ecclesiastiques, & la Critique de M. Simon.*

PIERRE DU RYER.

P. DU
RYER.
PIERRE *du Ryer* naquit à *Paris* l'an 1605. d'une bonne famille, que quelques-uns font même noble.

Il fit assez bien ses études ; & ce qu'il apprit dans sa jeunesse, lui fut d'une grande ressource pour la suite.

Il fut pourvû en 1626. d'une Charge de Secretaire du Roy ; mais s'étant marié par inclination à une fille qui n'avoit rien, il fut obligé de vendre cette Charge en 1633.

Ce qu'il en rétira ne suffit pas pour lui faire un revenu capable de pourvoir à la subsistance de sa famille ; ainsi il se mit au service de *Cesar* Duc de *Vendôme* en qualité de Secretaire.

Ses Ouvrages le firent recevoir à   P. DU
l'Academie Françoiſe en 1646. à la RYER.
place de M. *Faret*, & il fut preferé
pour cela à M. *Corneille*, parce que
l'Academie avoit réſolu de préferer
toujours entre deux perſonnes, qui
auroient les qualités neceſſaires, celle qui feroit ſa réſidence à *Paris*, &
que *Corneille* demeuroit alors à
Rouen.

Il eut ſur la fin de ſes jours un
brevet d'Hiſtoriographe de France,
avec une penſion ſur le ſceau. Mais
cette reſſource étoit trop foible, pour
ne pas l'obliger à en chercher une
autre. Il la trouvoit dans la compo-
ſition, & dans la vente de ſes Ouvrages. Encore cela ne ſuffiſoit-il pas
pour le mettre au large, puiſqu'il
fut contraint de demeurer longtemps
hors de *Paris* par-de-là les Picpuſſes,
dans une maiſon où *Menage* dit l'a-
voir été viſiter. Il ſe rapprocha cependant dans la ſuite, étant mort
ſous la paroiſſe de *S. Gervais*, où
étoient enterré ſes Ancêtres, & où
il fut enterré lui-même.

Il mourut le 6 Novembre 1658.
âgé de 53 ans.

F f iiij

Il avoit un stile coulant & pur, & une égale facilité pour les vers & pour la prose; mais la necessité où il se trouvoit ne lui permettoit pas de donner à ses Ouvrages toute la perfection à laquelle il étoit capable de les porter, & de prendre le temps necessaire pour cela.

Catalogue de ses Ouvrages.

1. *Le Mariage d'Amour*, Pastorelle de l'invention du Sieur du Ryer, avec quelques Mêlanges du même Auteur. Paris 1621. in-8°.

2. *Argenis & Poliarque*, ou *Theocrine*, premiere journée; avec un Recueil d'autres œuvres Poetiques du même Auteur. Paris 1630. in-8°.

3. *Argenis &c.* seconde partie. Paris 1631. in-8°.

4. *Lisandre & Calliste*, Tragi-Comedie. Paris 1632. in-8°.

5. *Alcimedon*, Tragedie. Paris 1635. in-8°.

6. *Cleomedon*, Tragi-Comedie. Paris 1636. in-4°.

7. *Les Vendanges de Suresne*, Comedie. Paris 1636. in-4°.

8. *Lucrece*, Tragedie. Paris 1638. in-4°.

9. *Clarigene , Tragi-Comedie.* Paris 1639. *in-*4°.

10. *Alcinoé , Tragedie.* Paris 1640. *in-*4°. M. l'Abbé *d'Aubignac* voulant montrer dans fa *Pratique du Theatre* que les petits fujets entre les mains d'un Poete ingenieux , ne fauroient mal réuffir , donne l'exemple de cette piece pour le prouver ; & dit que c'eft une Tragedie , qui n'a point de fonds , & qui neanmoins a ravi le monde par la force du difcours & des fentimens. *Menage* dit auffi (*a*) que c'eft une piece admirable , & qui ne cede en rien à celles de *Corneille* ; qu'il y a des vers merveilleux , & qu'elle eft très-bien entendue. Cependant elle eft tombée entierement dans l'oubli , de même que toutes les autres pieces de Theatre de *Dü Ryer.*

11. *Saul , Tragedie.* Paris 1642. *in-*4°.

12. *Efther , Tragedie.* Paris 1644. *in-*4°. Cette Tragedie eft ornée, fuivant l'Abbé *d'Aubignac* , de divers évenemens, fortifiée de grandes paffions , & compofée avec beaucóup

(*a*) *Menagiana* tom. 2. *p.* 234.

P. D u
R y e r.

d'art. Il ajoute que le succès en fut
beaucoup moins heureux à *Paris*,
qu'à *Rouen*, & qu'on s'en étonna
sans en savoir la cause. » Mais pour
» moi, dit-il, j'estime que la ville
» de *Rouen* étant presque toute dans
» le trafic, est remplie d'un grand
» nombre de Juifs, & qu'ainsi les
» spectateurs prenoient plus de part
» dans les interêts de cette piece
» toute Judaïque, par la conformité
» de leurs mœurs & de leurs senti-
» mens. Opinion qu'on peut mettre
au nombre des imaginations de cet
Abbé. D'autres ont pensé avec plus
de probabilité que cela vient de ce
qu'on n'est pas si difficile ni si délicat
dans les Provinces qu'à Paris.

13. *Berenice*, *Tragi-Comedie*, en
prose. Paris 1645. in-4°.

14. *Scevole*, *Tragedie*. Paris 1647.
in-4°.

15. *Themistocle*, *Tragedie*. Paris
1648. in-4°.

16. *Nitocris*, *Reine de Babylone*,
Tragi-Comedie. Paris 1650. in-4°.

17. *Amarillis*, *Pastorale*. Paris
1650. in-4°.

18. *Dynamis*, *Reine de Carie*,

Tragi-Comedie. Paris 1653. *in-*4°. P. DU

19. *Anaxandre, Tragi-Comedie.* RYER.
Paris 1655. *in-*4°. Ce font là toutes
les pieces de Théatre de *Du Ryer*,
qui ayent été imprimées. Il y en a
deux Manufcrites dans la Bibliotheque de M. le Maréchal d'*Eftrées*,
qui font *Arétaphile*, & *Clitophon*,
Tragedies. Venons maintenant à fes
traductions.

20. *Traité de la Providence de Dieu,*
traduit du Latin de Salvian. Paris
1634. *in-*8°. Il a paru depuis d'autres
Traductions de l'Ouvrage de *Sal-*
vien, bien meilleures que celle-ci ;
telles font celle de M. *Drouet de*
Maupertuis qui parut à *Paris* en 1701.
*in-*12. & celle du P. *Bonnet*, Prêtre
de l'Oratoire, qui a été imprimée
auffi à *Paris* en 1702. *in-*12.

21. *Ifocrate, de la Louange de Bu-*
fire, avec la Louange d'Helene traduite
par M. Giry. Paris 1640. *in-*12.

22. *Les Pfeaumes de D. Antoine,*
Roi de Portugal, où le Pecheur confeffe
fes fautes, & implore la grace de Dieu.
Paris 1645. *in-*12. Il y a eu depuis
d'autres traductions de cet Ouvrage,
entre autres une de l'Abbé de *Bel-*

P. DU garde, imprimée à *Paris* en 1718.
RYER.   *in-16.*

23. *Histoire de la Guerre de Flan-*
dres, traduite du Latin de Strada. Paris *in-fol.* Deux volumes. Le premier en 1644. & le second en 1649.

24. *Les Histoires d'Herodote. Paris*
1645. *in-fol.*

25. *Les Supplemens de Freinshemius,*
à la tête de la Traduction de *Quint-*
Curce, par *Vaugelas. Paris* 1647. *in-*
8°.

26. *La vie de S. Martin,* par *Se-*
vere Sulpice. Paris 1650. *in-*12.

27. *Les decades de Tite-Live avec*
les supplemens de Freinshemius. Paris
1653. *in-fol.* Deux volumes.

28. *Les Histoires de Polybe, avec*
les fragmens. Paris 1655. *in-fol.*

29. *Histoire de M. de Thou, des*
choses arrivées de son temps. Paris
1659. *in-fol.* Trois volumes. Du *Ryer*
n'a traduit que la moitié de cette
histoire. Après sa mort M. *Cassandre*
promit de la continuer; mais il n'a
point executé cette promesse.

30. *Les Metamorphoses d'Ovide,*
avec de nouvelles explications histori-
ques, morales, & politiques. Paris
1660. *in-fol.*

31. Il a traduit preſque toutes les P. DU Oeuvres de Ciceron, ſavoir le Trai- RYER. té *du Meilleur genre d'Orateurs*, la plûpart des *Oraiſons*, les *Epîtres familieres*, les *Tuſculanes*, la *Nature des Dieux*, les *Offices*, la *Vieilleſſe*, l'*Amitié*, les *Paradoxes*. Douze volumes imprimés ſéparement en diverſes années *in*-12. Nous avons d'autres traductions beaucoup meilleures de tous ces Ouvrages.

32. Il a traduit auſſi les *Oeuvres de Seneque*, à l'exception de ce que *Malherbe*, & *Lesfargues* en avoient traduit, & ſa traduction eſt en neuf volumes *in*-12. imprimés ſéparement en diverſes années.

Quoiqu'on ait pu dire autrefois à l'avantage de ces traductions de *Du Ryer*, elles ſont peu eſtimées maintenant. La moins mauvaiſe, au jugement de pluſieurs perſonnes, eſt celle des Oeuvres du *Ciceron*, quoiqu'il y ait paſſé, ſurtout dans les *Oraiſons*, pluſieurs endroits, qu'il n'a pas entendus ; & que pour ſe tirer d'affaire & ne point laiſſer de vuide, il y ait mis à la place de petits galimatias propres à éblouir & à

P. DU RYER. embaraſſer les jeunes gens. Les autres verſions qu'il a faites des anciens Auteurs ne ſont que de vieilles traductions, qu'il a racommodées à ſa fantaiſe, & ſurtout celles d'*Herodote*, de *Polybe*, d'*Ovide*, de *Tite-Live*, & de *Seneque*, ſans s'être voulu donner la peine de voir les Originaux.

V. *L'Hiſtoire de l'Académie Françoiſe de M. Pelliſſon & les additions de M. l'Abbé d'Olivet.*

AUGER GISLEN DE BUSBEQ.

A. G. DE BUSBEQ. AUGER *Giſlen de Busbeq* naquit l'an 1522. à *Comines* en Flandres ſur *la Lys* (a) & fut fils naturel de *Gilles Giſlen*, Seigneur de *Busbeq*, Château ſur *la Lys* entre *Comines* & *Menin*, qui l'eut d'une fille de baſſe condition.

Les heureuſes diſpoſitions qu'il fit voir dès ſa premiere jeuneſſe pour les ſciences, engagerent ſon pere, qui l'élevoit dans ſa maiſon,

(a) *La Croix du Maine* le fait mal à propos naître à *Bruges*.

à ne rien oublier pour fon inftruc- A. G. DE
tion, & à le faire legitimer par BUSBEQ.
un Refcrit de l'Empereur *Charles-
Quint.*

Il l'envoya étudier dans les plus
celebres Univerfités, à *Louvain*, à
Paris, à *Venife*, à *Boulogne* & à *Padoue*, & le jeune *Busbeq* fit de grands
progrès dans toutes ces villes fous
les fameux Profeffeurs qu'il y fuivit.

En 1554. il fut en Angleterre à la
fuite de *Pierre Laffo*, que *Ferdinand*
Roy des Romains, y envoyoit en
Ambaffade, pour affifter aux Nôces
de la Reine *Marie* avec *Philippe* fils
de l'Empereur *Charles-Quint*, qui
fe celebrerent le 25 Juillet 1554.

De retour en Flandres, il reçut à
Lille le 3 Novembre fuivant une
Lettre de *Ferdinand*, par laquelle ce
Prince lui marquoit de fe rendre à
Vienne, pour aller en Ambaffade à
Conftantinople.

Il ne differa de partir qu'autant de
temps qu'il lui en fallut pour aller
dire adieu à fon pere, que *Valere
André*, peu exact fur fon Chapître,
a fuppofé mal à propos mort en ce

temps-là , aussi bien qu'à ses amis.

Arrivé à *Vienne*, il en partit aussi-tôt pour *Constantinople*, où il arriva le 20 Janvier 1555. *Soliman II.* étoit alors à *Amasie* à la tête de son armée, & ayant sçu son arrivée, il lui fit dire de le venir trouver.

Il sortit de *Constantinople* le 9 Mars, & arriva auprès du grand Seigneur le 7 Avril; mais il n'eut pas grande satisfaction de lui. Il avoit été envoyé à la Porte, pour y demeurer en qualité d'Ambassadeur ordinaire; cependant il y fit très-peu de séjour. Il ne put obtenir de *Soliman* qu'une Tréve de six mois; & on jugea à propos qu'il retournât promptement vers *Ferdinand*, pour lui porter la lettre de l'Empereur Turc.

Il partit donc d'*Amasie* le 2 Juin, & eut presque toujours la fievre jusqu'au 24. qu'il arriva à *Constantinople*, d'où après quatorze jours de repos, il reprit le chemin de *Vienne*.

Le Roi des Romains le renvoya au mois de Novembre à *Constantinople*, où il arriva en Janvier 1556. Cette seconde Ambassade fut plus longue

longue & plus heureuſe que la premiere; car elle dura ſept ans, & finit par un Traité, contenant une Tréve de huit ans.

Busbeq, quoiqu'appliqué aux affaires de ſon Ambaſſade, ne laiſſa pas de travailler pendant ſon ſéjour en Turquie, pour la République des Lettres. Il ramaſſoit des Inſcriptions, achettoit des Manuſcrits, recherchoit les Plantes rares, & s'informoit de la nature des Animaux. A ce ſecond voyage il avoit mené avec lui un Peintre, pour deſſiner les Plantes & les Animaux, qui nous ſont inconnus; & il communiqua dans la ſuite ces deſſeins à *Pierre André Mathiole*, qui en fit uſage dans les livres qu'il donna au Public.

Quelques-uns ſe ſont imaginés que *Mathiole* avoit été à ſon ſervice, fondés ſur la 4e Lettre de *Busbeq* écrite en 1562. où il eſt dit : *Nihil pene ſtirpium neque herbarum retuli, niſi depictarum, quas Mathiolo ſervo mandaram, & alia plæraque &c.* Mais il eſt viſible que la ponctuation eſt vicieuſe dans cet endroit, & qu'il faut lire, *quas Mathiolo ſervo*

Tome XXII. G g

Mandaram & alia plæraque &c.
C'est-à-dire, qu'il gardoit ces des-
seins pour *Mathiole*. Ajoutez à cela
que *Mathiole* dit dans l'Epître dedicatoire de son *Commentaire sur*
Dioscoride, écrite l'an 1568. qu'il y
avoit dix-sept ans de suite qu'il étoit
Medecin de *Ferdinand d'Autriche*,
second fils de *Maximilien I.* Il a
donc commencé à l'être en 1551. &
n'a pu durant ce temps servir *Busbeq*.

Busbeq eut pendant son séjour en
Turquie un Medecin, dont il est
bon de dire quelque chose. Il s'appelloit *Guillaume Quacquelben*, &
étoit natif de *Courtray*, en Flandres.
Il fut appellé en 1548. de *Louvain*
pour professer la Medecine à *Vienne*
en Autriche. Il passa de-là à *Constanti-*
nople en 1552. & y mourut en 1561.
C'étoit un homme de Lettres, & curieux en Medailles, & *Busbeq* assure
dans ses Lettres que la République
des Lettres perdit par sa mort quantité de Remarques curieuses qu'il
vouloit mettre au jour. *Mathiole*
dans ses observations sur *Dioscoride*
reconnoît qu'il lui en avoit envoyé
plusieurs qu'il avoit inserées dans
son Ouvrage. Ce Medecin avoit pour

principe qu'il ne falloit pas craindre la Pefte, parce que la crainte feule pouvoit la donner ; cependant il la gagna, & en mourut, fans vouloir presque demordre de son premier fentiment. *Busbeq* le croyoit capable de tenir fa place à *Conftantinople*, quand il en feroit parti.

Busbeq ayant terminé les affaires qui l'avoient amené en Turquie, partit de *Conftantinople* à la fin du mois d'Août de l'an 1562. avec *Ebrahim Strotfchen*, Polonois, que *Solyman II.* envoyoit à l'Empereur *Ferdinand II.* & arriva en Autriche au commencement d'Octobre ; mais comme l'Empereur étoit alors à la Diete de *Francfort*, il s'y tranfporta par fes ordres pour lui rendre compte de fes Negociations.

Son deffein étoit de paffer après cela le refte de fes jours dans une vie privée ; mais il fallut qu'il fe rembarquât plus que jamais à la Cour.

On lui confia le Gouvernement des jeunes Princes, fils de *Maximilien II.* que ce Prince devenu Empereur par la mort de *Ferdinand I.* fon pere, arrivée le 25 Juillet 1564.

A. G. DE
BUSBEQ.

envoya en Espagne auprès de *Philippe II.* leur oncle, sous sa conduite.

Lorsque la Princesse *Elizabeth d'Autriche* fille du même Empereur *Maximilien* fut mariée en 1570. avec *Charles IX.* Roi de France, il fut chargé de la conduite dans ce Royaume & demeura auprès d'elle, avec l'Intendance de sa maison & de ses affaires & quand cette Princesse sortit de France après la mort de son Mari, arrivée le 30 May 1574. elle l'y laissa, pour y avoir soin de ses affaires.

L'Empereur *Rodolphe II.* le choisit aussi pour être son Ambassadeur à la Cour de France; & l'on a les Lettres qu'il lui écrivit en cette qualité depuis le 25 Mars 1582. jusqu'à la fin de 1585.

En 1592. il obtint de l'Empereur un Congé de six mois, pour faire un voyage en Flandres, où sa presence étoit necessaire par rapport à ses affaires domestiques. Mais quoiqu'il eût pris, pour faire ce voyage plus seurement, des passeports du Roy & de la Ligue, il fut volé & mal-

traité dans le village de *Cailly* à
quatre lieues de *Rouen*, par un parti
de Ligueurs, qui cependant fur les
réprefentations qu'il leur fit par rapport à fon Caractere, le laifferent
libre, & lui rendirent tout ce qu'ils
lui avoient pris.

A. G. DE
BUSBEQ.

Le Gouverneur de *Rouen*, ayant
fçu cette avanture lui en fit des ex-
cufes, & lui promit de punir ceux
qui l'avoient infulté, mais *Busbeq*
lui répondit qu'il fongeoit plutôt à
fe tranquilifer l'efprit, qu'à fe venger de l'injure qu'on avoit faite à fa
qualité.

Il ne continua pas cependant fon
voyage; car fe fentant incommodé,
il fe fit porter au Château de *Mail-*
loc, dans le voifinage de *Cailly*.

Il y mourut onze jours après le
28 Octobre 1592. âgé d'environ 70
ans. Son corps fut enterré honora-
blement dans l'Eglife du lieu, &
fon cœur fut porté aux Pays-Bas,
pour y être mis dans le tombeau de
fes Ancêtres.

Le bruit courut alors qu'il avoit
été tué dans un bois par des voleurs,
& c'eft conformément à ce bruit

A. G. DE qu'en ont parlé *Philippe Camerar...* BUSBEQ. dans ses *Meditations Historiques,* *Scaliger* dans le *Scaligerana,* & *Juste Lipse* dans l'Epitaphe qu'il lui a faite.

L'Archiduc *Albert* Gouverneur, & puis Souverain des Pays-bas Espagnols, ériga en Baronie la terre de *Busbeq,* pour honorer la memoire de son Gouverneur, & lui témoigner sa reconnoissance. *Maximilien* Pere de ce Prince lui avoit conferé l'ordre de Chevalerie, & les Lettres Patentes qu'il lui accorda pour cela le 3 Avril 1564. lui sont très-honorables.

Il avoit eu dessein de se fixer en France, dont le séjour lui plaisoit extrémement, & il y avoit dans ce dessein acheté quelques terres.

On dit qu'il parloit sept langues en perfection, la Latine, l'Italienne, la Françoise, l'Espagnole, l'Allemande, la Flamande, & la Sclavone.

Catalogue de ses Ouvrages.

1. *Itinera II. Constantinopolitanum & Amasianum. Antuerpiæ* 1581. *in-*8°. Ces voyages sont contenus en deux

Lettres, que *Busbeq* adreſſa à *Nico-*
las Micaut, Sieur d'*Indeveld*, avec
qui il avoit autrefois étudié en Italie. *Louis Carrion*, qui en fit faire
cette premiere édition, la dedia au
même *Micaut*.

2. *Legationis Turcicæ Epiſtolæ qua-*
tuor; quarum priores duæ prodierunt
ſub titulo Itinerum Conſtantinopolitani
& Amaſiani. Pariſ. 1595. *in-*8°. Il y
a pluſieurs autres éditions de ces Lettres. Dans celle de *Francfort* de l'an
1605. *in-*8°. on a ajouté l'Ambaſſade
d'*Ebraim Strotſchen*, dont j'ai parlé
ci-deſſus. Ces Lettres, qui ſont très-
curieuſes & très-inſtructives, ont
été traduites en François ſous ce titre. *Ambaſſades & Voyages en Tur-*
quie & Amaſie de M. Busbequius de-
puis l'an 1554. *juſqu'en* 1562. *trad.*
du Latin par le S. Gaudon. Paris
1646. *in-*8°. On en a auſſi une traduction Allemande imprimée à
Francfort en 1596. *in-*8°.

3. *De re militari contra Turcam in-*
ſtituenda Conſilium. A la ſuite des
Lettres ſur ſon Ambaſſade de Turquie, tant dans la 1e. édition de
1581. que dans les ſuivantes. It. à

A. G. DE la p. 18. du 4e volume du Recueil
BUSBEQ. de *Nicolas Reüſner*, intitulé : *De
bello Turcico Selectiſſimæ Orationes &
conſultationes. Lipſiæ* 1596. *in-4°. Busbeq* avoit examiné avec beaucoup de
ſoin l'état de la Monarchie Otto-
manne , & les veritables moyens de
l'attaquer avec ſuccès ; & c'eſt ce
qui fait la matiere de ce petit difcours.

4. *Augerii Giſlenii Busbequii, Cæſaris
apud Regem Gallorum Legati , Epiſtolæ
ad Rudolphum II. Imperatorem. E Bibliotheca Joannis Bapt. Houwart J. C.
Patricii Bruxellenſis. Lovanii* 1630.
in-8°. Ces Lettres qui ſont au nombre de 53. s'étendent depuis le 25
Mars 1582. juſqu'à la fin de 1585.
Elles ont été traduites en François
par M. l'Abbé *Bechet* , Chanoine
d'*Uſez* , natif de *Clermont* en Auvergne , Auteur de la vie du Cardinal *Martinuzius* , mort en 1722. âgé
de 73 ans ; & cette traduction a été
inſerée dans le 11 tome des *Mémoi-
res de Litterature* du P. *Deſmolets* p.
249. » Ces Lettres , dit *Vigneul de
» Marville* tom. I. de ſes Mélanges
» p. 52. ſont mieux remplies & plus
                                    » utiles

» utiles que celles de *Bongars.* C'est A. G. de
» un portrait au naturel des affaires Busbeq.
» de France sous le regne de *Henri*
» *III.* Il raconte les choses avec une
» naiveté si grande, qu'elles sem-
» blent se passer à nos yeux. On ne
» trouve point ailleurs tant de faits
» historiques en si peu de discours.
» Les grands mouvemens, comme
» la conspiration d'*Anvers*, & les
» petites intrigues de la Cour y sont
» également bien marquées. Les at-
» titudes, pour ainsi dire, dans les-
» quelles il met *Henri III.* la Rei-
» ne Mere, le Duc d'*Alençon*, le
» Roi de Navarre, la Reine *Mar-*
» *guerite*, le Duc de *Guise*, le Duc
» d'*Epernon*, & les autres Courti-
» sans & Favoris de ce temps-là,
» nous les montre du côté qui nous
» en découvre à coup sûr le fort &
» le foible, le bon & le mauvais.
» En un mot les Lettres de *Busbeq*
» sont un modele de bien écrire
» pour les Ambassadeurs, qui ren-
» dent compte à leurs maîtres de ce
» qui se passe dans les Cours où ils
» resident.

5. *Omnia quæ extant, seu Epistolæ*

Tome XXII. H h

A. G. DE
BUSBEQ.

ipsius Legationum, & alii Tractatus historici & politici. Lugd. Bat. Elzevir 1633. in-24. It. Amstelodami. Elzevir 1660. in-24.

V. *Ses Lettres.* C'est-là qu'on trouve un détail exact de ce qui le regarde. *Bayle, Dictionnaire.* Son article est fait avec beaucoup de soin. Tout les autres Auteurs qui ont parlé de lui sont tombés dans des fautes grossieres, & ont donné une Rélation de sa vie, qui contredit souvent ce qu'on trouve dans ses lettres. Tels sont les suivans. *Valere André, Bibliotheca Belgica. L'Auteur de sa vie, qui est à la tête de ses Lettres à l'Empereur Rodolphe* & que *M. l'Abbé Bechet a traduite, de même que les Lettres. Melchioris Adami vita Juris-Consultorum Germanorum. p. 145. Freheri Theatrum Virorum Doctorum. p. 931. Bullart, Academie des Sciences tom. 1. p. 80. Les Eloges de M. de Thou, & les additions de Teissier.*

ELIE ASHMOLE.

ELIE *Ashmole* naquit le 23 May 1617. à *Litchfield*, ville du Comte de *Stafford* en Angleterre, de *Simon Ashmole*, Sellier de cette ville, & d'*Anne Bowyer.*

E. ASH-MOLE.

Il apprit dans ſa patrie la langue Latine & la Muſique, & la beauté de ſa voix lui procura une place de Choriſte dans l'Egliſe Cathedrale de *Litchfield.* Il ne là garda pas longtemps; car *Jacques Pagit* Juge de l'Echiquier, qui avoit épouſé en ſecondes Nôces la ſœur de ſa Mere, le fit venir à *Londres*, en 1633. pour le mettre dans les affaires.

En 1638. il devint Solliciteur de la Chancellerie, & il fut en cette qualité chargé des affaires de *Pierre Venables*, Baron de *Kniderion*, & de pluſieurs autres perſonnes de conſideration.

Au mois de Fevrier 1640. il prêta ſerment pour la charge de Procureur dans la Cour des Plaidoyers Communs.

Hh ij

E. ASH-
MOLE.

Le trouble & la confusion, où se trouva la ville de *Londres* en 1642. l'obligerent de sortir de cette ville à la fin du mois d'Août de cette année ; & il se retira à *Smalwood* dans le Comté de *Chester*, pour y vivre dans le repos & la tranquilité, occupé uniquement de ses études particulieres.

Après plus de deux ans de séjour en ce lieu, il passa sur la fin de l'année 1644. à *Oxford*, où le Roi *Charles I.* s'étoit retiré. Il y fut reçu dans le College appellé du *Nés de Bronze*, où l'on lui donna une chambre, & il continua en ce lieu ses études de Philosophie, de Mathematique, d'Astronomie & d'Astrologie, avec les secours qu'il trouvoit dans les Bibliotheques publiques.

La connoissance qu'il fit alors avec un Astrologue, nommé *George Wharton*, lui procura l'avantage d'être mis le 9 May 1545. au nombre des cinq Gentilshommes d'Ordonnance de la Garnison d'*Oxford*; & au mois de Decembre de la même année il devint un des Commis de l'Excife de la ville de *Worcefter.*   E. Ash-

Vers le 12 Mars de l'année fui-MOLE.
vante 1546. il fut fait Capitaine du
Regiment d'Infanterie du Lord
Aftley , qui étoit alors à *Worcefter* ,
& au mois de Juin fuivant on l'éta-
blit Controlleur de l'Ordonnance
de cette ville.

Mais le Parlement s'en étant em-
paré le 23 Juillet , il retourna à
Smalwood , & y demeura caché jufqu'au mois d'Octobre, qu'il alla
fecrétement à *Londres.* Ayant fait
connoiffance dans cette ville avec
Guillaume Lilly & *Jean Booker*, deux
fameux Aftrologues , il fit par leurs
inftructions de fi grands progrès dans
l'Aftronomie & dans l'Aftrologie ,
qu'ils le regarderent bientôt comme
leur confrere.

Après quelques mois de féjour à
Londres , il fe retira à *Englefield* dans
le Comté de *Berk* , où il vécut pendant quelque temps occupé entierement de l'étude.

En 1648. il commença à s'appliquer à l'étude des Plantes , & en peu
de mois il devint un habile Bota-
nifte.

De retour à *Londres* , il s'y donna en 1651. à la gravûre des cachets
& à l'Orfevrerie. La Chymie l'occupa aussi , & il en apprit si bien les
Operations , que *Guillaume Back-
house*, qui étoit habile en cette science , le prit en affection , & lui communiqua plusieurs secrets.

Ce fut en 1655. qu'il commença
à étudier les Antiquités de l'Angleterre , & c'est par cette étude & par
les progrès qu'il y fit , qu'il est le
plus connu. Il forma bientôt le dessein de plusieurs Ouvrages en ce
genre , & dès le commencement de
l'année 1658. il se mit à tirer des Ar-
chives de la Tour de *Londres* , des
materiaux pour composer son grand
Ouvrage sur l'ordre de la Jarretiere.

Charles II. ayant été rétabli le
nomma le 18 Juin 1660. Heraut
d'Armes du titre de *Windsor* , & lui
donna la garde de ses Medailles ,
avec ordre d'en dresser un Catalogue , avec des explications.

Le 3. Septembre de la même année , il fut fait Controlleur des
Droits du Roy , & le 15 Janvier de

l'année ſuivante il fut reçu Membre   E. ASH-
de la Societé Royale de *Londres*.   MOLE.

Ayant été en 1669. à *Oxford* pour
y voir l'ouverture du fameux Theatre de *Sheldon* , il y prit le 19 Août
le degré de Docteur en Medecine.

Il ſe défit en 1675. de ſa Charge
de Heraut d'Armes ; & vers la fin
du mois d'Octobre 1677. il offrit à
l'Univerſité d'*Oxford* de lui laiſſer
toutes les raretés , les Medailles , &
les Manuſcrits de ſon cabinet , pourvû qu'ils vouluſſent bâtir un lieu
pour les placer.

L'Univerſité accepta volontiers ſes
offres , & fit bâtir un Cabinet , qui
ayant été achevé au commencement
de Mars de l'année 1683. on y plaça
le 20 du même mois la charge de
douze Chariots de Raretés , qu'*Ashmole* avoit envoyé à *Oxford* ; c'étoit
ce qui lui reſtoit , & ce qu'il avoit
pu ſauver de l'incendie qui avoit
conſumé ſa maiſon le 26 Janvier
1679. & avec elle un nombre prodi-
gieux de choſes rares & curieuſes
qu'il y avoit amaſſé.

Il voulut en 1690. viſiter ce Cabinet , & ſe rendit pour cela à *Ox-*
Hh iiij

E. ASH-*ford* avec fa femme. Il y fut reçu
MOLE. avec tous les honneurs imaginables,
on lui donna le 17 Juillet un repas
fomptueux dans le Cabinet même,
& on récita en cette occafion un difcours à fa louange.

Il mourut à *Lambeth* le 5 Juin,
fuivant le Nouveau Stile, ou le 26
May, fuivant l'ancien de l'année
1692. le jour de la fête du S. Sacrement, âgé de 75 ans. On mit fur
fon tombeau une Epitaphe dont les
dates ne font pas juftes.

Il avoit été marié trois fois. On
ignore le nom de fa premiere femme. La feconde qu'il époufa le 16
Novembre 1649. fe nommoit *Marie*
Forfter & avoit déja eu trois maris;
ce fut elle qui lui apporta une partie des curiofités qui compofoient
fon Cabinet. Celle-ci étant morte
le 1ᵉʳ Avril 1668. il époufa en troi-
fiémes nôces *Elizabeth Dugdale*, fille
du fameux *Guillaume Dugdale*, qui
après la mort de fon mari, n'eut pas
honte de fe remarier à un homme
de baffe naiffance, fculpteur de profeffion.

Catalogue de ses Ouvrages. E. ASH-MOLE.

1. *Theatrum Chemicum Britanni-cum; ou Remarques sur diverses pie-ces de Poësie des plus fameux Philoso-phes Anglois, qui ont décrit les Myste-res Hermetiques en leur propre langue.* (en Anglois) Londres 1652. *in-*4°. Il y a à la tête de ce livre des Pro-legomenes d'*Ashmole*, qui sont en-tiérement dans le stile des Freres de la *Rose-Croix.* On y voit que cet Au-teur a donné beaucoup dans les vi-sions des Alchymistes.

2. *Fasciculus Chymicus, ou Traités Chymiques, dans lesquels on voit l'ori-gine, les progrès, & la réussite de la Science Hermetique, tirés des meilleurs Auteurs.* (en Anglois) *Londres* 1650. *in-*8°. Cet Ouvrage est traduit d'*Ar-thus Dée.*

3. *Arcanum, ou le grand secret de la Philosophie Hermetique, écrit par un Auteur inconnu.* (en Anglois) *Lon-dres* 1650. *in-*8°. A la suite de l'Ou-vrage précedent. *Ashmole* a publié ces deux traductions sous le nom de *James Hasolle* (qui est l'anagramme pure d'*Elias Ashmole*) qui est *Mer-curiophilus Anglicus.*

E. ASH-
MOLE.

4. *La voye à la felicité en trois li-vres.* (en Anglois) *Londres* 1658. *in-*4°. *Ashmole* n'est que l'Editeur de cet Ouvrage, qui roule sur la Pierre Philosophale, & qui est d'un Auteur inconnu, lequel vivoit sous la Reine *Elizabeth. Guillaume Back-house* le lui avoit communiqué, afin qu'il le donnât au Public; ce qu'il fit pour répondre à ses intentions.

5. *L'Etablissement, les Loix, & les Ceremonies de l'Ordre de la Jarretiere.* (en Anglois) *Londres* 1672. *in-fol. Avec fig.* C'est le plus considerable des Ouvrages d'*Ashmole*, qui ne l'eut pas plutôt mis au jour, qu'il le presenta au Roy *Charles II.* Ce Prince ne se contenta pas de le recevoir avec beaucoup de bonté, il fit encore present à l'Auteur de 400 livres sterling. *Ashmole* en donna aussi à tous les Chevaliers de l'Ordre, dont quelques-uns lui témoignerent leur reconnoissance par leurs liberalités. *Christiern,* Roy de Danemarc, qui en étoit, lui envoya en 1674. une chaîne d'or avec une medaille, qu'il porta depuis dans les solemnités par ordre du Roy *Charles II. Frederic.*

Guillaume Electeur de Brandebourg E. Ash-
lui envoya un pareil préfent en 1680. MOLE.
& donna de plus ordre qu'on tra-
duisît fon Ouvrage en Allemand ;
je ne fai fi cela a été executé. On en
a donné depuis un Abregé, où l'on
a fait quelques additions fur les Manufcrits de l'Auteur, & où l'on a
continué la lifte des Chevaliers jufqu'à préfent. Cet abregé parut en
Anglois à *Londres* l'an 1715. *in*-8°.
  V. *Athena Oxonienfes.* tom. 2. *p.*
886.

JEREMIE DREXELIUS.

JEREMIE *Drexelius* naquit à J. DRE-
  Augsbourg vers l'an 1581. Après XELIUS.
avoir fait fes études d'Humanités,
il entra dans la Compagnie de *Jefus*
à l'âge de dix-fept ans, c'eft-à-dire
vers l'an 1598.
  Ses études achevées, il profeffa pendant quelque temps la Rhetorique.
Le talent qu'il avoit pour la Prédication le fit choifir par l'Electeur de
Baviere pour être fon Prédicateur
ordinaire, & il en a rempli les fonc-

J. DRE-
XELIUS.

tions pendant vingt-trois ans, malgré la foiblesse de sa santé.

Il mourut à *Munich* le 19 Avril 1638. âgé dans sa 57e année.

Ses fonctions de Prédicateur ne l'empêcherent pas de composer un grand nombre d'ouvrages pour l'instruction de la jeunesse. Il a sçu y mêler l'agréable avec l'utile, & temperer le serieux des préceptes qu'il y donne, par l'agrément des petites histoires qu'il ne manque jamais d'y joindre. Les figures fort jolies qu'il y fait ajouter ont aussi leur merite. C'est ce qui les a fait rechercher avec tant d'empressement, & ce qui en a multiplié les éditions. On les a même traduits en diverses Langues.

Ils ont d'abord été imprimés *in-* 16. ensuite on les a réunis en quatre tomes, qui font deux volumes *in-fol.* Ils ont été imprimés en cette derniere forme à *Anvers* en 1643. par les soins de *Pierre de Vos* Hermite de l'ordre de *S. Augustin*; & ensuite à *Lyon* en 1658. Voici le détail de ce qui est contenu dans ce Recueil.

Tome 1^r.

1. *De Æternitate Conſiderationes.* *Monachii* 1620. *in-*16. It. *Auctiores.* *Ibid.* 1622. *in-*16. It. *Coloniæ Agrip.* 1631. *in-*16. Les neuf conſidera-tions, qui compoſent cet opuſcule, ſont accompagnées chacune d'une figure fort jolie, comme toutes celles qui ſe trouvent dans les Ou-vrages de *Drexelius.*

2. *Prodromus Æternitatis, mortis Nuncius. Monachii* 1628. *in-*16.

3. *Tribunal Chriſti, ſeu Arcanum ac ſingulare cujuſvis hominis in morte judicium. Monachii* 1631. *in-*16. It. *Coloniæ* 1635. *in-*16. En deux livres,

4. *Infernus Damnatorum Carcer & Rogus. Monachii* 1631. *in-*16. It. *Co-loniæ* 1632. *in-*16. Avec neuf figures réprésentant d'une maniere aſſez ſin-guliere les ſupplices des damnés.

5. *Cœlum Beatorum Civitas. Mo-nachii* 1635. *in-*16. It. *Antuerpiæ* 1636. *in-*16. En deux livres.

6. *Zodiacus Chriſtianus, ſeu ſigna* XII. *Divinæ Prædeſtinationis totidem Symbolis explicata. Monachii* 1622, *in-*16. It. *Coloniæ* 1632. *in-*16.

7. *Horologium Auxiliaris Tutelaris*

J. DRE-
XELIUS.

Angeli. Monachii 1622. *in*-16. It.
Auctius. Ibid. 1623. *in*-16. It. traduit
en François : *La Montre de l'Ange*
Gardien trad. par J. le Breton. Paris
1668. *in*-12. On en a une autre traduction Françoise plus récente sous
le titre de *L'Ange Gardien traduit du*
Latin du P. Drexelius. Paris 1691,
in-12.

8. *Nicetas, seu Triumphata incon-*
tinentia. Monachii 1625. *in*-16. En
deux livres.

9. *Trismegistus Christianus, seu Tri-*
plex cultus Conscientiæ, Cælitum, cor-
poris. Monachii 1624. *in*-16. En trois
livres.

10. *Amussis sive de recta intentione*
omnium humanarum actionum. Mona-
chii 1626. *in*-16. En deux livres.

11. *Heliotropium, seu conformatio*
humanæ voluntatis cum divina, libris
quinque explicata. Monachii 1627.
in-16. It. *Coloniæ* 1630. *in*-16. Les
sept Ouvrages marqués au N°. 1. 6.
& cinq suivans ont été imprimés ensemble à *Munich* en 1628. *in*-4°.

Tome 2.d

12. *Orbis Phaeton, hoc est, de U-*
niversis vitiis Linguæ. Monachii 1629.

in-16. It. *Colonia* 1631. *in*-16. Avec J. Dre-
23 figures. On ne s'attendroit pas xelius.
à trouver dans cet Ouvrage une queſtion ſinguliere de combinaiſons.
En parlant dans le chap. 41. de ceux
qui employent leur temps à des choſes inutiles, *Drexelius* demande en
combien de façons un Pere de famille peut placer à ſa table ſix perſonnes qu'il a invité à manger, &
il trouve après ſix pages entieres de
combinaiſons, qu'il peut le faire en
720. façons.

13. *Roſa Selectiſſimarum virtutum,
quas dei Mater orbi exhibet. Monachii* 1636. *in*-16. En deux parties.

Tome 3e.

14. *Gymnaſium Patientiæ. Monachii* 1630. *in*-16. En trois parties.

15. *Rhetorica cæleſtis, ſeu attente
præcandi ſcientia. Monachii* 1635. *in*-
16. It. *Antuerpiæ* 1636. *in*-16. En
deux livres.

16. *Gazophylacium Chriſti, ſeu de
Eléemoſyna. Monachii* 1637. *in*-16. En
trois parties.

17. *Aloe amari, ſed ſalubris ſucci,
Jejunium. Monachii* 1637. *in*-16. En
deux livres.

J. DRE-
XELIUS.   18. *Deliciæ gentis humanæ Christus Jesus nascens, moriens, resurgens, orbis amori propositus. Monachii* 1638. *in*-16. En trois parties.

19. *Noe Architectus Arcæ, in Diluvio Navarchus.* Cet Ouvrage & une partie des suivants n'ont paru qu'après sa mort.

20. *Joseph Ægypti Prorex descriptus.*

21. *Daniel Prophetarum Princeps descriptus.*

Tome 4ᵉ.

22. *Tobias morali doctrina instructus.* En deux parties.

23. *Palæstra Christiana.* Cet Ouvrage roule sur les Tentations, il est divisé en trois parties.

24. *Aurifodina Artium omnium & scientiarum, Monachii* 1638. *in*-16. Ce traité, divisé en trois parties, traite de l'utilité des extraits des Auteurs que l'on lit, & de la maniere de les faire.

25. *David Rex.*

26. *Salomon Justus.*

27. *Salomon fatuus & flagitiosus.*

28. *Antigrapheus hominis, sive conscientia.*

29.

29. *Jobus Divinæ Providentiæ Thea-*
trum.

V. *Bibliotheca Scriptorum Societa-*
tis Jeſu.

MARTIN-ANTOINE DELRIO.

MARTIN *Antoine Delrio* naquit
à *Anvers* le 17 May 1551.
jour de la Pentecôte , d'*Antoine Del-*
rio , Gentilhomme Eſpagnol , qui
poſſedoit deux Terres dans le voiſi-
nage de cette ville , & d'*Eleonor Lo-*
pez de Villeneuve.

M. A.
DELRIO.

Il fit ſes premieres études à *Liere*
près d'*Anvers* , & vint enſuite les
continuer à *Paris.* Il y étudia en
Rhetorique & en Philoſophie dans
le College de *Clermont* , & eut pour
Maître en cette derniere Science
Jean Maldonat.

De retour dans les Pays-Bas , il
alla étudier en Droit dans l'Univerſité de *Douay* , & enſuite dans celle
de *Louvain.* Il reprit dans cette derniere ville ſes études d'Humanités
avec tant de ſuccès , qu'il compoſa
avant l'âge de vingt ans des Rema-

M. A.
DELRIO.

ques sur les Tragedies de Seneque ;
dans lesquelles il cita près d'onze
cens Auteurs.

Après s'être fait recevoir Bachelier en Droit à *Louvain* en 1571. il
alla en 1574. prendre le bonnet de
Docteur à *Salamanque.*

L'année suivante il eut une place
de Senateur dans le Conseil Souverain du Brabant ; dignité à laquelle
on ajouta en 1577. celle d'Auditeur
general de l'Armée & en 1578. celles de Vice-Chancelier du Brabant ;
& de Procureur General.

Il s'acquitta avec beaucoup de fidelité & de prudence des fonctions de
ces differentes Charges ; mais les troubles des Pays-Bas, qu'il prévoyoit
ne devoir pas finir sitôt, commencèrent à lui inspirer du dégoût pour
le monde, & ayant obtenu une permission du Duc de *Parme* pour faire
un voyage en Espagne, il n'y fut
pas plutôt arrivé, que renonçant à
toutes ses Charges, il entra à *Valladolid* dans la Compagnie de *Jesus* le
9 May 1580. à l'âge de vingt-neuf
ans.

Son Noviciat fini, on lui fit faire

trois années de Philosophie ; après M. A.
quoi on le renvoya dans son pays, DELRIO.
& il y étudia la Theologie & l'Ecriture Sainte à *Louvain* & à *Mayence.*

En 1589. il fut choisi pour professer la Philosophie à *Douay* ; il alla ensuite enseigner la Theologie Morale à *Liege.* Après un séjour de quatre années en cette derniere ville, il passa à *Louvain* pour y expliquer l'Ecriture Sainte.

Il fit ses quatre vœux en 1600. & on l'envoya aussitôt après à *Gratz* en Styrie, où il reçut le bonnet de Docteur en Theologie, & professa les Saintes Lettres pendant trois ans. Au bout de ce temps il alla à *Salamanque* en Espagne, pour y remplir un emploi semblable.

Rappellé de nouveau dans les Pays-Bas, il arriva à *Louvain* fatigué du voyage & tourmenté des douleurs de la Gravelle. Son mal devint bientôt mortel & il mourut trois jours après son arrivée le 19 Octobre 1608. âgé de 57 ans.

Cet Auteur avoit beaucoup de lecture & de savoir ; mais il étoit fort crédule & fort prévenu. Il écrit

I i ij

M. A.
DELRIO.

assez purement, mais avec rudesse & d'un stile affecté. C'est le jugement de M. *Du-Pin.*

Catalogue de ses Ouvrages.

1. *In Caii Solini Polyhistorem nota. Antuerpia* 1572. *in-*8°. *Delrio* n'avoit que vingt ans, lorsqu'il publia ces notes, qui ont été réimprimées quelquefois avec l'Ouvrage de *Solin.* Saumaise les a fort meprisées, & s'est plaint de la hauteur avec laquelle *Delrio* y reprenoit les notes de *Jean de Camerino,* lors même qu'il les pilloit.

2. *In Claudii Claudiani opera nota. Antuerpia* 1572. *in-*12. Réimprimées plusieurs fois depuis.

3. *In Seneca Tragædias Adversaria. Antuerpia* 1574. *in-*4°. Il doit avoir fait cet Ouvrage trois ou quatre ans auparavant, suivant ce que j'en ai rapporté ci-dessus après les Bibliothecaires des Jesuites. Il le corrigea depuis, & y fit differentes augmentations, que je marquerai plus bas.

4. *Miscellanea scriptorum ad Universum Jus-Civile. Paris* 1580. *in-*4°. It. *Auctiora studio Petri Brossæi. Lugduni* 1606. *in-*4°.

5. *Syntagma Tragædiæ Latinæ , ſeu* M. A. *fragmenta veterum Tragicorum , & L.* Delrio. *Ann. Senecæ Tragœdiæ cum Commentariis. Antuerpiæ* 1593. *in-*4°. It. *Pariſ.* 1619. *in-*4°. C'eſt une nouvelle édition de ſes notes ſur *Seneque.*

6. *Florida Mariana , ſeu de Laudibus Sanctiſſimæ Virginis Deiparæ Panegyrici* XIII. *Antuerpiæ* 1598. *in-*8°. It. dans l'Ouvrage ſuivant.

7. *Opus Marianum , ſeu de Laudibus & virtutibus Mariæ Virginis Deiparæ , in quatuor partes diviſum, nempe ſpeculum Marianum ; ſpeculum Charitatis & patientiæ Jeſu & Mariæ ; Polemica Mariana ; Florida Mariana. Lugduni* 1607. *in-*8°.

8. *Diſquiſitionum Magicarum libri ſex. Lovanii* 1599. *in-*4°. C'eſt la premiere édition de cet Ouvrage , qui a été réimprimé pluſieurs fois avec diverſes augmentations. Dans les dernieres éditions on trouve *Epiſtola Apologetica contra cujuſdam ſugillationem.* It. traduites en François ſous ce titre : *Les Controverſes & Recherches Magiques de Martin Delrio traduites & abregées du Latin par André Du Cheſne. Paris* 1611. *in-*8°.

M. A.
DELRIO.

Comme on eſt curieux du tout ce qui eſt extraordinaire, ce livre eut d'abord beaucoup de cours, quoiqu'il ſoit rempli quantité de Contes & de Fables, que l'Auteur adopte, malgré leur puerilité & leur peu de vraiſemblance.

9. *Sancti Orientii Commonitorium emendatum & notulis illuſtratum. Antuerpiæ* 1602. *in*-12.

10. *S. Althelmi Ænigmata, cum notis.* A la ſuite de l'Ouvrage précedent. Tous les deux ſe trouvent dans la Bibliotheque des Peres.

11. *In Canticum Canticorum Salomonis Commentarius Litteralis, & Catena Myſtica. Ingolſtadii* 1604. *in-fol.* It. *Pariſ.* 1607. *in*-4°. It. *Lugduni* 1611. *in*-4°.

12. *Notæ ad Epitomen Decadum Titi-Livii. S. Gervaſii* 1606. *in*-8°. A la ſuite d'une édition de *Florus.*

13. *Vindiciæ Areopagiticæ contra Joſephum Scaligerum. Antuerpiæ* 1607. *in*-8°. Cet Ouvrage roule ſur les livres attribués à *S. Denis* l'Areopagite, que *Delrio* ſoutient être veritablement de lui.

14. *Commentarius Litteralis in Thre-*

nos Jeremiæ 1608. *in*-4°.

15. *Pharus Sacræ Sapientiæ ; ſeu* DELRIO. *Commentarii & Gloſſæ litterales in Geneſim. Lugduni* 1608. *in*-4°. Il ſemble que *Delrio* eut dû réuſſir dans ſes Ouvrages ſur l'Ecriture, puiſqu'outre les langues vivantes, qu'il poſſedoit, ſavoir le Flamand, l'Allemand, l'Eſpagnol, le François & l'Italien, il ſavoit le Latin, le Grec, l'Hebreu & le Chaldaique. Mais il faut qu'il n'ait ſçu ces dernieres langues que legerement, ou qu'il lui ait manqué quelques autres choſes, pour s'appliquer utilement à l'explication de l'Ecriture ; puiſque les ſavans n'ont point témoigné faire beaucoup de cas de tout ce qu'il a fait en ce genre.

16. *Peniculus foriarum Elenchi Scaligeriani pro Societate Jeſu, Maldonato, & Delrio, Autore Liberio Sanga Verino. Metelloburgi Metthiacorum* (*Antuerpiæ*) 1609. *in*-12. Delrio s'eſt caché dans cet Ouvrage ſous le nom de *Sanga.* Il n'y a pas épargné les plaintes & les injures à l'égard de *Scaliger.*

17. *Commentarius rerum in Belgio*

M. A. DELRIO.

gestarum à Petro Henriquez Comite Fontano ; Addito Tractatu de Tumultibus Belgicis. Autore Rolando Miriteo Onatino. Coloniæ 1611. *in-4°.* Cet Ouvrage est encore de *Delrio,* qui le fit imprimer en Espagnol à *Madrid* en 1610. il le composa pendant qu'il étoit encore dans les affaires. Le nom de *Rolandus Miriteus Onatinus,* qu'il y a pris, est l'Anagramme du sien.

18. *Adagialia Sacra Veteris & Novi Testamenti. Lugduni* 1612. *in-4°.* Ce titre annonce plus que le livre ne contient ; car on n'y trouve rien sur les Adages du Nouveau Testament; il en manque même quelques-uns de l'Ancien ; parce que l'Auteur mourut pendant qu'il travailloit à cet Ouvrage, & qu'il n'eut pas le temps de le finir. C'est pour suppléer à son défaut, qu'*André Schott* a donné *Adagialia sacra Novi Testamenti Græco-Latina. Antuerpiæ* 1626. *in-4°.*

V. *Auberti Miræi Bibliotheca Ecclesiastica Part.* 2e. *p.* 183. *Bibliotheca scriptorum Societatis Jesu. Valerii Andreæ Bibliotheca Belgica. Fr. Sweertii*

tii *Athenæ Belgicæ. Hieremiæ Drexe-*
lii Anrifodina, ch. 5e. *de la premiere*
partie. Du Pin, Bibliotheque des Au-
teurs Ecclefiaftiques.

LOUIS CAPPEL.

LOUIS *Cappel,* furnommé de L. CAP-
Moniambert, naquit à *Paris* le PEL.
15 Janvier 1534. de *Jacques Cappel,*
Avocat du Roy au Parlement de
Paris, qu'il perdit à l'âge de fept ans.

Cette perte ne l'empêcha pas de
s'avancer dans fes études, dans lefquelles il fit des progrès fi confide-
rables, qu'il n'entroit encore que
dans fa dix-feptiéme année; lorfqu'on le choifit pour Régenter une
claffe dans le College du Cardinal-
le-Moine.

Après avoir profeffé cinq ans, il
alla à *Bourdeaux* dans le deffein de
s'y appliquer à l'étude du Droit.

Cette étude eut à fouffrir quelque interruption, par l'offre qu'on
lui fit d'une Chaire en langue Gréque qu'il accepta, & qu'il remplit
pendant quelque temps.

Tome XXII. K k

L. CAP-
PEL.

Quelques Religionnaires, qu'il
eut occasion de voir à *Bourdeaux*,
lui inspirerent du goût pour la nouvelle Religion, & il devint bientôt
un des plus zelés partisans du Calvinisme.

Il voulut faire un voyage à *Geneve* pour s'instruire plus particuliére-
ment de ses dogmes, & quand il
eut acquis sur ce sujet toutes les connoissances qu'il souhaitoit, il revint
à *Paris*, pour mettre ordre à ses affaires, & pour prendre son parti sur
le genre de vie qu'il devoit embrasser.

Il fut longtemps incertain sur ce
dernier article, parce que ses parens souhaitoient qu'il suivît le Bar-
reau à l'exemple de son pere, & qu'il
se sentoit porté par son propre pen-
chant à l'étude de la Theologie.

Il étoit dans ces incertitudes, lorfque les P. Reformés voyant leur
nombre s'accroître, convinrent de
demander au Roy un Edit qui leur
accordât le libre exercice de leur
Religion. *Cappel* fut chargé d'en
faire la proposition dans une Assemblée particuliere qui se tint à *Paris*,

avant l'Aſſemblée générale des Etats **L. CAP-** indiquée à *Orleans*, & il conduiſit **PEL.** cette affaire avec tant de dexterité, que le Roy *Charles IX.* accorda au mois de Janvier 1561. l'Edit qu'il demandoit.

La réuſſite de cette affaire lui acquit tellement l'eſtime de ceux de ſon parti, qu'ils l'engagèrent à entrer dans le Miniſtere. Il eut d'abord de la peine à répondre en cela à leurs déſirs ; mais s'étant enfin rendu, & ayant reçu à *Paris* l'impoſition des mains, on lui donna la conduite de l'Egliſe de *Meaux.*

Il alla donc s'établir dans cette ville, mais les troubles qui s'éleverent dans la ſuite l'obligerent de ſe retirer d'abord à *Geneve*, & enſuite à *Sedan.*

En 1569. les Calviniſtes d'*Anvers* ayant demandé un Paſteur, on leur envoya *Cappel*, qui ne fit pas un long ſéjour en ce lieu, à cauſe du peu de ſureté qu'il y avoit pour lui, & retourna bien vîte à *Sedan.*

Quelque temps après, il se rapprocha de *Paris*, & fut donné pour Paſteur à l'Egliſe de *Clermont* ; mais

L. CAP-la Maſſacre de la *Saint-Barthélemi* de
PEL. l'an 1572. l'obligea ſe retirer encore
de nouveau à *Sedan*, depouillé entierement de ce qu'il pouvoit avoir
de bien.

Les Proteſtants de France, l'envoyerent de là en Allemagne, pour
demander du ſecours aux Princes de
leur Créance; & à peine fut-il de
retour de ce voyage, que *Guillaume
de Naſſau*, Prince d'*Orange*, l'appella
à *Leyde* pour y profeſſer la Theologie. Il aſſiſta à l'Ouverture de la nouvelle Academie de cette ville le 8
Fevrier 1575. & ce fut lui qui fit
en cette occaſion la harangue inaugurale.

L'année ſuivante il fut rappellé en
France, & y fut quelque temps Miniſtre dans les troupes des Calviniſtes. Enfin l'Egliſe de *Sedan* le choi-
ſit pour ſon Miniſtre ordinaire, &
il fut outre cela chargé d'enſeigner
la Theologie dans cette ville. Il remplit ces deux emplois juſqu'à ſa
mort, qui arriva dans cette ville le
6 Janvier 1586. Il étoit alors âgé de
52 ans.

Le ſeul Ouvrage qui nous reſte de
lui eſt le ſuivant.

Oratio inauguralis Academiæ Lug- L. CAP-
duno-Batavæ. A la tête de *Joannis* PEL.
Meursii Athenæ Batavæ. Lugd. Bat.
1625. *in*-4°.

Meursius marque encore les suivans, qui n'ont point, à ce que je
crois, été imprimés.

*Vita procellis belli civilis perturba-
tissima.*

*De Ecclesia & ejusdem notis adver-
sus Epistolam à Roserio Apostata ad
Illust. Franciscam Borboniam directam
annò* 1573.

Speculum Papismi.

*Commentarii in Calvini Cateche-
sim.*

Epistolarum selectarum volumen.

V. *Meursii Athenæ Batavæ. p.* 247.
Freheri Theatrum virorum Doctorum
p. 264. Ce qu'on y dit de *Cappel* est
pris de *Meursius*; mais on lui a mal
à propos attribué les Ouvrages de
Louis Cappel le jeune.

LOUIS CAPPEL LE JEUNE.

LOUIS *Cappel*, le jeune, naquit à *Sedan* le 15 Octobre 1585. de *Jacques Cappel*, frere de *Louis* dont je viens de parler, Conseiller au Parlement de *Rennes*, & qui fut depuis choisi pour remplir une des Charges destinées aux Reformés dans la Chambre mi-partie, que l'on avoit résolu d'ériger à *Paris*, suivant l'Edit de 1566. mais la guerre qui se ralluma ayant fait évanouir les projets de cet Edit, *Jacques Cappel* fut obligé de chercher une retraite à *Sedan* contre les fureurs de la Ligue, & y mourut le 21 May 1586.

Louis Cappel, son fils, fit ses études dans sa patrie, & alla en 1610. à *Oxford* où il fut reçu dans le College d'*Exeter*. Il y soutint la même année des Théses de Theologie, dans le dessein de s'y faire recevoir Bachelier en cette Faculté; on ne sait cependant s'il le fit, car son nom ne paroît pas dans les Registres de cette Université.

Il revint peu de temps après en
France, & alla à *Saumur* continuer
ses études de Theologie. Il en étoit
occupé, lorsqu'on le choisit en 1613.
pour professer la Langue Hebraïque
dans cette Université. Il fut fait dé-
puis Ministre ordinaire, & enfin en
1633. on lui donna une Chaire de
Professeur en Theologie. Il a rempli tous ces postes avec beaucoup de
réputation jusqu'à la fin de sa vie.

L. CA-
PEL.

Il mourut le 18 Juin 1658. dans
sa 73e année.

Il faut, pour rendre justice à cet
Auteur, avouer que non seulement
il étoit très-habile dans les langues
Orientales & particulierement dans
l'Hebraïque, très-versé dans les Ouvrages des Rabbins, très-bon &
très-laborieux Critique ; mais qu'il
avoit encore beaucoup de sagesse,
de moderation & de jugement; qu'il
écrivoit purement & clairement, &
que l'on trouve dans tous ses écrits
beaucoup de netteté & de methode.
C'est le jugement que M. *Du Pin*
porte de cet Auteur.

Catalogue de ses Ouvrages.

1. *De Sanctissimo Dei Nomine Te-*

L. CAP-
PEL.

tragrammato Jehovah, *ac genuina ejus pronunciatione.* Ce difcours qu'il prononça en 1614. à fon inſtallation dans la Chaire de Profeſſeur en Langue Hebraïque à *Saumur*, fut impri-
mé à *Leyde* en 1624. *in-*4°. Avec l'*Arcanum ponctuationis. Adrien Reland* l'a fait réimprimer dans un Re-
cueil intitulé : *Decas Exercitationum Philologicarum de vera Pronunciatione nominis Jehova. Ultrajecti* 1707. *in-*8°. *Cappel* s'y declare contre la prononciation *Jehovah.*

2. *Arcanum punctuationis revela-
tum ,five de Punctis Hebræorum. Lug-
duni-Bat.* 1624. *in-*4°. It. Avec d'au-
tres Ouvrages du même *Cappel* & de *Jacques* fon frere. *Amstelodami*
1689. *in-fol.* Cet Ouvrage fut impri-
mé pour la premiere fois par les foins de *Thomas Erpenius*, à qui fes grandes occupations ne permirent point apparemment de revoir les épreuves de fon édition, qui eſt pleine de fautes. La feconde eſt plus belle & plus correcte, & on y trouve quelques endroits corrigés & aug-
mentés par l'Auteur. Il y a quatre opinions principales fur l'origine &

l'antiquité des Points-Voyelles des   L. Cap-
Hebreux. La premiere eſt de quel-   pel.
ques Rabbins Viſionnaires, qui en
attribuent l'invention à *Adam.* La
ſeconde eſt de ceux qui en rapportent l'Origine à *Moyſe* & aux Prophetes, qu'ils ſoutiennent avoir mis
les points dans leurs livres, en les
écrivant. Il n'y a que peu de Rabbins qui ſoient dans cette penſée. La
troiſiéme opinion eſt celle qui ſup-
poſe qu'*Eſdras*, ou la grande Syna-
gogue, a inventé ou rétabli l'uſage
des points, après le retour de la captivité de *Babylone*, pour faciliter la
lecture des Livres Sacrés, laquelle
ſans ce ſecours auroit été très-diffi-
cile, & preſque impoſſible aux Juifs,
qui alors ne poſſedoient plus la Langue Hebraïque. La plûpart des Rabbins modernes ſont dans cette opinion, & ç'a été celle des deux *Bux-*
torf, pere & fils. Enfin la quatriéme opinion eſt de ceux qui ſoutiennent que les Points n'ont été inven-
tés que par quelques Critiques Juifs,
après que le Thalmud eut été achevé, environ 500 ans après *Jéſus-*
Chriſt. Elie Levite, ſavant Gram-

L. CAP-
PEL.

mairien Juif a soutenu ce dernier
sentiment, & c'est aussi celui de *Cappel*, qui le premier des Chrétiens a
entrepris de le prouver au long, &
de l'appuyer par diverses raisons
qu'*Elie* n'avoit pas rapportées, parce qu'il n'avoit pas entrepris de traiter la matiere à fonds, ni consulté
les anciennes versions Gréques. Lorsque *Cappel* eut composé cet Ouvrage, il en envoya le Manuscrit à *Buxtorf* le pere, qui parut ébranlé de ses
raisons, mais qui ne put se résoudre
à embrasser cette nouveauté des
Points, qu'il croyoit préjudicier à
l'autorité de l'Ecriture Sainte. Vingt-
quatre ans après qu'il eut été publié,
Jean Buxtorf le fils l'attaqua vigou-
reusement dans son traité *de Puncto-
rum Vocalium, & Accentuum in libris
Veteris Testamenti Hebraicis, origine, antiquitate, & authoritate. Basi-
lee* 1648. *in*-4°. & s'efforça de réta-
blir l'antiquité des points Hebreux ;
mais le livre de cet Auteur ne contient gueres que des raisonnemens
de Metaphysique, qui prouvent
qu'il n'est pas contradictoire que la
chose ne soit autrement que *Cappel*

ne l'a repréſentée, ou des conſequen- L. CAP-
ces Theologiques pour tâcher de PEL.
rendre le ſentiment de ſon adver-
ſaire odieux, en faiſant accroire à
ceux qui n'entendent rien dans ces
matieres, qu'il a voulu ruiner l'autorité de l'Ecriture Sainte. S'il y a
quelque choſe de plus, ce ſont de
longues citations de Rabbins Modernes, qui ont cru les Points plus
anciens que ne le prétend *Cappel.*
Cependant *Cappel* reprit la plume
pour défendre ſon Ouvrage; mais
ſa défenſe n'a été imprimée qu'après
ſa mort, avec pluſieurs autres de ſes
Oeuvres, à *Amſterdam* 1689. *in-fol.*

3. *Spicilegium poſt Meſſem; hoc eſt
nova nonnullorum N. Teſtamenti locorum illuſtratio atque explicatio.* Genevæ 1632. *in-4°.* A la fin du livre de
Jean Cameron, qui a pour titre: *My-
rothecium Evangelicum, in quo aliquot
loca Novi Teſtamenti explicantur.*

4. *Diatribæ duæ* 1ª. *De Interpretatione loci Matthæi* xv. 5. 2ª. *de Voto
Jephtæ.* A la ſuite du *Spicilegium.*
Ces deux Diſſertations ont été inſe-
rées dans les *Critici Sacri,* de même
que le *Spicilegium.* Les notes de *Cap-*

pel sur le Nouveau Testament sont
plutôt Critiques que Theologiques,
& tendent à éclaircir le sens Gram-
matical. On trouve que les Rabbins
y parlent un peu trop souvent, &
dans des endroits où ils ne sont
gueres necessaires; mais malgré ce
défaut elles renferment de fort bonnes choses.

5. *Historia Apostolica illustrata, ex
Actis Apostolorum, & Epistolis Pau-
linis, studiose inter se collatis, collecta, ordineque secundum annorum nu-
merum accurate digesta & in compendium contracta. Genevæ* 1634. *in-*4°.

6. *Historiæ Judaicæ compendium ex
Josepho contractum.* Avec l'Ouvrage
précedent.

7. *Theses Theologicæ de summo con-
troversiarum Judice. Salmurii* 1635.
*in-*4°.

8. *Ad novam Davidis Lyram Animadversiones; cum gemina Diatriba:
una de voce Elohim, altera de nomine
Jehova. Salmurii* 1643. *in-*8°. Cappel
détruit dans cet Ouvrage toutes les
prétentions de *François Gomarus*,
qui se flattoit d'avoir deterré les regles de la Poësie Hebraïque, & les

avoir expoſées dans un livre qu'il L. Cap-
publia ſous le titre de *Davidis Lyra,* PEL.
feu nova Hebræa S. Scriptura Ars Poe-
tica. Lugd. Bat. 1637. in-4º. Cappel
fait voir que tout ce qu'il a dit ſur
ce ſujet eſt frivole & ſans fondement. Il montre dans les deux diſſertations qui ſuivent que le nom de
Jehova eſt le nom propre de Dieu ,
& que celui d'*Elohim* eſt un appel-
latif qui convient auſſi aux Anges.

9. *Le pivot de la Foy & Religion ,*
ou preuve de la Divinité contre les A-
thées & profanes. Saumur 1643. in-
12.

10. *Diatriba de veris & antiquis*
Ebræorum literis, oppoſita D. Joh.
Buxtorfii, de eodem argumento, Diſ-
ſertationi. Item Joſephi Scaligeri, ad-
verſus ejuſdem reprehenſiones, defenſio;
& ad obſcurum Zoharis locum illu-
ſtrandum brevis exercitatio. Amſtelo-
dami 1645. in-12. La premiere des
pieces contenues dans ce Récueil
tend à réfuter une Diſſertation de
Jean Buxtorf le fils, *de Ebræorum*
Litteris; où il examine la queſtion,
ſi les Lettres dont ſe ſervent maintenant les Juiſs, ſont les anciennes

L. CAP-
PEL.
Lettres Hebraïques dont Dieu s'étoit
servi sur les Tables de la Loy, qu'il
donna à *Moyse* ; où si ces Lettres gra-
vées sur les Tables de *Moyse* sont les
Samaritaines, dont les Samaritains
usent encore aujourd'hui, & si les
Caracteres Hebreux d'à present vien-
nent des Assyriens ou Chaldéens,
dont les Juifs les ont tirés pendant
la Captivité de *Babilone* ; Question
par rapport à laquelle *Buxtorf* se dé-
clare pour l'identité des Caracteres
Hebreux d'à present & ceux des Tables de *Moyse*, & *Cappel* suit le sentiment opposé.

La seconde piece, qui est intitulée : *Josephi Scaligeri Vindiciæ, sive
ad D. Joh. Buxtorfii Exercitationem
in historiam institutionis S. Cœnæ Do-
minicæ Animadversiones*, est destinée
à défendre *Scaliger* contre ce que
Buxtorf avoit dit de lui dans la Dissertation qu'il avoit jointe à celle
des Lettres Hebraïques, & avoit
trouvé à reprendre par rapport à la
derniere Cêne de *Jesus-Christ* dans
son fameux Ouvrage *de Emendatione
Temporum*.

11. *Amica collatio cum Joanne Clop-*

penburgio de die quo Jeſus-Chriſtus, & L. CAP-
quo Judæi comederint Agnum Paſcha- PEL.
lem, & de Sabbato Deuteroproto. Am-
ſtelodami 1643. *in-*12.

12. *Epicriſis de ultimo Chriſti Pa-*
ſchate & Sabbato Deuteroproto. Amſte-
lodami 1643. *in-*12. Ces deux pieces
ſe trouvent auſſi parmi les Oeuvres
de *Jean Cloppenbourg* imprimées à
Amſterdam en 1684. *in-*4°.

13. *Critica Sacra, ſeu de variis,*
quæ in Sacris Veteris Teſtamenti libris
occurrunt, lectionibus, Libri VI. *in*
quibus ex variarum lectionum obſerva-
tione quàm plurima S. Scripturæ loca
explicantur, illuſtrantur, atque adeo
enodantur non pauca. Cui ſubjecta eſt
ejuſdem Criticæ adverſus injuſtum Cen-
ſorem juſta defenſio, cum quæſtione de
locis parallelis Veteris & Novi Teſta-
menti. Pariſ. 1650. *in-fol.* C'eſt le plus
ſavant Ouvrage que nous ayons ſur
les diverſes leçons de l'Ancien Teſta-
ment; mais il ſeroit encore meilleur, ſi *Cappel* eût conſulté avec
plus de ſoin les Manuſcrits de la
Bible; il n'auroit pas tant multiplié
les diverſesleçons qu'il rapporte.Cet-
te Critique déplut tellement à ceux

de son parti, qu'ils en empêcherent
pendant dix ans l'impression, &
que l'Auteur ne put parvenir à le
faire imprimer dans aucune ville
Proteftante. Mais *Jacques Cappel* fon
fils s'étant fait Catholique obtint
par le moyen du P. *Petau* Jefuite,
du P. *Morin* de l'Oratoire, & du P.
Merfenne Minime, un Privilege pour
l'imprimer à *Paris.* Le P. *Morin,*
qui conduifit l'impression, ne manqua pas d'y retrancher certains endroits où *Cappel* combattoit fes fentimens; c'est ce que ne favoient pas
ceux qui accuferent *Cappel* d'avoir
eu des intelligences avec ce Pere,
pour établir l'autorité de la Vulgate
fur la ruine des Textes Originaux.
L'Ouvrage de *Cappel* ne manqua
pas d'être aussitôt attaqué par differens Auteurs. *Jean Buxtorf,* avec lequel il fembloit être continuelle-
ment en guerre, y oppofa *Anti-Cri-
tica, feu vindiciæ veritatis Hebraicæ
contra Ludovicum Cappellum.* Bafileæ
1653. *in-*4°. Mais quoique cette réponfe fût favante, elle a plutôt con-
tribué à autorifer la Critique de *Cappel,* qu'à la détruire, & à l'exception
de

de quelques endroits, qui ne font
pas en grand nombre, cette Critique eſt demeurée dans ſon entier.
Arnold Bootius avoit auparavant publié contre elle un Ouvrage ſous ce
titre : *Epiſtola de textus Hebraici Ve-*
teris Teſtamenti certitudine & authen-
tia contra Ludovici Cappelli Criticam
Sacram. Pariſ. 1650. *in-*4°. *Cappel* y
répondit par le livre ſuivant.

14. *De Critica nuper à ſe edita ad*
Jacobum Uſſerium Armacanum Epiſco-
pum Epiſtola Apologetica, in qua Ar-
noldi Bootii temeraria Critica cenſura
refellitur. Salmurii 1651. *in-*4°. Quoique *Cappel* fût fort ſuperieur en ſavoir à l'Auteur qui l'attaquoit, celui-ci ne crut pas devoir demeurer
en reſte avec lui, & repliqua par un
Ouvrage intitulé. *Vindiciæ, ſeu A-*
podixis Apologetica pro Hebraica veri-
tate contra Morinum & Cappellum.
Paris 1653. *in-*4°. J'ai dit ci-deſſus
que l'on avoit retranché quelques
endroits dans l'édition de la Critique Sacrée, parce qu'ils attaquoient
les ſentimens du P. *Morin*; mais ils
n'ont pas été perdus pour cela, parce que *Cappel* les a fait entrer dans

Tome XXII. L l

L. CAP- sa réponse à *Bootius.*

PEL.

    15. *Chronologia Sacra à condito Mundo ad eundem reconditum per D. N. Jesum-Christum , atque inde ad ultimam Judæorum per Romanos captivitatem deducta. Parif.* 1655. *in-*4°. It. Dans les Prolegomenes qui font à la tête de la Bible Polyglotte d'Angleterre.

    16. *Trifagion , five Templi Hierofolymitani defcriptio triplex ex Villalpando , Jofepho & Thalmude.* Dans le premier tome de la Bible Polyglotte d'Angleterre & dans les *Critici Sacri.*

    17. *Variæ Thefes Theologicæ in Academia Salmurienfi. Salmurii* 1665. *in-*4°.

    18. *Louis Cappel* eft Auteur du Portrait de *Jean Cameron* , dont il avoit été difciple , lequel fe trouve à la tête de fes Oeuvres imprimées à *Geneve* en 1642. *in-fol.* C'eft une particularité que *Colomiés* nous apprend dans fa *Bibliotheque choifie.*

    19. *Ludovici Cappelli , Sacræ Theologiæ olim in Academia Salmurienfi Profefforis , Commentarii & notæ Critica in Vetus Teftamentum. Acceffere Jacobi Cappelli Ludovici Fratris in*

Academia Sedanenſi S. Theologiæ olim Profeſſoris obſervationes in eoſdem libros. Item Ludovici Arcanum Punctuationis auctius & emendatius, ejuſque Vindiciæ hactenus ineditæ. Editionem procuravit Ludovicus-Cappellus Ludovici filius, Hebraicæ linguæ in Academia Salmurienſi nuper Profeſſor. Amſtelodami 1689. *in-fol.* Les Ouvrages de *Louis Cappel* contenus dans ce volume ſont les ſuivans.

L. CAP-PEL.

Commentarii de Cappellorum gente.

Annotata in Eſaiæ caput 53. *& finem capitis præcedentis.* Il s'agit ici du Meſſie.

In Abdiam, Michæam, Nahum, Habacuc, Sophoniam, Aggæum, Zachariam & Malachiam Annotata.

De Ecclesiæ Chriſtianæ ſupra Judaicam prærogativis.

De Statu Animarum poſt mortem, ante reſurrectionem corporis.

Commentarius in octo Capita Geneſeos à II. *ad* IX. On y trouve une longe diſſertation ſur le Sabbat.

Nota Critica in libros Apocryphos.

Arcanum punctuationis & ejus Vindiciæ.

Louis Cappel a eu deux fils, qui

L. CAP-
PEL.

ne font gueres connus que pour avoir publié quelques Ouvrages de leur pere.

Jacques Cappel, qui fe fit Catholique, & qui a fait imprimer à *Paris* fa Critique Sacrée avec le P. *Morin.*

Louis Cappel, qui né le 13. Août 1639. fut fait Profeffeur en Hebreu à *Saumur* après la mort de fon pere à l'age de dix-neuf ans, à caufe de fon habileté dans cette langue. Après avoir profeffé plus de 30 ans, il fut obligé par la revocation de l'Edit de Nantes de fe retirer en 1689. en Angleterre, où il enfeigna le Latin pendant quelques années dans une Ecole non-conformifte. Il mourut au commencement de l'année 1722. âgé de quatre-vingt trois ans à *Hackney*, bourg à deux milles de *Londres.* C'eft lui qui a donné au public les Oeuvres pofthumes de fon Pere & de *Jacques Cappel* fon Oncle.

V. *Son Ouvrage de Gente Cappellorum. Du Pin Bibliotheque des Auteurs Heretiques. Colomefii Gallia Orientalis. p. 223.*

JACQUES CAPPEL.

JACQUES *Cappel* Seigneur du *Tilloy*, frere aîné de *Louis*, dont je viens de parler, naquit au mois de Mars 1570. à *Rennes*, où *Jacques Cappel* son pere étoit Conseiller au Parlement.

Il fut d'abord Ministre à *Sedan*, où son pere s'étoit retiré; on lui donna ensuite une Chaire de Professeur en Langue Hebraïque & en Theologie dans la même ville, & les fonctions de ces deux emplois ont rempli la meilleure partie de sa vie.

Il mourut le 7 Septembre 1624. âgé de 54 ans.

Catalogue de ses Ouvrages.

1. *Epigramma in obitum Carolæ à Marka. Sedani* 1594.

2. *Epocharum illustrium Thematismi cum explicatione selectorum aliquot difficilium scripturæ locorum. Sedani* 1602. *in-*4°. It. à la fin du premier tome du *Thesaurus Disputationum Theologicarum in Sedanensi Academia habitarum. Geneva* 1661. *in-*4°. It. dans *Fasci-*

J. CAP-
PEL.

*culus Octavus operum Historicorum &
Philologicorum Thomæ Crenii. Roterodami 1697. in-12.*

3. *De Ponderibus, Nummis & Men-
suris, libri v. Francofurti 1606. in-4°.*

4. *Apologie pour les Eglises Reformées contre les blasmes de Leonard Les-
sius, Pierre Coton & autres. Sedan
1611. in 8°.*

5. *Les Trophées du P. Gontery, Jesuite. Sedan 1613. in-8°.*

6. *Historia Sacra & exotica ab A-
damo usque ad Augustum, demonstra-
tionibus Mathematicis & documentis
Ethicis illustrata. Sedani 1613. in-4°.*

7. *Les livrées de Babel, ou l'Histoire du Siege Romain, distribuée par
Controverses & considerations sur ce
que le sieur Ferrier & ses compagnons
ont dit de plus specieux en faveur de
l'Antechrist. Sedan 1616. in-8°.*

8. *Vindiciæ pro Isaaco Casaubono,
contra Roswey dum, Eudæmon-Johan-
nem, & Bulengerum, quatuor libris.
Francofurti 1619. in-4°.* C'est une défense des *Exercitationes Is. Casauboni
contra Baronium,* attaquées par *Rosweyde, Eudemon-Jean, Jules-Cesar
Boulanger* & quelques autres. L'Ou-

J. CAP-
PEL.

vrage de *Rosweyde*, qui eut des fui-
tes, eft intitulé : *Lex Talionis* XII.
*Tabularum Cardinali Baronio ab Ifaaco
Cafaubono dicta, retaliatione retorta.
Retaliante Heriberto Rosweydo. An-
tuerpia* 1614. *in-8°.* La réponfe de
Cappel n'eut pas plutôt paru, que
Rosweyde y oppofa l'Ouvrage inti-
tulé : *Anti-Cappellus, five explofio
Næniarum* Jacobi Cappelli, *quas fu-
neri Ifaaci Cafauboni ad légem* XII.
*Tabularum in Vindiciis fuis accinuit.
Antuerpia* 1619. *in-8°.* La contefta-
tion ne fe termina pas là, & l'année
n'étoit point encore écoulée, que
Cappel fit paroître le livre fuivant.

9. *Affertio bonæ fidei adverfus præcipuas Heriberti Rosweydi Strophas,
feu Artes Romanæ Sedis,* Jacobi Ca-
pelli *notis in Her. Rosweydi Jefuita
librum de fide Hæreticis fervanda de-
lineata. Sedani* 1619. *in-8°. Cappel*
ne s'eft pas propofé feulement d'attaquer l'*Anti-Cappel*, il a voulu
encore refuter un autre livre de
*Rosweyde, de fide Hæreticis fervan-
da,* imprimé à *Anvers* l'an 1610.
in-8°. Celui-ci fe trouvant ainfi engagé à la défenfe de l'un & l'autre

J. CAP-
PEL.

de ces Ouvrages, y satisfit quelques
années après par un nouveau livre,
qu'il publia sous ce titre : *Syllabus
mala fidei Capelliana excerptus ex Jacobi
Cappelli mendaci Affertione bona
fidei, & fictis Artibus Romana Sedis,
pro Anti-Cappello suo, & Differtatione
de fide Hareticis servanda. Antuerpia* 1626. *in*-8°. Nous ne voyons pas,
dit *Baillet*, que *Cappel* ait fait aucune
replique. Mais comment l'auroit-
il pu faire, puisqu'il étoit mort deux
ans auparavant ? C'est ce que ne savoit pas *Baillet*, qui a mis avec *Colomiés* fa mort vers l'an 1633. En
quoi ils fe font trompés tous les
deux.

10. *De la Doctrine des Vaudois. Sedan* 1618. *in*-8°.

11. *Sedis Romana Potestas, Sanctitas & fides. Heidelberga* 1619. *in*-4°.

12. *Institutions Chrétiennes, ou Réponse à celles du P. Coton. Sedan* 1619.
in-8°.

13. *La Doctrine des Eglises Reformées. Sedan* 1619. *in*-8°.

14. *Le Plagiaire battu, ou la bonne
foy de Geneve dans la version de la Bible en François. Geneva* 1620. *in*-8°.

15.

15. *Historiæ Ecclesiasticæ Centuriæ* J. CAP-
quinque ab Augusti Nativitate ad Va- PEL.
lentianum III. Sedani 1622. *in-*4°.

16. *Observationes in Epistolam ad*
Hebræos. Sedani 1624. *in-*8°.

17. *Epistola ad Johannem Forbesium*
Patricii filium. Avec la traduction
Latine du Commentaire de *Patrice*
Forbes, faite par son fils, & impri-
mée à *Amsterdam* l'an 1646. *in-*4°.

18. *Compendiosa in Apostolicam*
Historiam Chronologica Tabula. A la
tête de l'Histoire Apostolique de
Louis Cappel, son frere.

19. *Observationes in Novum Testa-*
mentum, cum Ludovici Cappelli Spi-
cilegio. Amstelodami 1657. *in-*4°.

20. *Observationes in libros Veteris*
Testamenti. Avec les Oeuvres Posthu-
mes de *Louis Cappel. Amstelodami*
1689. *in-fol.* Ces notes sont impar-
faites, parce que l'Auteur n'y a pas
mis la derniere main. On voit bien
cependant que l'Auteur a eu une
connoissance plus que mediocre des
langues Gréque & Hebraïque, &
qu'il avoit aussi lû des Rabbins. Il
affecte même quelquefois de paroître
homme d'érudition; mais après tout,

Tome XXII. Mm

J. CAP-
PEL.

il y a peu de choses qui soient considerables dans ses Rémarques. Il s'y
jette souvent sur des faits éloignés,
ne s'attachant pas assez à son texte,
& il est même rarement Critique.
Ce qu'il a fait de plus achevé sur
l'Ecriture, est son Commentaire sur
l'Epitre aux Hebreux.

21. *Theses & Differtationes Theologicæ.* Dans le 1e volume du Récueil
intitulé : *Thesaurus Disputationum
Theologicarum, in Sedanensi Academia habitarum. Genevæ* 1661. *in-4°.*
deux tom.

V. *L'Ouvrage de Louis Cappel De
Gente Cappellorum. Colomesii Gallia
Orientalis. p.* 157.

Fin du vingt-deuxième Volume.

TABLE NECROLOGIQUE
des Auteurs contenus dans ce Volume.

CARTEROMACO (Scipion)
   mort le 16 Octobre 1513.

FAVORINO (Varino) m. en 1537.

CONTARINI (Gafpar) m. le 24
   Août 1542.

GELIDA (Jean) m. le 19 Fevrier
   1558.

ANEAU (Barthelemi) m. le 21
   Juin 1565.

VILLEGAIGNON (Nicolas Durand de) m. le 9 Janvier 1571.

BILLY (Jacques de) m. le 25 Decembre 1581.

CISNER (Nicolas) m. le 6 Mars
   1583.

* BILLY (Jean de) m. avant l'an
   1585.

SANSOVINO (François) m. en
   1586.

CAPPEL (Louis) m. le 6 Janvier
   1586.

HUMPHREY (Laurent) m. le 11
   Fevrier 1590.

TABLE NECROLOGIQUE.

CHANDIEU. (Antoine de) m. le 23 Fevrier 1591.

BUSBEQ (Auger Giflen de) m. le 28 Octobre 1592.

GENEBRARD (Gilbert) m. le 16 Fevrier 1597.

PONTAC (Arnaud de) m. le 4 Fevrier 1605.

DELRIO (Martin-Antoine) m. le 19 Octobre 1608.

POSSEVIN (Antoine) m. le 26 Fevrier 1611.

* BILLY (Geoffroy de) m. le 28 Mars 1612.

BLACVOD (Adam) m. en 1613.

BREREWOOD (Edouard) m. le 4 Novembre 1613.

DRUSIUS (Jean) m. le 12 Fevrier 1616.

BAILLOU (Guillaume de) m. en 1616.

CAPPEL (Jacques) m. le 7 Septembre 1624.

VORSTIUS (Ælius-Everard) m. le 22 Octobre 1624.

GODWIN (François) m. en Avril 1633.

DREXELIUS (Jeremie) m. le 19 Avril 1638.

TABLE NECROLOGIQUE.

BURHILL (Robert) m. en Octobre 1641.

MENARD (Nicolas-Hugues) m. le 21 Janvier 1644.

CAPPEL le jeune (Louis) m. le 18 Juin 1658.

RYER (Pierre du) m. le 6 Novembre 1658.

VORSTIUS (Adolphe) m. le 8 Octobre 1663.

DEUSINGIUS. (Antoine) m. le 29 Janvier 1666.

AUBRY (Jean d') m. après l'an 1667.

SCHENCKIUS (Jean-Theodore) m. le 21 Decembre 1671.

SUARE'S (Joseph-Marie) m. le 8 Decembre 1677.

CASSAGNES (Jacques) m. le 19 May 1679.

MARSHAM (Jean) m. le 25 May 1685.

PINSSON (François) m. le 10 Octobre 1691.

ASHMOLE (Elie) m. le 26 May 1692.

TALLEMANT (François) m. le 6 May 1693.

TABLE NECROLOGIQUE.

VAILLANT (Jean-François Foy)
m. le 17 Novembre 1708.

TALLEMANT (Paul) m. le 30
Juillet 1712.

NEWTON (Isaac) m. le 30 Mars
1727.

VOLDER (Burcher de) m. le 28
Mars 1729.

Fin de la Table Necrologique.

TABLE

Des Auteurs contenus dans ce Volume,
selon l'ordre des matieres qu'ils ont
traitées dans leurs Ouvrages.

TABLE

DES MATIERES.

TABLE

Histoire Sainte.

DES MATIERES.

TABLE

DES MATIERES.

Fin de la Table des Matieres.

APPROBATION.

J'AY lû par ordre de Monseigneur le Garde des Sceaux le vingt-deuxiéme Volume de ces Memoires, & j'ai crû qu'on en pouvoit permettre l'impression. A Paris ce 12. Août 1732.

HARDION.

PRIVILEGE DU ROI.

LOUIS, par la grace de Dieu, Roi de France & de Navarre: A nos amez & feaux Conseillers, les Gens tenans nos Cours de Parlement, Maîtres des Requêtes ordinaires de notre Hôtel, Grand Conseil, Prevôt de Paris, Baillifs, Sénéchaux, leurs Lieutenans Civils, & autres nos Justiciers qu'il appartiendra; SALUT. Notre bien amé ANTOINE-CLAUDE BRIASSON, Libraire à Paris, nous ayant fait remontrer qu'il lui auroit été mis en main un Manuscrit, qui a pour titre : *Memoires pour servir à l'Histoire des Hommes Illustres dans la République des Lettres, avec un Catalogue raisonné de leurs Ouvrages*, qu'il souhaiteroit faire imprimer & donner au Public, s'il nous plaisoit lui accorder nos Lettres de Privilége sur ce nécessaires, offrant pour cet effet de le faire imprimer en bon papier & beaux caractéres, suivant la feuille imprimée & attachée pour modéle sous le contre-scel des présentes ; A CES CAUSES, voulant traiter favorablement ledit Exposant, Nous lui avons permis & permettons par ces Présentes, de faire imprimer lesdits Memoires & Catalogue ci-dessus specifiés, en un ou plusieurs volumes, conjointement, ou séparément, & autant de fois que bon lui semblera, sur papier & caractéres conformes à ladite feuille imprimée & attachée pour modéle sous notredit contre-scel, & de le vendre, faire vendre & débiter par tout notre Royaume, pendant le tems de *huit années* consecutives, à compter du jour de la date desd. Présentes. Faisons défenses à toutes sortes de personnes de quelque qualité & condition qu'elles foient, d'en introduire d'impreffion étrangère dans aucun lieu de notre obéïffance; comme auffi à tous Libraires-Imprimeurs & autres, d'imprimer, faire imprimer, vendre, faire vendre, débiter, ni contrefaire lefdits Mémoires & Catalogue ci-deffus expofés, en tout ni en partie, ni d'en faire aucuns Extraits, fous quelque prétexte que ce foit, d'augmentation, correction, changement de Titre, ou autrement, fans la permiffion expreffe & par écrit dudit Expofant ou de ceux qui auront droit de lui, à peine de confifcation des Exemplaires contrefaits, de trois mille livres d'amende contre chacun des contrevenans, dont un tiers à Nous, un tiers à l'Hôtel-Dieu de Paris, l'autre tiers audit Expofant, & de tous dépens, dommages & interêts. A la charge que ces Préfentes feront enregiftrées tout au long fur le Régiftre de la Communauté des Libraires & Imprimeurs de Paris, & ce dans trois mois de la date d'icelles, que l'impreffion de ce Livre fera faite dans notre Royaume & non ailleurs, & que l'Impétrant fe conformera en tout aux Réglemens de la Librairie, & notamment à celui du 10. Avril 1725. & qu'avant de l'expofer en vente, le manufcrit ou imprimé qui aura fervi de copie à l'impreffion dudit Livre fera remis dans le même état où l'Approbation y aura été donnée, és mains de notre très-cher & feal Chevalier Garde des Sceaux de France le fieur Chauvelin, Commandeur de nos Ordres; & qu'il en fera remis deux exemplaires dans notre Bibliotheque publique, un dans celle de notre Château du Louvre, & un dans celle de notre très-cher & feal Chevalier Garde des Sceaux de France le Sr. Chauvelin, Commandeur de nos Ordres; le tout à peine de nullité des Préfentes; du contenu defquelles vous mandons & enjoignons de faire jouir l'Expofant ou fes ayans caufe pleinement & paifiblement, fans fouffrir qu'il leur foit fait aucun trouble ou empêchement. Voulons que la copie defdites Préfentes qui fera imprimée tout au long au commencement ou à la fin dudit Livre foit tenue pour dûement fignifiée, & qu'aux copies collationnées par l'un de nos amez & féaux Conseillers & Secrétaires, foi soit ajoutée comme à l'original. COMMANDONS au premier notre Huissier ou Sergent, de faire pour l'exécution d'icelles, tous Actes requis & necessaires, sans demander autre permission, & nonobstant Clameur de Haro, Charte Normande, & Lettres à ce contraires: CAR tel est notre plaisir. DONNE' à Paris le 28. Novembre l'an de de Grace mil sept cens vingt-six, & de notre Regne le douziéme, Par le Roi en son Conseil,

DE S. HILAIRE.

Registré sur le Registre VI. de la Chambre Royale des Libraires & Imprimeurs de Paris, N.o. 530. Fo. 421. conformément aux anciens Réglemens confirmez par celui du 28. Février 1723. A Paris le 3. Decembre 1726.

Signé, VINCENT, Adjoint

BIBLIOTHÈQUE DE L'ARSENAL

De l'Imprimerie de GISSEY.

www.ingramcontent.com/pod-product-compliance
Lightning Source LLC
Chambersburg PA
CBHW070548030726
47505CB00001B/207